# サクラの音がきこえる

あるピアニストが遺した、
パルティータ第二番ニ短調シャコンヌ

浅葉なつ
Natsu Asaba

## contents



イラスト／ミホシ
デザイン／渡辺宏一［2725 Inc.］

# サクラの音がきこえる

あるピアニストが遺した、
パルティータ第二番ニ短調シャコンヌ

＊

浅葉なつ
Natsu Asaba

# F.I ―フェード・イン―

その男は、桜のモチーフを多用した。

若葉が添えられた一輪の桜は、彼のために特注で作られた楽譜に凛《りん》と咲いている。
その他愛用した万年筆や鞄《かばん》にも、まるで自身の名前を記すようにその桜は使われた。
そしていつの間にかそれは彼を表す印として、その世界では認知され広まっていった。

椅子《いす》に腰かけ、演奏する直前、緊張を解きほぐすように左胸に手を当てる仕草。
その後紡がれる音の物語は、今なお世界中のファンを惹《ひ》きつけてやまない。

それは、この耳の奥で繰り返し流れる、ピアノの音色。

# 第一章　andante ―アンダンテ　緩やかに歩く速さで―

一

「指！」

鋭い声で指摘され、智也《ともや》はぎくりと体を震わせた。

なんだかおかしな音だとは思ったが、そのまま黙認して進もうとしたのをあっさり見抜かれてしまった。もっとも、師範歴三十年の彼女の前で、ごまかせるとは思っていないが。

「ちゃんと勘所《かんしょ》を押さえないからそんな音が出るんだよ。男のくせに手が小さいんじゃないのかい？　それにそんなに練習したいならちまちま弾いてないで、とっとと教室に入会しなって何度も言ってるだろう」

熱い湯気のあがるお茶を智也の前に出したその手で、サワ子は智也が手にしていた楽器を取り上げた。黒木《クルチ》をスンチー塗りにした艶《つや》やかな棹《ソー》には、日本刀を思わせるような白太《シラタ》の模様が入っている。胴《チーガ》と呼ばれる部分に蛇皮が張られているそれは、沖縄の楽器、三線《さんしん》だ。

「……勘所、」

智也は黒縁の眼鏡を押し上げ、棹を握っていた自分の左手をまじまじと見やる。ギターと違い、三線の棹には指で押さえる箇所を示すマーキングは一切ない。勘所と呼ばれるそこさえ正確に押さえることができれば、譜面で指示された通りの音が出るのだが、遊びで触っているだけの自分はまだそのあたりの感覚がつかめなかった。

「それに、この三線をお前に触らすには十年早いよ」

白く繊細に染め抜かれた細かな花弁の菊の花と、深い黒の市松文様で彩られた大島《おおしま》紬《つむぎ》に、沖縄独特の鮮やかな紅型《びんがた》の帯を締めたサワ子は、今年六十七歳になる人間とは思えない機敏さで、三線の代わりに胴の部分がスチール缶でできたカンカラ三線を智也に持たせる。棹の部分も通常の三線より少し短い、おもちゃのようなものだ。

「本格的に習う気がないなら、お前にはこれで充分」

「……カンカラ、ね……」

沖縄の土産物屋などに行けば三千円ほどで手に入ってしまうそれの中弦《ナカヂル》を、智也は水牛の角のバチで弾いた。当然だが、先ほどのサワ子が愛用する三線とはほど遠い安っぽい音色が室内に響く。

「うわぁ……、全然違う」

「おや、あんたでも音色の違いがわかるのかい？」

「当然でしょ。弟子じゃないとはいえ、何年ここに来てると思ってんの」

サワ子が出してくれたお茶をすすって、智也はその熱さに思わず顔をしかめた。湯気で眼鏡が曇って、視界の半分を遮る。

大学を出てからフリーター生活を経て、現在一人で『加賀《かが》よろず屋』を営む智也にとって、サワ子は開業当時からの大事な常客だ。夫に先立たれ、三線教室を開きながら一軒家で一人暮らしをしている高齢の彼女にとって、高い場所の電球を替えたり、古くなった家の屋根の修理をしたり、若い男手が欲しいと思うことは何かとあるらしい。かれこれ四、五年の付き合いになるが、毎月仕事をくれるありがたい客だ。今では、弟子に稽古《けいこ》をつけている傍らで作業を任されることも多い。それだけ信用してくれているのだろう。

「地上戦のあった沖縄ではね、多くの三線が戦火に消えてしまって、戦後しばらくの間は三線を作る材料も手に入らなかったんだよ。だから、アメリカ軍から支給される缶詰の缶を使って、みんな自分でそういうのを作って弾いてたんだ。うちの父さんもよく言ってたよ、沖縄には唄《うた》と三線があったから、苦しい時期を乗り越えられたって」

沖縄出身のサワ子は、結婚後夫の仕事の都合で沖縄を出て、この地へ移り住んだのだという。それでも彼女の中で沖縄への愛情は大きく、本土で活動している三線の師匠の下で勉強し、今では沖縄でも有名な流派の一端を担っている。

「貧乏でも、苦しくても、みんなで肩を寄せ合って生きたものさ。繕った服を着て、食べ物を分け合ってね。それなのに今の時代は、みんな病気だよ！　金さえありゃ、人の存在も気持ちもないがしろにしていいと思ってる」

来たな、と、智也は背筋に力を入れる。家の中の細々とした用事から力仕事、そしてここでは、彼女の愚痴を聞くのも立派な仕事のひとつだ。

「まったくうちの嫁ときたら、朝から晩まで仕事仕事で子どもは放りっぱなし！　どんな御大層な会社で働いてるのか知らないけどね、朝御飯は甘ったるい菓子パンを与えて、晩御飯はコンビニ弁当。あとは好きなもの食べなさいって金を渡して。金だけ与えてりゃいいってもんじゃないだろう？　おまけに毎日毎日習い事をさせて。あれで子どもがまともに育つはずがないよ。あたしが面倒見てやるって言ってんのに、お義母《かあ》さんのご迷惑になりますからって、そりゃあんたが面倒臭いだけだろっつーんだよ！　あたしは迷惑だなんて一言も言ったことないのにさ！」

まだ熱いお茶を、智也は神妙な面持ちですする。ここで反論やたしなめることはご法度だ。よけい火に油を注ぎかねないことを、彼女との長年の付き合いでよくわかっている。

「金でなんでも解決できると思ってんのさ。最近じゃここに寄り付きもしない。あたしゃもう何ヶ月も孫に会ってないんだよ？　息子も息子だよ。一人っ子のくせに婿養子に入りたいだなんて！　言い出したときに止めるべきだったね。お母さんの面倒はちゃんと見るからとか、戸籍上だけの問題だからとか言いくるめられて、あんなところで寛容さを出すんじゃなかったよ！　これじゃ向こうの思うつぼさ」

サワ子は深々とため息をついた。この時ばかりは、数十人の弟子を抱える威厳ある師匠ではなく、ただ孫を心配し、嫁姑《よめしゅうと》問題に悩む年相応の女の顔になる。

「まぁ、その息子の代わりにオレがいるんだし、何でも言えばいいよ。オレにできることなら何でもするからさ」

彼女の感情を逆なでしないよう無難な言葉を選んだ智也に、白い錠剤を口の中に放り込んで飲み下していたサワ子からは、冷静な視線が注がれた。高血圧の診断を下され、ここ最近薬を飲んでいるのだが、今まで健康体だったがゆえにたまに飲み忘れることも多いという。

「あんたも年々商売人になっていくね」

「毎度ありがとうございます」

　智也はわざとらしく深々と頭を下げる。同時に、玄関の方からごめんくださいと訪ねてきた誰《だれ》かの声がした。はーい、と返事をしたサワ子が、電話台の隣にある小さな引き出しから封筒を取り出し、玄関に向かうついでに智也へと手渡す。

「来週あたり、二階の窓掃除頼むから」

「……マジ？　今二月なのに？　すっげー寒いのに？」

「なんでもするんじゃなかったのかい？」

　三線を持って廊下で振り返ったサワ子は、勝ち誇ったように笑って襖《ふすま》を閉めた。

「……大事な売り上げですから、そりゃもう喜んでやらせていただきますとも」

　言葉の内容とは裏腹にいじけたようにつぶやいて、智也は封筒の中身を確かめると、持ち歩いている領収書を切った。飛んでしまわないよう、端の方にお茶を飲みほした湯呑《ゆのみ》を載せる。そのうちに、別室の方から調弦《チンダミ》の音が聴こえてくる。どうやら先ほどの客人は、お稽古にやってきた弟子だったようだ。正確な音を取るのに少し苦労しているあたり、まだ習い始めて間もない人なのかもしれない。どの音を本調子に据えるかは、流派や演奏者によってばらばらで、基本的に調子笛と呼ばれる笛の音を使ったり、チューナーを見ながら音を合わせるという。沖縄民謡の音階は独特で、その譜面も、音符の代わりに工工四《クンクンシー》と呼ばれる漢字譜が用いられる。

「ごちそうさまでした」

空になった湯呑に手を合わせ、智也は庭に面したガラス戸を開けた。この金城《きんじょう》家に来たときは、玄関でなく居間のこの窓から出入りするのが習慣になっている。頻繁に訪れる弟子の邪魔にならないようにという配慮だ。

「寒っ……！　冷たっ！」

二月半ば、軒下に放置していたスニーカーは、足を入れた瞬間思わず身震いするほどに冷えていた。智也はダウンジャケットのファスナーを首元まで引き上げ、慎重にガラス戸を閉めて、ごく軽い度の入った眼鏡を押し上げる。なくても不自由はしないのだが、この時期はかけている方がなんとなく防寒の役目を果たしてくれそうだった。

「………まだ、低い。男弦《ウーヂル》がAに近いな」

徐々に三本の弦の音がそろいはじめる中、智也は寒さに肩をすくめながら金城家の黒く塗られた門に手をかける。

サワ子の教室では、女弦《ミーヂル》をB、中弦をE、男弦をB、つまりシ、ミ、シ、と合わせるのを本調子とする。カラクイが巻かれて音程を調節された男弦がもう一度鳴らされるのを聴いて、智也はA、ラの音が消えたのを感じ取った。だがそれ以上の正確な音程はわからない。ただ、三弦そろって鳴らされたときの響きが、先ほどまでとは明らかに違う。美しくバランスのとれた、気持ちの良い三音だ。

「……帰るか、」

曇天の空を見上げる。吐き出す息が、白く漂って消えた。

二

絶対音感、というものがある。

世間では、音を聞いてその音名を言い当てることのできる能力だとして、漠然と理解されていることが多い。だが実際は、絶対音感とひと言で言っても、その能力やレベルは多岐にわたり、どんなに複雑な和音を聴いてもそのひとつひとつの音をぴたりと言い当てる者もいれば、ある特定の音だけに反応する者もいる。周波数の違いを聴き分ける者もいれば、自分の使用している楽器の音だけがわかる者も。それらをひとくくりにして絶対音感所有者というなら、智也もその端くれである自覚はあった。それは、幼い頃《ころ》に受けた教育の名残。

ピアノから遠ざかってもう十数年がたつ。

それでも智也の耳は、今なお四四〇ＨｚのＡ、ラの音を正確に捉《とら》える。


『加賀よろず屋』の事務所兼智也の自宅は、最寄駅から緩い上り坂をあがって大通りを外れた、未《いま》だ下町の風情が残る築四十五年のアパートの二階にある。隣人の生活音が聞こえる薄い壁に加えベランダもなく、トイレは和式で、風呂《ふろ》は膝《ひざ》を抱えて入らねばならないほどの狭い湯船しかない。

リノリウムの床の狭いダイニングルームに、食事用のテーブルに代わって無理矢理お客様用の小さなソファとコーヒーテーブルを置き、相談スペースを整えてはいるが、そのソファと向き合えば背後にはすぐ流し台が迫る、そんな窮屈な「事務所」だ。居室である六畳の板張りの部屋との仕切りになっているガラス戸は、客人があった時だけ閉めるようにしていた。何かと不自由の多い部屋ではあるが、毎月の家賃に充てられる金額と、仕事を受けやすい環境を考えた場合、この場所に落ち着くより他なかったのだ。

海と山に挟まれた狭い平地に栄えたこの港町は、古くは平安時代から鎌倉時代にかけて日宋《にっそう》貿易で栄え、また江戸末期からは諸外国との窓口としてその名を残している。そのせいもあって、未だ街には戦禍を免れた昔のままの外国人居留地跡や、文化保護として再建された西洋風のビルや洋館などが数多く存在していた。そんな異国情緒の溢《あふ》れる景色と、ただ淡々と日々を暮らす人々の生活の場が隣接するこの街が、智也にとっては面白く、またすべてを受け入れてくれるような住み心地のよさを感じていた。

アパートの黒く塗られた外付けの階段を上りながら、智也はジーンズのポケットから取り出した鍵《かぎ》で手すりを叩《たた》く。鉄でできた手すりからは、コンともキンともつかない音が返ってきて、智也は吟味するように首を傾《かし》げた。

「ちょっと低い……か？」

気象条件がそろえば、この手すりは四四〇ＨｚのＡを正確に奏でることがある。偶然それを発見して以来、外出のたびにそれを確かめるのだが、なかなか正確な音には巡り合わなかった。そもそも、調律された楽器以外で四四〇Ｈｚの音に出会うことも稀《まれ》だ。

「まぁでも、今日は澄んでるな」

音の状態は湿気にも左右される。澄んでいるということは、それだけ空気が乾燥しているということだ。智也は家の鍵を右手で弄《もてあそ》ぶようにして、残りの階段を上った。

「おかえり」

玄関の扉に、鍵はかかっていなかった。もしやかけ忘れたかと慌てて部屋の中を確認すると、1DKの少しかび臭い部屋の中で、粗大ごみの日にゴミ捨て場から拾ってきた合皮張りの黒のソファに、見知った顔が当然のように腰を下ろしてコーヒーを飲んでいた。消して出て行ったはずの、大家からもらってきた石油ストーブも煌々《こうこう》と灯《とも》っている。寄せ集めたものばかりが占領する部屋の中だが、彼女がいるだけで妙に華やかだ。

「……なんだ、由果《ゆか》かよ」

とりあえず泥棒ではない。そのことに安堵《あんど》して、智也は息を吐いた。外と室内の気温差のせいで曇った眼鏡を引き抜いて、目頭のあたりを押さえる。もっとも彼女の場合、泥棒よりも性質《たち》が悪い相手かもしれないが。

「なんだじゃないわよ。忙しい中せっかく来てあげたのに、相変わらず失礼よねぇ」

四月で二十八になる智也とちょうど十五歳年の離れた彼女は、すでに四十歳を過ぎたにもかかわらず、初対面の人間が三十代半ばほどと間違うような容姿をしている。隙《すき》なく着こなしたスーツと、派手ではないが美しく整えられた爪《つめ》、それに輪郭を彩るような華やかな巻き髪。子どもの頃から家族ぐるみの付き合いだが、その頃から年を取っていないか、むしろ若返っているのではないかとさえ思う。

「忙しいんならわざわざ来なくていいよ……。……てか、鍵は？　どうやって入ったの？」

「向かいの大家さんちに行って、家出して何年も行方がわからなかった親不孝者の弟がここにいるって聞いて、パリから駆け付けたんです……ってね。ドライアイ対策に持ってた目薬がいい仕事したわ」

さらりと言って、由果はキッチンをあさって勝手に淹《い》れたらしいコーヒーを飲む。よく見れば、智也が愛飲している湯を入れて溶かすタイプのインスタントコーヒーではなく、簡易式ではあるがドリップ式の個包装になった物を引き出しの奥から発見したらしい。さらに、客用に新調し、戸棚にしまっておいたはずの白のコーヒーカップを、遠慮する様子もなく使用していた。

「よくもまぁそんな大嘘《おおうそ》を……」

「あら、パリから駆け付けたのは嘘じゃないもの。真実はいつだって、わずかばかりの虚構に彩られるものよ。ちなみにその前はイタリアのボローニャにいたの。久しぶりだったから懐かしかったわ」

三年前、有名指揮者やオペラ歌手などを抱える、大手のマネジメント事務所に引き抜かれた彼女は、その手腕を如何《いかん》なく発揮して世界中を飛び回っている。パリで仕事を済ませ、今週は日本、来週にはそのままニューヨークへ飛ぶというようなスケジュールも決して珍しくはない。

「で、そのわずかばかりの虚構で彩ってまでここに来た理由は？」

智也は眼鏡をかけ直してからジャケットを脱ぎ、ソファの背もたれに放る。そしてコンロに置かれたままのやかんを持ち上げて、まだ中にお湯が残っていることを確認すると、もう一度火をつけた。

「あんたさぁ、ポットくらい買いなさいよ。お客さんが来るたびにいちいちお湯沸かすの、面倒じゃない」

「うるさいな。いいだろ別に」

「やだ、もしかしてポットも買えないほどお金に困ってる？　そうよねー、こんな怪しいよろず屋なんてねー、儲《もう》からないわよねー。大家さんに聞いたけど、先月の家賃滞納してるんですって？」

「……ちょっと遅れてるだけだよ」

「貸さないわよ」

「え？」

「お金」

「頼んでないから！」

呆気《あっけ》にとられる智也を前に、由果は満足そうに笑い、嫌味なほど優雅な手つきでコーヒーを飲んだ。その姿に、智也は苦々しくため息を吐く。彼女にはいつも翻弄《ほんろう》されまいと思っているのに、うっかり土俵に上げられてしまった。容姿は抜群に美しいのに未だ独身なのは、この性格が理由の大半を占めている気がしてならない。

「だいたいさぁ、なんでよろず屋なの？　一人息子のくせに、こんな不安定な仕事しちゃって。ただの道楽ならとっととやめなさい。咲枝《さきえ》さんの面倒見るの、あんたしかいないのよ？」

コンロにかけたやかんが、シュンシュンと音を立てる。インスタントコーヒーの蓋《ふた》を開けながら、智也は小さく息をついた。

「母さんはまだバリバリ好きなことやってるよ。パートも、趣味も。寝たきりになった人みたいな言い方するなよ」

ひとまわり以上の年齢差もあり、智也にとって由果は姉であり母のような存在でもある。小学生の頃から、穏やかな実母に代わって、智也をたしなめるのはいつも彼女の役目だった。

「将来の話をしてるのよ。賢吾《けんご》さんの遺産だって印税だって、いつまでもあるわけじゃないのよ」

沸騰したことを知らせる甲高い音が、やかんから鳴り響く。吹き出る蒸気に合わせて発せられるその音を、智也は正確に判別することはできない。

だが、死後なお世界中にファンを持つプロピアニストであった父ならば、この音の音階すら正確に聞き取ることができたのだろうか。

「賢吾さんが残した手書きの楽譜だとか、演奏会に着てた衣装だとか、そんなのもさっさと全部売り払っちゃってさ。マネージャーだった私の許可もなく！」

「もう五年も前のことを、今更また掘り返すなよ。死んだ父親の物をどうしようがオレの勝手だろ」

「勝手じゃないわよ！　いい？　賢吾さんクラスのピアニストならね、回顧展なんかもできるのよ！　その時に本人縁《ゆかり》のものがひとつも残ってないなんて格好つかないでしょ！　それにあんた、実の父親の遺品よ？　それを根こそぎ全部売り払うとか、どれだけ薄情なの！」

コンロの火を止めると、やかんの音はしぼむように小さくなったが、持ち上げた勢いで唸《うな》るような音をたてた。

由果とのこのやりとりは、今に始まったことではない。五年前、智也の実父でありピアニストの西崎《にしざき》賢吾は、演奏旅行先のウィーンで亡くなった。何の前触れもない、突然の心臓発作だったという。当時西崎のマネジメントを全面に請け負っていた由果が、ホテルの部屋で倒れていた彼を発見し、家族や仕事先への連絡、日本への遺体の搬送まですべての手続きを済ませてくれた。彼女は、西崎賢吾というピアニストが今ほど有名になる以前から、彼のことを高くかっていたのだ。だからこそ、イタリアへの留学経験を持ち、語学も堪能《たんのう》で優秀な人材であったにもかかわらず、様々な企業や事務所からの誘いを断ってまで西崎のマネジメントを買って出た。その彼女からすれば、葬儀が終わるや否や遺品を整理し、四十九日が終わるのも待たずにすべてを二束三文で売り払ってしまった智也に、きつく当たるのは致し方ないところもある。

「……まだ許せないの？」

お湯を注いだカップからは、コーヒーの香ばしい香りが漂った。

「もう五年もたつのよ？」

責めるような由果の言葉を背中で聞きながら、智也はやかんに新しく水を入れて、赤く燃える石油ストーブの上へと置く。

「……五年たとうが十年たとうが、同じだよ」

つぶやくように言って、智也はコーヒーに口をつけた。この胸にあるしこりが溶ける日など、やってくるのだろうか。

「……これ、版元から預かったの、今更だけどご家族にって。賢吾さんのラストコンサートDVDの、無編集版のコピー」

キャメル色のバッグから、由果はケースに収められた一枚のディスクを取り出す。

「あんたに渡そうかと思ってたけど、また売られてもかなわないから咲枝さんに渡しておくわ」

ディスクを再びバッグに収め、由果は柔らかそうな黒のコートを片手に立ち上がる。

智也はキッチン台に寄りかかったまま、小さく息をついた。

「そんなの渡しに来たのかよ」

「そんなのってあんたねえ、これがどれだけ貴重なものかわかってる⁉」

狭い玄関でロングブーツを履こうとしていた由果が、噛《か》みつくように振り返る。

「販売されてる正規版の方だって見たことないでしょうから知らないと思うけど、このDVDには賢吾さんのインタビューが入ってるの！　インタビューとかコメントとかが大嫌いだったあの人が、珍しく応じた貴重なVTRなの！　それの無編集版よ？　今となっては貴重な、西崎賢吾の肉声なの！」

握りしめたブーツのつま先を目の前に突き出され、智也は、はいはいと投げやりに返事をしながら日を逸《そ》らす。変に口を挟まず、とっとと帰らせればよかった。

「考えてもみなさい！　あんた賢吾さんの声聞いたのなんか何年前よ？　どんな声だったか思い出せるの？　あんたをこの世に誕生させてくれたお父さんの声よ？　演奏はもちろんだけど、それだけでも貴重だと思わないの⁉　ああ腹が立つ‼」

悪態をつきながら、由果はブーツのファスナーを力任せに引き上げる。そして体を起こし、長い髪を背中へと跳《は》ね除《の》けると、ブラウンのアイシャドウを入れた目をキッと智也へ向けた。

「まったく本当にこのバカ息子がっ‼」

そう言い残すと、由果は二月の凍《い》てついた空気と入れ替わるように、アパートを出て行った。

「……バカで悪うございましたね。つーか、何しに来たんだよ……」

吐き出した言葉は、コーヒーの湯気に溶けるようにして消えた。

西崎賢吾は、決して恵まれたピアニストではなかった。名のあるコンクールでも上位に入賞し、音大を卒業してプロを名乗るようにはなったが、機会に恵まれずに鳴かず飛ばずの時期が長かったらしい。ようやく陽の目を見たのは、智也が小学校三年生になった四十歳のときで、遅咲きのピアニストとしても有名な人物であり、桜のモチーフを多用したり特定のピアノを好んだこと、自分が弾く曲はわざわざ手書きで楽譜を写し直したこと、そして調律にこだわって観客を待たせたり、音が気に入らないときはコンサートをキャンセルするなどした偏屈な態度が逆に注目を集め、熱心なファンも多かったと聞く。

だが智也は、父親である西崎賢吾を今でも憎んでいる。

玄関から入り込んだ冷たい空気に身震いして、智也はコーヒーが入ったマグカップを持ったままストーブの前へと移動した。

父への憎しみは、彼の死後なお消えないしこりとなって智也の胸にある。だからこそ、今は母方の『加賀』という姓を名乗り、自分から父の話をすることは一切ない。ウィーンから戻ってきた遺体と対面したときなどは、父だという実感すらなく、ただ冷静に、冷たくなった人の形をした物体を眺めたほどだ。

ストーブの燃焼筒を経て熱された鉄線が、赤く熱すように燃えている。板張りの床には、冬になる前に今年こそ安物でもいいからカーペットを敷こうと思っていたのに、結局それにまわせる金がなくて断念した。底冷えする部屋は、一人になるとよけいに温度が下がった気がする。もう慣れきってしまった環境のはずなのに、こうして一人でいると、空間が自分に向かって閉じてくるような奇妙な感覚に襲われることがある。

そんな時、計ったように聴こえてくるのは、決まってあの曲だった。

聴覚そのものが記憶しているような、耳の奥で鳴る聴き慣れた和音。フォルテッシモの、連打される三十二分音符。目を閉じれば、鍵盤《けんばん》の上を流れるように滑る指先の動きまで見えてしまいそうなほど、リアルに蘇《よみがえ》る残響。未だに智也を縛る音の連鎖。

それは父が奏でる、ブゾーニが編曲したバッハのパルティータ第二番ニ短調、『シャコンヌ』。

生前の西崎が最も得意とした、代名詞とも呼ばれている曲だ。

三

「寂しい人って幻聴を聴くんだって」

午後五時を過ぎた公園に人影はまばらだ。すでに辺りは薄暗く、ここのところの厳しい寒さもあって、遊んでいる子どもの姿はほとんどない。

「……お前、オレがいつ寂しいって訴えたよ？」

駅方面へと抜ける大きな道路沿いに存在するこの公園は、周囲の団地の建設とともに小さな高台を切り開いて作られたという。広い敷地には豊かな緑があり、散歩コースやサイクリングコースなども整備されている、市民の憩いの場だ。その公園の一角、やたらリアルで実物大の動物たちのオブジェがある広場で、智也は小学校二年生の少年を憮然《ぶぜん》と見返した。

「大人ってさ、そういうの言わないじゃん。だから病気になる人が多いんだって。テレビで言ってたよ」

ピアノの鍵盤をモチーフにしたレッスンバッグをベンチの上に放置し、茶色のピーコートを着込んだ尚平《しょうへい》は、先ほどからリコーダーの練習にいそしんでいる。もともとぽっちゃりとした体型なのだが、着ぶくれして一層丸く見える。思わず突《つ》きたくなるような白い頰《ほお》が、外気にさらされて赤くなっていた。

週一回、自宅から数駅離れたピアノ教室へ尚平を送り迎えすることが、彼の母親から智也が頼まれた仕事だ。聞けば、他の日もスイミングスクールや英会話、書道教室等に通っており、それらはすべて自宅近くなのだが、ピアノ教室だけどうしても通わせたいところが隣の市だったのだという。共働きで、母親も会社で役職がつくポジションにいるらしく、どうしても尚平の習い事に合わせて帰ってくることができないのだと。

「お前一人でどんなテレビ見てんだよ。子どもは子どもらしく、アニメとか見てろ」

「智也知ってる？　今アニメって、夜中じゃないとほとんどやってないんだよ。ねぇあれってなんで？　大人が見たいの？」

無邪気に尋ねられ、智也は言葉に詰まって思案するように眼鏡を押し上げる。その方面に詳しいわりではないが、確かに夕方より深夜にアニメが放送されているのをよく見かける気がする。

「……わかった、じゃあ母ちゃんに頼んでケーブルテレビとか引いてもらえ。あれだとアニメチャンネルあるから」

「どうして大人って、子どもにアニメばっかり見せようとするの？　選ぶ権利は僕にだってあるんだよ。もー、困っちゃうなぁ」

大きさや模様をほぼ忠実に再現しているキリンのオブジェの足元で、尚平はわざとらしくため息をつく。

「普段の習い事はおとなしくちゃんと通ってるんだから、テレビ番組ぐらい選ばせてよ」

大人びたことを言うガキだ。

智也は、再びリコーダーを吹き始める尚平を半ば呆《あき》れ顔で眺めた。

ピアノ教室の帰りにこの公園に寄るのは、智也に送り迎えを頼むようになってから一ヶ月ほどがたって、尚平が自ら言い出したことだった。家に帰るまでの間、少しでいいから遊びたいのだと。一週間のほとんどを習い事に費やしている彼にとって、自宅周辺から離れることのできるこの時間は、唯一息抜きができる時間でもあるのかもしれない。以後、智也は三十分だけという約束でこの寄り道に付き合っている。どうせ真っ直《す》ぐ家に送り届けても、両親が帰宅するのはずっと後だ。帰りが遅いと咎《とが》められる心配もなかった。

「ていうか、お前ピアノ教室に行ってたはずなのに、なんでリコーダー持ってんの?」

陽が落ちるとともに、辺りは一層冷え込んできた気がする。尚平の吹く下手くそな音を聴きながら、智也は首元のマフラーを確かめた。

「三年生になったら、音楽でリコーダーの授業があるんだって。僕はピアノを習ってるからピアニカは大丈夫だったけど、リコーダーはやったことがないから、練習しておきなさいって、ママが」

「……お前それ、息抜きになってないじゃん」

「いいんだよ。僕、ピアノよりこっちの方が楽しい。家で吹くとご近所迷惑になるからって、吹かせてもらえないんだ」

それなのに練習しておけとは、その母親も無茶を言うものだ。智也は小さく息をつく。そんなにも息子が落ちこぼれることが心配なのだろうか。唯一の救いは、今のところ尚平が楽しそうにリコーダーを吹いてくれていることだ。送り迎えをするようになって数ヶ月がたつが、付き合うにつれ、最初は仕事相手にしか過ぎなかったこの少年に、今では随分肩入れするようになってしまった。それは、幼い頃の自分と重なるところがあるからなのかもしれない。

智也には物心ついた頃から小学校四年生くらいまで、放課後や休日に友達とどこかへ遊びに行った記憶がほとんどない。家に帰れば父が待ち構えていて、有無を言わさずピアノの前に座らされた。休日などは一日中弾いていることも珍しくなく、友達からの遊びの誘いを断り、ただ白と黒の鍵盤に向かっている時間は、智也にとってとても苦痛で、嫌なものだった。

本当はピアノなんか弾きたくない。

僕だってみんなと一緒に遊びに行きたい。

なんで弾かなきゃいけないの？

なんで僕だけ、ピアノを弾かなきゃいけないの？

幼い智也の心中は、いつしかそのような想いで溢れるようになっていた。

そのうちシャコンヌの演奏が認められ始め、コンサートのために家を空けることが多くなった父は、電話で指示をするばかりで、智也のピアノを聴くことは少なくなっていった。家に帰ってきても、一緒にピアノの前に座ることはなく、打ち合わせの電話やメールの処理、そして自分の練習に没頭した。そんな状況をいいことに、智也がピアノの前に座ることは少なくなり、ごくたまに進み具合をチェックする父に練習不足を指摘され、怒られるという悪循環が始まり、ただでさえ重荷だったピアノがますます負担になっていったのだ。だがそんな中でも、父は当然のように、智也にピアニストになることを求め、市内にある全国でも有名な音楽学校の中等部に入学することを信じて疑わなかった。

小学校六年生のとき、智也は初めて父に逆らい、公立の中学へと進むことを自分で決めた。音楽学校への願書は父の手で勝手に出されていたが、入学試験当日、智也は早朝から家を抜け出し、そのまま雲隠れしたのだ。

その時できた父との亀裂《きれつ》は、さらなる軋轢《あつれき》を生むばかりで、今なお深くえぐれたままになっている。

「低いドの音がさ、うまくでないんだよ」

リコーダーの運指表は頭の中に入っているらしく、尚平はたどたどしい指使いながらもドから順番に吹いていく。きちんと音孔を押さえていても、息の強さで音がぶれてしまうため、その感覚をつかむのに苦労しているようだった。しかもなんだかピッチもずれているような気がする。

「まぁそれは、習うより慣れろってやつだな」

リコーダーを吹いたのなど、何年前だったか。智也はジーンズ越しにベンチの冷たさを感じながら、少しでも暖を取るように腕を組む。そのときちらりと目をやった腕時計は、午後五時二十四分を指していた。あと十分ほどで引き上げなければ、目当ての電車に間に合わない上、風邪をひかせてしまうかもしれない。

ド、レ、ミ、と、尚平が一音ずつ上げながら順番に吹いていく中、智也はラの音が決定的にずれていることに気付いた。現在、世界中で使用されている楽器の多くは、四四〇HzのA、ラの音を基準に調律されている。オーケストラなどでは、曲を華やかにするために四四二Hzに合わせることもあるが、智也が父に叩き込まれた音も四四〇HzのAだった。しかし、今尚平が吹いているリコーダーから聞こえてくるのは、自分が感知できる四四〇HzのAではない。それよりもわずかに低く感じる。そのせいで、他の音もずれてしまっているのだ。

「尚平、それさぁ」

「いい加減にしろ!!」

智也が音のずれを指摘しようとして口を開いたのと、その怒鳴り声が響いたのがほ

ぼ同時だった。

「さっきからピーピーピーピーピー下手くそな笛聞かせやがって!!」

動物のオブジェがある後ろの茂みから、一人の男が転がり出るようにして姿を見せる。二十歳前後だろうか、金に染めた短い髪が、薄闇《うすやみ》の中浮かび上がるようにして目についた。両耳には大小様々な種類の無骨なピアスがあり、外耳の際の軟骨を貫くようにつけられた一つは、燻《いぶ》されたシルバーの片翼だ。その耳からミュージックプレーヤーのイヤホンをむしり取るように外し、その鋭い目を智也と尚平に向ける。二月の夕暮れという冷気が頬を刺すような気温の中、彼はダメージジーンズに黒の革ジャンを羽織っただけの軽装だった。

凄《すご》むように向けられる鋭い瞳《ひとみ》に、智也は思わず尚平の襟首をつかんで自分の後ろへと下がらせる。格好もそうだが、小学生に躊躇《ちゅうちょ》なく怒鳴るあたり、わかりやすすぎるほどガラの悪い男だ。なぜ茂みから転がり出てきたのか疑問は残るが、関《かか》わって得をする相手ではない。

「すいません、お気に障ったのなら謝ります」

苦情が出るほど大きな音ではなかったと思うが、智也はさっさと謝罪の言葉を口にする。それで済むなら安いものだ。

「お気に障ったに決まってんだろ！　こっちはこっちで好きな音楽聴いてるとこだっつーのに、気持ち悪くてじんましんでも出たらどうしてくれんだよ！」

だが男の方は一向におさまることなく、頭についた葉っぱを払いのけながら近づいてくる。

「じんましんにはねー、抗ヒスタミン剤がいいんだよ」

尚平が無邪気にそんなことを言い、智也は慌ててその口をふさいだ。一体このガキは、普段どんなテレビ番組を見て妙な知識を得ているのか。

「てめぇ、このガキの保護者か？」

背は高くないが、近くまで来ると妙な威圧感がある。男はジーンズのポケットに両手を突っ込み、背を丸め、先ほどよりは声のトーンを落として、低い位置から智也をじろじろと眺めまわした。明らかに五歳以上は年下の男にてめぇ呼ばわりされることは腑《ふ》に落ちないが、智也はなるべく穏便に済ませるよう、目を逸らしながら素直に答える。

「保護者というか……、まぁ、今はそうですね」

その曖昧《あいまい》な言葉に、男は不可解そうに眉《まゆ》をひそめた。

「智也はよろず屋だよ。あと眼鏡にはほとんど度が入ってないよ」

口をふさいでいる智也の手を無理やりどかして、また尚平が余計な口をはさむ。このガキは怖いもの知らずなのか、ただのバカなのか。

「よろず屋だかメガネだか知らねぇけど、ガキの面倒くらいちゃんとみられねぇのかよ？」

男は智也に向かってさらに距離を詰めてくる。両耳以外に、左の小鼻にもシルバーのピアスが刺さっていた。どうしてこういう種類の人たちは、至近距離で会話をしたがるのか長年の謎《なぞ》だ。

「まぁ、公園ですしいいかと……。でも、うるさかったのなら申し訳ありま」

「本当に申し訳なく思ってるか⁉」

強い口調で遮られ、智也は半端に口を開けたまま男と目を合わせた。

「……思ってます、が」

「絶対わかってねぇ！　お前絶っ対わかってねぇからちょっとこれ聴いてみろ‼」

絶対、のところをやたら強調して言ったかと思うと、男は有無を言わさず智也の片耳にイヤホンをはめ込み、もう片方は自分の耳にはめ込んで、手元のプレーヤーを操作し特定の部分から再生を始める。流れてきたのは、最近テレビでもよく聞くミュージシャンのピアノバラードだった。自身がロックンローラーのような出《い》で立ちの彼が聴くには、少し意外な選曲だった。

「ここ！　ここから！　二分十九秒からの一番盛り上がるとこ！　これにあのリコーダーの音が混ざるとこうなるんだよ！　おいガキ、さっきの音吹け！」

男に言われた通り、尚平はまたあの無邪気なラの音を吹く。その途端、智也の隣で金髪の男がもだえるように地面へと崩れ落ちた。

「きもちわりいいいぃいいぃい!!」

今にもじんましんを発症してもおかしくないような勢いで、男は叫ぶ。

「わかるかこの耳障りな感じ！　しかもそのリコーダーの音、ちょっとずれてんじゃねぇか！」

その言葉に、智也は思わずしゃがみ込んでいる男に目をやる。彼からまさか、そんな指摘が出てくるとは思わなかった。

智也はもう一度同じ箇所を再生して、尚平にもリコーダーを吹くように頼む。確かに耳障りかもしれないが、自分にとってはそれほどもだえ苦しむような音ではない。それよりも気になるのは、やはりリコーダーのピッチのずれだ。

「……ずれてるのは、ずれてるな。確かに」

自身の感覚に照らし合わせたその言葉に、男が意外な顔で智也を見上げた。

「……わかんのか？」

そう尋ねる顔が、ようやく年相応の、しかも情けない表情を作る。こんなに音を不愉快に感じるのも珍しい。

智也は短く息をつきながらイヤホンを外して、コードをプレーヤーに巻きつけた。

「音がずれてるってことはな。でも、残念ながらオレの耳はあなたほど繊細じゃない。音楽と混じれば耳障りな音だとは思うけど、それだけだ」

ぽかんとしている尚平に目をやり、智也は続けた。

「尚平、もう一回ラの音吹いてみろ」

その言葉に、尚平は指が正しく音孔をふさいでいることを確かめ、おもむろにリコーダーへ息を吹き込んだ。息を一定の勢いで送ることにまだ慣れないため、若干のぶれはあるが、やはり智也の頭の中のラより幾分低い。

「やっぱりずれてるな。四四〇Hzじゃない。ちょっと低い、か」

それを聞いていた男が、思わず体を起こした。

「あんた、へ、ヘルツとかわかんのか!? マ、マジかよ、どんな耳してんだ……」

「四四〇ＨｚのＡしかわからない耳だけどな。尚平、ちょっとそれ見せてくれ」

智也は尚平と目線を合わせるようにしゃがみ込み、手渡されたリコーダーを点検するように眺める。確かに自分は、ラの音を聴けばそれが四四〇Ｈｚか、そうでないかの判別はできる。だが、それが四四〇Ｈｚから何Ｈｚ低いとか高いとかいった、細かなことはまったくわからず、まして、それが一Ｈｚほどのずれであれば認識できない。

「このずれたラが耳障りで、不協和音みたいな不快感を与えたのかもな。それにしてもこんな些細《ささい》なことが気になって気持ち悪くなるって、結構な耳持ってるよな」

ある種の同情を込めて言う智也を、男が呆《ほう》けたように見つめ返した。

昔由果から、空調の音と自分の弾いている和音と協和しなかったために、それ以上その場で演奏できなくなってしまったというバイオリニストの話を聞いたことがある。おそらくそれに似た感覚なのかもしれない。かなり音に敏感であることは確かだ。一般の人が耳にしても、気にする人の方が圧倒的に少ないはずだ。

「僕、ふきょうわおんって知ってるよ。わざとそういうのを使った曲もあるんだって。ちょっと怖ーい感じがするんだよ」

相変わらず物怖《ものお》じしない尚平が、おそらくは聞きかじってきたのであろう知識を口にする。もっともらしく言っているが、その意味をきちんと理解しているかは怪しいところだ。

「あー、確かにモーツァルトの曲でそんなのあったな」

尚平の言葉を聞き流しながらリコーダーを調べていた智也は、頭部管と中部管の間に隙間ができていることに気付いた。おそらく掃除などで分解してから組み立てたとき、尚平の力ではきっちりと閉まりきらなかったのだろう。その隙間をふさぐようにして力を込め、頭部管と中部管を密着させると、智也は尚平にもう一度ラの音を吹くよう頼んだ。

「……マシになったな」

聴き慣れた音がリコーダーから聞こえてきて、智也はふとその表情を緩める。

「……確かに、さっきの音より気持ちいい」

智也の後ろで、しきりに音を聴きとろうと耳の後ろに手を当てていた男が、ぽつりとつぶやいた。

「リコーダー自体が四四〇Ｈｚじゃなくて四四二Ｈｚあたりで作られてる可能性もあるし、オレも人間音叉《おんさ》じゃねぇから正確なとこはわかんないけどな。気温とか湿気とかでピッチなんか簡単に変わるし、だいたい小学生用のプラスティックのリコーダーだし、これだけ合ってれば上等だろ」

　智也は地面についていた膝を払って立ち上がり、腕時計で時刻を確認する。先端に発光塗料が塗られた時計の針は、すでに午後六時前を指していた。

「やばい！　尚平、帰るぞ！」

　今夜は七時から、近所の雑居ビルのホールの清掃を頼まれている。道具を取りに帰ることを考えると、六時半には事務所兼自宅に帰りついていなければ間に合わない。

　智也はベンチに置きっぱなしにしていた尚平のレッスンバッグをつかむと、未だリコーダーを吹き続ける尚平の襟首を引っ張って、駅の方へと歩き始める。今から電車に乗ってもぎりぎりだ。

「あっ、ちょ、ちょっと待てよ！　よろず屋のメガネ!!」

　しゃがみ込んでいた男が、キリンの足にすがりながら立ち上がって、智也の背中に呼びかけた。

「安易なあだ名つけるな！」

　それだけ叫び返しておいて、智也は振り返ることなく駅へと向かう。

　尚平の吹くリコーダーが、寒空の下、不格好に響いていた。

## 四

日付が変わる直前、ボロアパートのチャイムがピンポンと鳴った。

正確には、ピンポンというような美しい音色ではない。内部の回路か何かが老朽化しているのか、それとも単なる接触不良か、他の部屋はミではじまるチャイムの音が、智也の部屋だけは半々音ほど下がり、音自体も妙に割れ、複数の音が鳴っているように聴こえる。気持ち悪い音だな、と鳴らされるたびに思うのだが、この程度で大家に訴えに行くのも、まして自分で直すのも面倒でそのままにしてある。幸い智也の耳は、その音に我慢ならないほど神経質な作りにはなっていない。これがラの音であったなら、また事情は変わってくるのかもしれないが。

そんなことを考えているうちに、再びピンポンと鳴る。押し主に心当たりのあった智也は、わざと無視をして扉を開けなかった。だいたい、まっとうな客がこんな時間に訪ねてくるはずもない。しばらく反応がないのがわかると、外からもう一度チャイムが鳴らされ、その後連続して何回か鳴ったかと思えば、次は扉の前で発狂するように叫ぶ声が聞こえてくる。

酔っ払い、ではない。

智也は深々と息をつき、数えていた売り上げの紙幣を卓上用の小さな金庫へと収めた。金庫とはいえ、リサイクルショップから入手したもので、鍵は壊れていて意味をなさない。内部に硬貨や紙幣を分ける仕切りがあるだけ、その辺の空箱より幾分マシだと思って使い続けているだけだ。

外していた眼鏡をかけ直し、智也は玄関へと目をやる。このまま放っておいて、近所から苦情が出てもかなわない。それにしても、このチャイムの音で叫ぶほど気持ちが悪くなるとは、相当耳がいいのだろう。

ドアチェーンをかけたまま外を窺《うかが》うように薄く扉を開けると、玄関先でしゃがみ込んでいる金髪の頭が視界に入った。

「……ちょ、ひどくねぇ？　この音」

開いた扉に気付いて、男は顔を上げる。廊下の薄暗い電灯でもはっきりわかるほどげっそりとしているが、そこは智也の知ったことではない。チャイムの音で苦情を言われるなど、おそらく今日が最初で最後のはずだ。

「どちら様ですか？」

したがって、ごく当然な質問をする。

「オレだよオレ！　さっきまで一緒だっただろーが！」

「付きまとわれた覚えはあるが、一緒だった覚えはない」

図々しいことを言い出す金髪の男に、智也は憮然と返答する。

公園で出会ったこの男は、相澤英治《あいざわえいじ》と名乗った。もっとも、アイでもアイザックでも特別に好きに呼んでいいぞ！　などと、尚平としゃべっているのを智也は横で聞いていただけで、関わる気などさらさらなかったのだ。

英治は、駅まで智也と尚平を追いかけてきたかと思えば、同じ電車にまで乗り込んできて、まるで以前からの友人だったかのようにあれこれと智也に話しかけた。最初から相手にしていなかった智也に代わって尚平が話し相手となり、何度か制したのだが、精神年齢のつり合いが取れていたらしく、思いのほか二人の会話は弾んでいたようだった。

「なんでここがわかったんだよ」

智也はドアノブをがっちりと持ったまま、半顔だけ隙間から覗《のぞ》かせるようにして、金髪の頭に尋ねる。

電車を降りてから帰宅ラッシュの混雑に紛れて一度は撒《ま》いたものの、尚平を送り届けてからアパートに戻ってくる途中のコンビニの前で、再び遭遇してしまった。それからずっと付きまとわれ、当然のような顔で部屋にまでついてきそうになったので、近くの交番で変な男に付きまとわれていると訴え、職務質問されている間にさっさと帰ってきた。

その後再び清掃の仕事に出た際、英治はどこからともなく現れて再度付きまとい、ビルの清掃中もずっと傍《そば》で座り込んで、ポストからこぼれて床に散らばったピンクチラシを眺めては、ここに写ってるのは全部撮影用に雇われたモデルだと、どうでもいい情報を勝手にしゃべっていたのだ。

「いや、なんつーか、勘？ こっちの方かなーってうろうろしてたら、アパートに入っていく後ろ姿見かけたから」

清掃の仕事が終わったあと、ビルの裏口から脱兎《だつと》のごとく出たので、今度こそ撒いたと思っていた。おまけに閉店間際のスーパーに立ち寄って、値引きされた惣菜《そうざい》を買ったりした後、普段通る道とは違うルートで帰宅したので、よけいこの部屋への道のりは確定しづらかったはずだ。

智也はへらへらと笑う英治を苦々しく眺める。この男、においをたどってやってくる野良犬か何かか。

「で、何の用だよ？」

そもそもなぜ自分は彼に付きまとわれているのか。智也はうろんな目で尋ねる。どうでもいいことはべらべらとしゃべるくせに、肝心なことを英治は一向に口にしない。

「あ、えーと、そうそう、そこのコンビニで買ってきたんだけど、一緒に食うかなと思って」

意外と人懐っこい笑顔を向けながら立ち上がり、英治はコンビニの袋からカップのアイスクリームを取り出した。

「……今二月だけど？」

そもそも頼んでもいない。

「寒い時期に、こたつでぬくぬくしながら食うのがいいんじゃねーか！」

「うちにこたつはない。さようなら」

「あああ！　じゃあストーブ！　ストーブでいいから！　いや、もうコンロの火でもいい！」

智也が閉めかけた扉を、英治が必死に手をかけて押さえる。

「とりあえず入れろよ！　さみーんだよ！　ほら、アイスも溶けるし！」

「寒いんなら溶ける心配はないな。さっさと帰れ。まだ終電に間に合うぞ」

智也は扉にかけられた英治の手を無理やり引きはがしにかかる。隙間にねじ込んでこようとするつま先を、蹴《け》りつけて応戦した。一体なんなのだこの男は。自分に付きまとう理由も、上がり込もうとする理由もよくわからない。あるとすれば、金目当てか。

「残念ながら、上がり込んだところでうちに金目のものなんかないぞ！　このアパート見りゃわかるだろ！　ハーゲンダッツでも持って高級住宅街に行って来い！」

「いててて！　そんなんじゃねぇよ！　マジ、ほんと！　信じて！」

智也に、英治はそれでもなお食い下がる。

「信じられるか！　さっさと家に帰って寝ろ！」

「マジだって！　マジ、アイス食ったら帰るから、ちょっとだけ入れてくれよ！」

引きはがしたはずの手が、再び扉にかけられる。

「どうせ、帰る家なんかねぇしさ！」

「嘘つくならもうちょっと凝った嘘をつけ！」

「嘘じゃねぇよ！　あの公園にいたのだって、あそこで寝るつもりだったからだし！」

「寝る⁉　正気かお前」

奇《く》しくも季節は真冬だ。寒気団とやらの影響で、ここ最近寒波が到来している。この辺りは、雪国ほど冷え込みはしないが、明け方などには氷点下近くになることも珍しくない。そんな中好んで公園で寝る人間など、まともな感覚ではない。

「だから！　帰る家がないって言ってんだろ！」

嘘だ、騙《だま》されるな。頭ではそう警戒しているのに、智也が一瞬だけその手を緩めてしまったのは、意外なほど無垢《むく》な彼の目を見てしまったからかもしれない。

「……あの茂みの奥って、東屋《あずまや》になってんだよ。そこを段ボールで囲って、風が入らないように隙間に草とかビニール袋とか詰めて。ホームレスのおっさんがくれた、古くなった毛布と新聞紙かぶって寝るんだ。でも結局寒くて目が覚めて、だいたいコンビニとか転々としてる。……もう、五日目」

英治の語気が、徐々に弱くなる。扉の隙間からよく見れば、確かに革ジャンには泥のような汚れもついており、インナーのシャツには染みのようなものもある。冷えた手は爪の根元がささくれ立ち、あかぎれのような傷もあった。

「あのー」

智也が言葉を探している間に、外から強い口調で声がかかった。先に英治が反応して振り返り、智也もできる限り隙間から顔を出してそちらを見やる。

「うるさいんですけど。何時だと思ってるんですか？」

右隣に住む住人が、扉越しに迷惑そうな顔を覗かせていた。たまにゴミ出しのときなどに会うのだが、伸び放題にしたぼさぼさの髪の、年齢も職業も不詳の男だ。

「すいません」

智也は早々に頭を下げ、英治を睨《にら》みつけて彼にも頭を下げさせる。それを見届けて、隣の住人は舌打ちをひとつ残して部屋の中へと引っ込んだ。

「……お前のせいだぞ」

先ほどより声のトーンを落として、智也は訴える。今ここを出ていけるような金はない。できるだけ穏便に、平穏に暮らさねばならないというのに。

「いや、それは悪かったかもしんないけど」

英治も先ほどより声を潜め、思い出したように周囲を気にしつつ、改めて智也に向き直る。

「マジでさ、アイス食ったら帰るから、ちょっとだけ、ストーブあたらせてよ」

懇願するように低い位置から見上げられ、尻尾《しっぽ》を振られ、智也は思わず言葉に詰まった。確かにここは智也の住居でもあるが、同時に事務所でもある。仕事の依頼にやって来る、初対面の客が出入りする前提で住んでいるところだ。この男をこのまま廊下に置き去りにして、再び騒がれてもかなわない。

「だめ？」

寒さに肩をすくめ、英治はもう一度尋ねる。そしてタイミングよく、彼の腹で空腹を知らせる腹の虫が鳴いた。

智也はちらり、と玄関の隅に目をやった。そこには対暴漢用に金属バットを常備している。見たところ、英治は自分より背が低く、体も大きくはない。取っ組み合いになっても勝算はある。それに、このアパートの壁は薄い。騒ぎになれば、両隣の住民に筒抜けだ。幸か不幸か、右隣の住人には目撃もされている。

逡巡《しゅんじゅん》しながら、智也はもう一度英治を見やる。彼の言っていることが嘘か本当かはわからない。だがもしそれが事実で、本当に一人寂しくあの公園に帰って寒空の下夜を越さねばならないのであれば、ここで追い返してしまうとわずかばかりの良心が痛む。ストーブにくらい当たらせてやってもいいかもしれない。それに耳のいい彼に、わずかばかりの興味もある。なにより、これからもここで平穏に暮らしていくために、一晩中でもドアの前で騒いでいそうなこの野良犬を、放置しておくわけにいかなかった。

「……………本当に、アイス食ったら帰れよ」

果たして自分は、まんまと罠《わな》にかかっているのだろうか。疑いながらも口にした智也の言葉に、英治はぱっと顔を輝かせた。

「絶対！　約束する!!」

そう素直に言うところがやっぱり怪しいとは思うのだが。

智也は一旦《いったん》扉を閉め、金属バットの位置を握りやすい場所に置き換え、ドアチェーンを外してから再び扉を開けた。

薄暗い電灯の下で嬉《うれ》しそうに笑う英治の顔に、なんとなくシルバーのピアスが似合わないなと、そんなことを思った。


「五日前までは、旦那《だんな》がパチンコ屋とかラブホテルとか経営してるっていう女に金もらってた。なんか旦那は滅多に家に帰ってこないとかで、ほぼオレもその家に住んでたんだけど」

部屋に上がり込んだ英治は、早速赤々と燃えるストーブの前に座り込んで、かじかんだ両手をこすり合わせた。この寒空の下、薄手のシャツに革ジャン一枚という、よくもそんな薄着で出歩けるものだ。それとも、それしか服を持っていないのか。念のため扉の鍵は閉めず、智也はそのままストーブの上のやかんを取り上げてコンロにかけた。

「不倫っていうの？　いや、ペットか。オレは別に金がもらえて住める場所があれば、それでよかったんだけど。でも結局旦那にばれて、着の身着のままで追い出された。だから今は小銭しか持ってなくて、帰る場所もない」

悪びれもせずそう言って、英治はソファに腰を下ろす智也にアイスを差し出す。

「なんか珍しいもん集めるのが好きな女でさ、あ、女つってももう熟女なんだけど、家にいろんなもん置いてたぜ。一点物のブランドの鞄とか、オーダーメイドして作ったハイヒールとか。あとカップとかグラスとか、時計。服ももちろん、帽子、ネックレス、指輪」

指折り数えながら、英治は続ける。

「珍しいとこでは、ミニチュアのピアノとか。子ども用みたいに小っちゃいのに、ちゃんと黒光りしてて音が出んの。それにレアものの楽譜とか、廃盤になったレコードとか。日常的に音楽がよくかかってる家で、クラシックの曲が多かったかな。オレ、そういうのあんまりわかんねぇんだけど、バッハとか、モーツァルトとか？」

受け取ったアイスは、紙パック越しでもわかるほどまだ固く凍っていた。この季節に好んで食べる習慣はないのだが、もらってしまった以上、食べないで放置しておくわけにもいかない。智也は短く息をついて、バニラ味と書かれた青のパッケージを開ける。出会ったときから怪しいやつだとは思っていたが、まさか金持ちのペットだったとは予想外だ。だが無邪気に笑う顔は案外幼く、その辺が熟女にはウケたのか。

「その前は風俗嬢のヒモしてて、その前はちょっとだけホストやって、その前は……まぁ、いろいろ……」

「……いろいろってなんだよ」

なんだか不穏な空気を感じて、智也は尋ねる。叩けばもっと埃《ほこり》が出そうな気配がするのが恐ろしい。

「いや、ほら、警察と……知り合いになったり、とか。あ、でもかわいいもんだぜ？　万引きとかだし」

「……万引きのどこがかわいいんだよ」

言い返しておいて、智也はふと目の前のアイスに不審な予感を抱いた。

「お前、まさかこのアイス……」

そういえば公園で寝泊りするような男だ。無駄になったかもしれないアイスを、わざわざ貴重な持ち金を使って購入するだろうか。

「ち、違う！　それは絶対違う！　ちゃんと買ったから！　二百十円払ったし！」

智也から向けられる疑いの目を全力で否定して、英治はポケットから丸めて押し込んでいたレシートを探し出す。

「ほら！　な？」

しわを伸ばしながらレシートを智也に差出し、英治は無実を訴える。感熱紙に整然と並んだ文字を追って、今日の日付と商品名を確認し、智也はようやく付属のスプーンですくったアイスを口へと運んだ。

「ていうか、お前はそもそもなんで帰る家がないんだよ？　見たとこハタチそこそこだろ？　親は？　学校とかは？」

なんだかロクでもない道を歩んでいることだけはわかったが、一体何がどうなってその道に入り込んでしまったのか。

尋問のように尋ねる智也に、英治は床の上に直に座り込んだまま、アイスのスプーンを咥《くわ》えて思案するように視線を動かした。

「親は、オレが小学生の時に離婚した。父親とはそれっきり。高校までは母親と暮らしてたけど、オレが卒業するのと同時に再婚して、オレは働きながら一人暮らし。再婚相手はいい人だったけど、オレはオレで独立したかったし」

それだけ聞けば、苦労はしたかもしれないが、今の時代さして珍しくはない話だ。コンロにかけたやかんの、沸騰間際になってきた音を聞きながら、智也はアイスをすくう。

　ストーブの前で、英治は続けた。

「で、オレ工業高校だったから、そこの先輩のつてで金属加工工場に入社したんだけど、一年もたずに辞めちまったんだよ。そこからバイトで食いつないでたけど、それもダメで。そのうち家賃払えなくなって追い出された。そこからホストになってヒモになって、不倫相手になって、今」

　なんともあっけらかんとした説明に、智也はため息をつく。なんだかどんどん険しい道の方へ進んで行っているような気がするが。どこかで立て直す気はなかったのか。

「なんでその工場辞めたんだよ」

　そこを辞めなければ、バイトを探す必要も、ホストになることもヒモになることもなかったはずだ。

　呆れた目を向ける智也に、英治は、そうなんだよなぁと他人事《ひとごと》のようにつぶやいて、スプーンでアイスをつついた。

「その工場ってさ、板金、加工、溶接までして、スチールの棚作ったり、机作ったりするとこで、オレは加工する部署にいたわけ。レーザーで鉄板切ったり、穴開けたりするとこな。一口中でっかい機械のそばで、ボタン押したり、詰まらないか見たり、出来上がったやつを次の工程に送り出したりする仕事を、毎日毎日朝八時から夕方六時までずーっと」

「その単純作業が嫌になったのかよ？」

話を聞く限り、特別きつそうな仕事内容ではないが、なぜ辞めてしまったのか。今は大学を卒業していても就職が難しいと言われるほど、職を探すのが困難な時代だ。

智也の問いに、英治はアイスを口に入れたまま首を振った。温かい部屋の中で、徐徐にアイスが解けてスプーンが刺さりやすくなってくる。

「じゃあ人間関係？」

続けて尋ねたが、その問いにも英治は首を振る。そしておもむろに、片翼の刺さった自分の耳を指さした。

「音」

そう言われ、智也はあの公園での出来事を思い出した。聴いていた音楽と、リコーダーの狂った音が作り出す状況に、耐えかねていたあの姿を。

「機械のモーター音や、鉄板がレーザーでカットされる音。それに機械が稼働してる間に鳴る、危険を知らせるアラームの音。しかも狭い工場だから、隣では違う人が全然別の工程をやってるし、事務所からもいろんな音が聞こえてくるし」

英治は、当時を思い出すように天井を仰ぐ。

「たとえばアラームが鳴ってる中、向こうで電話が鳴り始めたりすると、もうだめ。その音の組み合わせが気持ち悪くてたまんねぇんだ。ずっと回ってるモーターの音に、レーザーが動く音が混ざったりしたら、鳥肌たっちゃって機械操作どころじゃねぇもん。確かに今までの日常生活でも、音のせいでちょっと気持ち悪くなることとかはあったけど、まさかここまでとは思わなかったなぁ。自分でもびっくりしたっていうか」

そのせいで危うく事故を起こしかけたことが何度かあり、これ以上迷惑をかけられないからと、自分から退職を願い出たのだという。まだ若いという自負もあり、次の仕事もすぐ見つかるだろうという楽観的な考えだったらしい。

あっけらかんと英治は言うが、当時は相当苦しんだはずだ。その工場で働く姿を想像して、智也は思わず顔をしかめる。良すぎる耳を持つ彼にとって、その職場がどんなに負担になったかは、同情してなお余りある。ただただ機械や金属が奏でる不規則で不安定な音を、一日中聞かされているのは、確かに耐え難く、作業に集中できなかったのではないか。普通の人からしたら、レモン果汁と苦い薬と、激辛のタバスコを一度に口の中に入れられて、一日その状態で仕事をしろと言われている感覚と似ているかもしれない。その支離滅裂さを聴覚で味わっている感じだ。

「機械いじりとか、何かを作ったり直したりする作業は好きだったし、多少の音くらいは大丈夫だと思ってたけど、一回意識するともうダメだったなぁ。そこを辞めてからファーストフード店とか居酒屋でバイトもしたけど、ポテトが揚がる音とか、客の笑い声とか、有線とか、そういうのが混ざって、気になって、全然集中できなくてさ。で、その頃繁華街ぶらぶら歩いてたら、ホストやらないかって声かけられた」

だが結局そのホストも、大音量の音楽や、注文時のコールや、仕事終わりにオンチな先輩に付き合わされるカラオケなどが苦痛になって、辞めてしまったのだという。

「もうたぶん癖なんだよ。電車の中でも街の中でも、人の話し声とか、携帯の着信音とか、今のは気持ち悪い音だとか、今のはハモってたとか常に気にしてるし。横断歩道で流れてるとおりゃんせと、通りにある店から聞こえてくるポップミュージックが重なって聞こえたときなんか、マジ発狂しそうになったし」

智也は、幸せそうにストーブに当たっている英治の横顔を見つめる。智也自身、絶対音感やそれに近い能力についてある程度知識は持っているが、こんなにも音に敏感で神経質な人物に会ったのは初めてだった。

やかんから沸騰を知らせる音が鳴り響き、智也は慌てて火を止めに行く。

「お前、割と人生苦労してるな」

同情を込めて言うと、英治は苦笑した。

「もう慣れたっつーの」

どこかあきらめが滲《にじ》む英治の顔に、胸が軋《きし》む。

もう慣れたっつーの。

それはきっと、いろんな音を聞いて気持ち悪くなることに慣れた、という意味ではないだろう。智也は音もなくあがる白い湯気に目を落とす。そんな能力を持ってしまったばかりに、不便を強いられていることに慣れた、という意味なのかもしれない。

そのせいで居場所を奪われてしまうことも、生き辛《づら》いと感じてしまうことも。

音楽家でもない、評論家でもない、ごく普通の二十歳の若者には必ずしも必要な能力ではないのだ。

望んでもいないのに、天から与えられてしまったもの。

また耳の奥でピアノの音が聞こえた気がして、智也は振り払うように軽く頭を振った。

望んでもいないのに、ピアニストの息子に生まれてしまったこと。

今なお父の音に縛られる自分に、英治の息苦しさはよくわかる気がする。

「お前その耳、いつから付き合ってるの？　ピアノ習ってた？」

智也は棚からインスタントコーヒーのビンを取り出した。こういった音に関する能力は、幼い頃に身につけるというのが一般的だ。たとえば絶対音感なら、幼い頃からそういった教室に通い、強制的に教え込むこともあれば、楽器のレッスン以外特別な訓練をしていないのに、ある日突然走り去る救急車のサイレン音を正確に音階にして口にしたりというような者もいる。智也の場合は前者で、物心つく前から父親によって音名と音階を叩き込まれた。小学生の頃までは、聴いただけで音を言い当てることもできたようだが、音楽から離れた今は、ラの音以外正解率は四割ほどだ。それも絶対音感のラベリング能力というよりも、他の音の高さと比べて音を探す、相対音感に頼っているといっていい。

「ちゃんとは習ってねぇよ。うち貧乏だったし。ただ隣がすげぇ音楽一家で、家に超でっかいピアノがあって、母親と娘が一緒に弾いたりすんの。オレ、幼稚園の頃からそこの娘にかわいがられてたから、ずっと入り浸って練習見たり、演奏聴いたり、時々面白半分で音の当てっことかしてるうちに、いつのまにか、その音が気持ちいいとか気持ち悪いとかが体に染みついて、そのときにドレミの音程もなんとなく覚えたみたいでさ」

ストーブの前にいるため溶けるのが早く、もうほとんど容器の中でどろどろになってしまったアイスを、英治はちびちびとすくっては口に運んでいた。

「自分が普通の人より音に敏感だって自覚したのは、中学生になった頃だったかな。ちゃんとピアノとかを習ったわけじゃねぇから譜面は読めねぇのに、耳につくいろんな音をスルーできねぇから性質が悪いんだよなぁ」

他人事のように言うその姿を見ながら、智也は複雑なため息をついた。その話が本当だとしたら、絶対音感ではないにしろ、彼にはそれだけの能力を身につけるセンスがあったということだ。そういった能力を持っている者が必ずしも恵まれ、成功するとは思わないが、幼い頃に誰かそれを指摘してくれる人と出会っていたら、苦しむばかりでなく、その能力を生かす道も見つけやすかったのではないだろうか。

「でもさぁ、オレ、ヘルツとか、そういう難しいことよくわかんねぇけど、あんたは音程のすっげぇ微妙な違いもわかるってことだろ？」

インスタントコーヒーの粉を入れたマグカップに湯を注ぐと、途端に香ばしい香りが立ち込める。由果はこの味が安っぽいと言って嫌うが、智也の舌には充分幸福感を与えてくれるものだ。ただ時々、もっとうまいコーヒーを飲みたいと思うときもある。結局結構なカフェイン中毒なのかもしれない。

「絶対音感」

湯気に紛れて智也が口にしたその単語を、英治が、え？　と問い返す。

「絶対音感って言うんだよ、オレの四四〇Ｈｚを聞き分ける能力」

決して自ら欲したわけではなく、ただ父の遺《のこ》した消えない傷跡のように、未だこの身に刻まれているもの。

「絶対音感……聞いたことある！　すげぇじゃん、なんか格好いい！」

ただの言葉の響きの感想なのか、英治は無責任な褒め方をする。

「でも別に音楽してる人ってわけじゃねぇんだな。楽器とかもないし。なぁ、なんでよろず屋やってんの？」

「お前に答える義理はない」

智也はやかんに新しく水を注《つ》ぎ足して、ストーブの上に置いた。由果の言うとおり、そろそろポットを買ってもいいかもしれない。懐に余裕があればの話だが。

「いいじゃねぇかよ、教えてくれたって！」

「うるさいな、さっさとアイス食べろよ。もうどろっどろじゃねぇか」

英治のアイスは、すでに原型をとどめていない。だがもう食べないというわけではなく、少しずつ舐《な》めるようには口にしている。おそらく、食べ終わったらここを出て行かねばならないと大真面目《おおまじめ》に思っているのだ。そのために時間を引き延ばしているに違いない。

「んだよケチ！　智也のケチ！」

「呼び捨てにするな！　オレの方がだいぶ年上だぞ」

「尚平だって呼んでたじゃねぇか。なんで小学校二年生がよくて、オレがだめなんだよ！」

英治が憮然と抗議する。もしかすると、精神年齢は尚平の方が上ではないだろうか。

「尚平はお客様。お前は野良犬」

智也はコーヒーのビンを片付けながら、さも当然のように言い放つ。

「野良犬⁉」

「そう。勝手に後をついてきて、戸口でクンクン鳴いてた迷惑な野良犬」

「部屋に入れたのは自分だろ！」

「そうだな。だから、これは情けのエサ」

マグカップに淹れたコーヒーと、先ほどスーパーで買ってきた特売の惣菜パンが目の前に置かれるのを見て、何か言い返そうとしていた英治は、半端に口を開けたまま智也を見上げた。

「食べたら帰れよ」

それだけは念を押すように言って、智也はソファに座り、やりかけにしていた帳簿の作業を始める。優しさではない。ほとんどが同情だ。

音に翻弄されて生きている彼へ、父の音楽に未だ縛られる自分からの。

「……うん」

しばらくコーヒーとパンを眺めていた英治は、おもむろにマグカップを手に取って、穏やかに頷《うなず》いた。

夜半を過ぎ、外は一層冷え込んできている。

部屋の薄い窓ガラスに、音もなく結露の雫《しずく》が滑った。

クリアな音だ、と半分眠ったままの頭で智也は思った。

ラの音にしか反応しない智也でも、その相対音感ですんなりと捉えられるほどの明確な、十二平均律の五番目の音、ミだ。右隣か左隣かわからないが、うちのチャイムよりもずっといい音で鳴っている。住んでいる部屋は同じボロアパートなのに、チャイムがこうも違うと若干の不公平を感じてしまうのは否めない。そんなことを思って、寝返りを打った。

「加賀さーん、お届け物ですよー」

その声とともに再びチャイムが鳴らされて、智也はソファの上で跳ね起きた。

聞き間違いでなければ、我が家を訪ねてきた宅配業者らしい。慌てて玄関の扉を開けると、外にはイルカのマークが入った帽子をかぶった宅配業者が、寝起きの目には眩《まぶ》しすぎる朝の光の中、さらに目が眩《くら》む笑顔で立っていた。同時に、冷え込んだ空気が一気に体へとぶつかり、智也は思わず身震いする。眠気が一気に吹き飛ぶような寒さだ。

「お届け物です。印鑑かサインをお願いします！」

「……ご苦労様です」

智也は壁に吊《つ》るしてある小物入れの中から、手探りで印鑑を探そうとして手を突っ込んだ。だが百円均一で買ってきたミニ工具セットが邪魔をしてなかなか取り出せず、結局中の物を全部床の上に出して、そこから印鑑を探し出した。

押印して受け取った荷物は、両手で抱え上げるのが少し困難なほどの、巨大な段ボール箱だった。だが大きさに比べると、とんでもなく重いわけではない。差出人には『家出した弟の姉』とあった。もうそれだけで誰かわかる。昨日ここに来る前から仕込んでいたネタに違いない。

「ありがとうございましたー」

宅配業者の背中を見送り、智也は壁に設置されているチャイムに目をやった。インターホン機能などない、ただ音が鳴るだけの簡素なものだ。埃をかぶっていたはずのそれが、若干拭《ぬぐ》われたように綺麗《きれい》になっている。恐る恐る音符のマークが描かれた四角いボタンを押すと、先ほど聞いたのと同じクリアな音が鳴った。昨夜、英治がのた打ち回っていた音とは明らかに違う。

「……なんで？……ていうか、……あいつは⁉」

寝起きの頭に徐々に回路がつながり、ようやく昨夜の記憶が蘇る。確か金髪の野良犬を拾って、アイスを食べて、コーヒーとパンを与えた。そこまでは覚えている。だが、その先の記憶がない。ソファで目を覚ましたことを考えると、そのまま寝てしまったようだった。慌てて室内に戻ると、玄関に英治の靴はなかった。そして当然ながら、部屋の中にも姿はない。ただつけっぱなしになったストーブだけが、赤々と燃えている。

「……帰った、のか」

そうだ、もともとそういう約束だったはずだ。

智也は受け取った荷物を床へと下ろし、机の上に放り投げていた眼鏡をかけ、キッチンの流しを覗き込む。そこには昨夜英治に手渡したマグカップが、空になって置かれていた。それからぐるりと室内を見回してみるが、その他に彼がここに確かに存在した明確な印は残っていなかった。

「……案外、ちゃんとしてるんだな」

アイスの容器もパンの袋も、ゴミ箱にきっちりと捨てられている。智也は拍子抜けしたようにソファへと座り、テーブルの上に出しっぱなしにしていた卓上用の金庫に気付いた。いつもはきちんと鍵のかかる引き出しにしまっておくのだが、昨夜は出しっぱなしにしたまま眠ってしまったらしい。しばらくその灰色のボディを眺めて逡巡し、智也はおもむろにその蓋を開けた。

金庫の中は、上のトレイに硬貨を、その下部分に紙幣を収めるようになっている。確認したところ、一見、昨夜最後に智也が見たときと変わっておらず、一万円札の数もそのままだ。だが硬貨入れの脇《わき》にある、領収書などを放り込んでいた部分に、見慣れない紙切れが紛れ込んでいる。取り出してみると、大らかな文字が紙面に躍っていた。

アイス買ったら電車代なくなったから、二百円だけ貸して

「…………あいつ、」

吐息とともに呆れたようにつぶやいて、智也はソファの背もたれに体を預けた。よく見ると、そのメモは昨日のレシートだ。智也は天井を仰ぐ。予想通りだったような、予想外だったような、複雑な心境だった。

金庫の中には、一万円札だけでも五枚は入っている。大金ではないにしろ、今の彼にとっては喉《のど》から手が出るほど欲しかったはずだ。本当に二百円だけ取っていったのか、それはもう一度数えてみなければわからないが、おそらく彼はそれ以上の額を持ち出していないはずだ。

「二百円だけ持っていってどうするんだよ……バカかあいつは」

その小銭で電車に乗って、地元に帰って、その先どうやって生きていくのか。二百円の被害で済んだことは良かったはずなのに、なぜだか智也の胸の内は晴れなかった。

今夜彼は、あの公園で眠るのだろうか。偽りのぬくもりを求めて、夜の街をさまようのだろうか。

持て余した自分の能力に翻弄されて、耳を塞《ふさ》ぎながら。

天井を仰いだまま、智也は目を閉じた。また耳の奥で聞こえ始めるピアノの音に、知らず知らず眉間《みけん》に皺《しわ》が寄る。

左手の和音から始まり、二音目はテヌート。静かに、重々しく始まるその序章は、教会のような、広い空間の中で鳴り響く荘厳さを持つ。そしてその空間の中に、次の音へ向かっていくはっきりした強い意志を示すように、奏でられるmolto energico、とても力強く、の指示。類稀《たぐいまれ》なる技巧を持ったブゾーニの編曲を父の手が紡ぎ、高らかに歌う鍵盤の声。

もう嫌だよ。

ピアノの前で、必死に抵抗した幼い頃の自分。

もう弾きたくないよ。

そう言って泣いた、嫌な思い出。

それなのになぜ、未だ父のピアノの音は自分を支配するのだろう。

もう慣れたっつーの。

そう言った英治の顔が不意に脳裏へと蘇って、智也は目を開いた。見慣れた天井を眺め、長い息を吐く。深夜か早朝かはわからないが、おそらく眠ってしまった自分を起こさぬよう気遣いながら出て行ったであろう、英治の姿を想像する。

玄関へと目をやった智也は、先ほど印鑑を探したとき小物入れの中の物を全部取り出し、床の上に放置したままだったことに気付いた。

そこに置きっぱなしにしていては、いずれ自分が踏んで痛い目に遭うことは目に見えている。

やれやれ、とひとりごちて、智也は体を起こした。改めて見てみれば、印鑑の他に、何かの付属でついてきたミニ六角や、小さな懐中電灯、それに水道やガスの利用明細、ダイレクトメールなどが大量に入っていたようだ。

「まぁこれだけ入ってりゃ、印鑑も見つからないわけだな」

つぶやいて、必要なものだけ選《よ》り分けようとした智也は、ミニ工具セットのケースに触れて不意にその手を止めた。

「……なんでここに入ってんだ？」

本来、ストーブ脇のカラーボックスに入れていた物で、玄関の小物入れには入っていないはずの物だ。ここ最近使用した覚えもない。まさか勝手にミニ工具が歩いてきたわけでもあるまい。しばらくしゃがみ込んだまま考えて、智也は弾かれたように顔を上げた。

「……あ、忘れてた」

そうだ、確か彼は、機械いじりが好きだと言っていた。

その時智也の頭の中で、英治と、移動したミニ工具と、クリアになった玄関のチャイムとが一つの線でつながる。簡単な構造のチャイムを直すことくらい、彼にとっては容易《たやす》いことだったのかもしれない。玄関先で修理をして、そのまま工具を小物入れの中に入れたのではないか。そのことに気付いて、智也はしばらくその場から動くことができなかった。

それはコーヒーとパンへのお礼か、暖を取らせたことへの感謝か。

それとも、特殊な音の能力を持つ者への、彼なりの気遣いか。

智也は唇を噛んだ。床の上で拳《こぶし》を握りしめる。どうすればいいかと自問しながら、答えなどとっくに出ているようにも思った。叩けばまだまだ埃が出てきそうな相手だ。近づけば近づくほど、厄介ごとを背負い込むことになるのは目に見えている。わかっているのに、今呼び戻さなければもう二度と会えないのではないかという不安が、胸を這《は》い上がる。その時の後悔を思えば、今動かないわけにはいかなかった。

智也はソファの背もたれに放り投げてあったダウンジャケットを奪い取るようにつかむと、財布や携帯を持つ暇も惜しんで部屋を飛び出した。

まだその辺をうろついているだろうか。それとももうとっくに電車に乗ってしまっただろうか。答えは出ないまま、凍てついた冬の空気の中へと身を躍らせる。何を言うべきか、何を伝えるべきか考えながら、アパートの階段を駆け下りようとした智也は、虚を突かれたように足を止めた。

「……あ、オッス」

階段の最下段に腰かけていた金髪の頭が、智也の慌ただしい足音に気付いて振り返り、敬礼するように片手をあげてみせる。

「お前……」

すでにここを出て行った後ではなかったのか。寒そうに肩をすくめながら、どこかはにかむように笑う英治を前に、智也は二の句が継げずに半端に口を開けた。

それは、慌てて飛び出したことの気恥ずかしさか、驚きか、それとも、安堵か。

澄んだ空に宿る冬の朝陽が、早すぎる再会を果たした二人に降り注いでいた。

# 第二章　accel.　―アッチェレランド　次第に加速して―

一

「見かけによらず苦労してるんだねぇ」

深緑の地に沖縄独特の紅型模様をあしらった着物に、月桃が描かれた深川鼠《ふかがわねずみ》とも水《みず》浅葱《あさぎ》ともつかない青味がかった色の帯を締めたサワ子は、しみじみとため息を吐いた。

「んなことねぇよ、もう慣れたっていうか、波乱万丈がオレの人生っていうか？」

そう言いつつ、出されたお茶をすすった英治が、あっちいっ！　と叫んで渋面を作る。

「どこのロクデナシを拾ってきたのかと思ったけど、手先も器用だし、よく働くし、いいバイトになりそうじゃないか」

サワ子の言葉に、智也は用心深くお茶を冷ましながら、眼鏡を半分曇らせて顔をあげる。

時刻は午前十一時半。昼からは立て続けにお稽古が入っているからと、午前中早くから頼まれた仕事をようやく終えたところだった。

「バイトじゃないよ。こいつが勝手についてきてるだけ。貸してる金を返してもらうまで、寝床を無償で提供してやってんのに、なんでバイト代まで払わないといけないんだよ」

寒い季節に体が温まるようにという配慮なのか、金城家で出されるお茶はいつも熱々だ。先ほどまで、寒空の下二階の窓掃除をしていたために、余計に熱く感じるのかもしれない。

一週間前から、あのボロアパートで英治も一緒に暮らすようになった。結局電車代としては使わなかったものの、勝手に持ち出した二百円を智也からの借金とし、その返済が済むまで、要は仕事が見つかるまでという条件付きではあるが、居候という立場になっている。公園で段ボールと新聞紙にくるまって夜を過ごす生活に比べれば、屋根と暖房器具のある天国のような環境だ。あの日アパートの階段に座り込んで行き先を考えていたという英治は、智也の打診に二つ返事で転がり込んできた。

「いざ仕事を探そうと思ってもさ、よく考えたら、やりたい仕事とかよくわかんねぇし、だからそれを見つけるために、いろんな仕事場に行くよろず屋の仕事に同行させてもらってんだ。ほらオレ、音のうるさいとこだったらちょっとまずいし」

サワ子から差し出されたウェハースのお菓子を遠慮なく受け取って、英治は早速包装を破った。こんなとき彼は、無邪気な少年のような顔をする。いつの間にかアパートの押入れをあさって、智也の服をちゃっかり拝借しているあたりはしたたかなのだが、思えばつい二年前までは高校生だったのだ。まだその辺のあどけなさが、ふとした拍子に顔を出す。そんな彼の笑顔に目をやっていた智也は、ふと、英治の鼻にあったシルバーのピアスが外されていることに気付いた。

「あれ、お前鼻のピアス外したの？」

初めて会ったとき、まるで武装するように装備されていた英治のピアスは、徐々に数を減らしてはいるものの、まだすべてが無くなったわけではない。

「あ、うん。だって外せ外せってうるさかったじゃん」

「当たり前だろ。この商売は信用第一なんだよ。印象が悪かったら仕事もらえないんだからな」

英治が仕事を手伝うようになって以降、何度も言い続けてきた言葉を再び智也は口にする。

「鼻のやつ外したんなら、その耳に刺さってる羽も外せよ」

「あっ！　だめ！　これはだめ‼」

耳へと伸びてくる智也の手を、のけ反るようにして避け、英治は左手で片翼のピアスをかばうように手で覆う。翼というモチーフだけを見れば、パンクロッカーのような格好を好む英治が身に着けていることに、若干違和感を覚えはする。だがその翼は燻されて黒々しく、軟骨を貫き、耳の際を囲むようにつけられているその姿は、どこか禍々《まがまが》しくさえ感じてしまう。最も目につくそれを以前から外せと言ってきたのだが、これだけは頑として譲らない。よっぽどなにか思い入れのあるものなのだろうか。

「普段はつけて、仕事のときは外しゃいいじゃないか。印象もそうだけど、そんなの仕事中にひっかけでもしたら、耳がとれちまうよ」

サワ子が譲歩案を提示するが、英治は頑として首を振った。

「これだけは、外せないんだ」

なんだか神妙に言ってウェハースを齧《かじ》る英治に、智也とサワ子は顔を見合わせる。

「外せないってなんだよ。別に鍵がかかってるとか、外したら爆発するとかいうわけじゃないだろ。没収するって言ってるわけじゃないんだぞ」

ピアスひとつに何をこだわっているのか。智也の言葉に、英治はごまかすように曖昧に笑った。

「だってこれがなかったら、オレ飛べないしー」

ふざけたように口にするが、その言葉の内容に反して口調は明るいものではなかった。珍しく英治の感情が読めず、智也は若干戸惑ったまま続く言葉を見失う。普段はその感情が体中から漏れ出しているようなタイプの彼が、こんな風に作り物めいた笑顔を浮かべる姿は初めて見た気がしていた。

「まぁまぁ、いいじゃん。このピアスの分、オレ超働くしさ」

切り替えるように、いつもと同じような笑顔を浮かべて、英治はウェハースを齧る。

「ね、サワ子さん、オレ見かけによらず真面目っしょ？　やっぱ見る人が見ればわかっちゃうんだよねー、その辺が」

「見かけも追いつくと損しないと思うけどねぇ」

呆れたように言って、サワ子がお茶をすすった。

自分で言ってしまえば元も子もないのだが、近寄りがたい見た目に反して、英治は任されたことは指示通りこなし、引っ越しを手伝うようなキツイ仕事も、家の敷地でカラスが死んでいるので処理してほしいというような仕事も、文句を言いつつもきちんと最後までやり遂げる。また、機械いじりが好きだと言った言葉に嘘はなく、先ほども映りが悪いのだとサワ子がぼやいたテレビを、休憩時間の間に直してしまった。

働く環境さえ整えば、決して使えない奴《やつ》ではないのだ。

だがしかし。

智也はちらりと英治を見やる。人と打ち解けるのも早く、サワ子と談笑して無邪気に笑ってはいるものの、叩けばまだまだ埃が出そうな相手だと思ったのは間違っていなかった。

同じ屋根の下で暮らすと決まってから、英治があっけらかんと打ち明けてきたことがある。

実は少し前まで、追われていたのだと。

「しかしその音に敏感だっていう能力も迷惑なもんだねぇ。演奏家には便利なものかもしれないけど、聞こえてくる音をいちいち気にしてたら、落ち着いて生活できないじゃないか」

息子か孫を心配するような顔で、サワ子は短く息をつく。自分では手に負えなかった二階の窓を綺麗に掃除してもらったことに加え、テレビまで直してもらえたことで、見た目とのギャップもあり英治への評価は急上昇しているらしい。

智也は慎重にお茶をすすりながら、サワ子に目をやる。嫉妬《しっと》ではないが、こうも露骨な態度を見るとなんだかむなしい。所詮《しょせん》男も若い方がいいのか。たとえこいつが、不倫相手の旦那に雇われた、うさんくさい男たちに追われていたという過去を持つ身であったとしても。

「あ、わかる？　テレビでオンチな歌手とか見てもイライラするし、すっげぇ敏感モードになってるときは、雑踏の音とかでもイラっとするときあるしさー」

英治は渋面を作ってサワ子に訴える。事務所で暮らすようになってすぐ、廃品回収車の伸びたテープの音と、テレビから流れるCM曲のコラボレーションに、耳を塞いでいたこともあった。工事現場の音や、選挙カーの音などのコラボレーションに白旗を上げて、仕事中いつの間にか喫茶店に避難していたこともある。

「いい仕事が見つかるといいわねぇ」

そうだ、お昼ごはん食べていきなさいよ、と微笑《ほほえ》むサワ子を、智也はうろんな目で見やりながら小さくため息をついた。

「お前さぁ、追われてたって言ってたけど、一体何やらかしたんだよ？」

金城家で遠慮なく昼食をごちそうになり、次の現場へと向かいながら、智也は隣を歩く英治に呆れた目を向ける。

「知らねぇよ。心当たりがあるのは不倫だけだって。金関係なんか手つけてねぇし、なんにも持ち出したりとかもしてねぇし」

英治の話では、不倫相手の家を出てからもう二週間以上がたつという。女と同じベッドで眠っていたところを帰ってきた旦那に発見され、窓から飛び降りて逃げ出したらしい。それから数日、英治を探してうろつくプロレスラーのような屈強な男が数名いたらしいが、ここ最近は見なくなったのだと。

「ただなんか、旦那はすっげぇ執念深い人みたいよ。女が言ってたから間違いねぇ」

「なんでそんなとこの女に手出したんだよ……」

智也はため息を吐いた。この男を居候させることで、何か厄介ごとが増えるかもしれないとは思ったものの、まさかここまでとは思わなかった。

「いやだってほら、最初はホストのときの客で、いろいろ相談されてて、そこからだんだんって、よくあるじゃん！　それにもう済んだことだから大丈夫だって！」

悪びれる様子もない英治を、智也は冷ややかな目で眺める。彼の中に反省という二文字は存在しているのか。

「なんかあったらすぐ追い出すからな」

「ちょ、そこは、同居人としてかばうとかそういう情熱はないわけ⁉」

「オレは今激しい後悔に襲われてる」

「大丈夫だって！　現場から何駅も離れてるし、実際もう姿は見なくなったし。心配性なんだっつの！」

頬を刺すような澄んだ冷気の中、晴れ渡った空の下を連れだって歩く。

『加賀よろず屋』に寄せられる仕事の依頼は、清掃から子どもの送り迎えまで様々だ。新作のゲームソフトのために、発売の三日前から店舗前に並んでほしいという依頼もあれば、結婚式の披露宴に友人のふりをして出席してほしいという依頼、老人ホームに入居している祖父を見舞ってほしいという依頼、家の周りの草抜きや古紙回収ボランティアの代打、米や洗剤など重い買い物の代行など、とにかく細々したものから大がかりなもののほとんどが、突発的に入ってくる。

「いつもご苦労様ダネ」

金城家を出た智也と英治がその足で向かったのは、ちょうどランチタイムが終わったばかりのインドネシア料理店『トゥリマ　カスィ』だった。ここは月に一回、清掃を依頼してくれる顔なじみで、ワンコインでナシゴレンランチが食べられるため、普段の食事でも智也はよく足を運ぶ。店内にあるステージでは、インドネシアの伝統音楽であるガムランの生演奏などもあるらしく、若者を中心に人気のある店だ。

フロアはバリ島のリゾート地を連想させるような落ち着いたオーク調にまとめられ、観葉植物の緑が鮮やかに映えている。智也たちの仕事は、そこの床をディナータイムの開店までにワックスを使って磨き上げるのだ。

「今日は、予約いっぱいで参るよ。ちゃんちゃん焼きダネ」

一時間半ほどかけて店内の床にくまなくワックスをかけ終わり、道具を片付けていた智也たちのところへ、店長でありオーナーシェフでもあるハムサが、仕込みの合間に顔を出した。インドネシア人の彼は、日本人の妻を持つ二女の父だ。黒々とした凜《り》凜《り》しい眉と柔和な笑顔でとても人懐こいが、来日して十年以上たつのに未だ日本語が時々おかしい。

「ちゃんちゃん焼き？　インドネシア料理なのに？」

清掃終了のサインをもらっていた英治が、大真面目に問い返す。

「てんてこまいってことだ。なんでかそうやって覚えてるんだよ」

智也は眼鏡を押し上げて店内の時計で時間を確認する。いつもは一人で行うため、二時間ほどかけていた仕事だが、今日は英治がいたため随分早く切り上げることができた。開店までにはまだ二時間ほどある。ワックスも問題なく乾くだろう。清掃を専門にやっている業者はいくらでもあるというのに、自分に依頼をくれるハムサの期待にはできるだけ応《こた》えたかった。

智也の指摘に、また間違ったダネ！と舌を出して肩をすくめたハムサは、サインを書き終わると、英治に店のロゴが入ったビニール袋を手渡した。

「チンして、食べるよ。二人で食べるとおいしいダネ」

英治と一緒に中を覗き込むと、透明の蓋がついたお持ち帰り用の容器に、まだ温かい揚げ春巻きが四本入っていた。

「やった!! サンキューハムサ！」

先ほどサワ子の家を出るとき、ポケットいっぱいにお菓子を詰め込まれていたはずだが、英治が嬉しそうに笑ってハムサとハイタッチする。彼らは今日が初対面のはずなのだが、まるでずっと以前からの知り合いだったかのような仲良しぶりだ。一体この金髪のどこがそんなに人を惹きつけるのか。そんなことを考えて、智也はふと苦い顔をする。その金髪ホームレスを居候させている人間がここにいることを、すっかり忘れていた。

「またよろしくダネ！」

戸口まで出てきてくれたハムサに見送られながら、智也と英治は清掃道具を持って店を後にした。こんなとき、軽トラの一台でもあれば便利だと思うのだが、残念ながら今の智也にその維持費を賄えるほどの儲けはない。仕事の依頼は毎日入っては来るが、回数を稼ぐために単価を相場より低く設定しており、日々の生活費に消えていっているのが現状だ。おまけに今は、自分が招き入れたとはいえ、食い扶持《ぶち》も一匹分増えてしまった。

「智也、春巻き食っていい？」

バケツに入った洗剤容器をがちゃがちゃと言わせながら、英治が目を輝かせて尋ねてくる。きちんとその辺の許可をとるあたりも犬っぽい。

「だめだ。それは夕飯のおかずにする」

ワックスがけに使ったモップを担ぎなおして、智也は首を振った。

「えー、いいじゃん！　まだあったかいし今のうちに食おうぜ」

「お前さっき金城家でお菓子ぼりぼり食った後、昼飯呼ばれて焼きそば三回もおかわりしてただろ。なんでそんなに食欲旺盛《おうせい》なんだよ」

「だって労働すると腹が減るし」

「帰って水でも飲んでろ。オレは晩飯にそいつをおかずにして、白飯が食いたいんだよ！」

その言葉に、英治も急に神妙な顔をして口をつぐんだ。

ここ一週間、智也と英治はパスタばかりを食べて過ごしている。下手をすれば三食パスタだった日もある。すべては、あの朝宅配便で届けられた荷物のせいだ。食料であっただけまだありがたいのかもしれないが、由果がイタリアにいたときに送ってきたと思われるあの荷物の中身は、すべてがパスタだったのだ。スパゲッティに使用されるロングパスタから始まって、きしめん状のフェットチーネ、中心に空洞のあるブカティーニ、それにペン先のような形をしたペンネ、貝殻のようなコンキリエや蝶《ちょう》蝶《ちょう》型のファルファッレ、螺旋状《らせんじょう》のフリッジなど、とにかく見事にパスタだけが、『これで食いつなげ』という、指令かと思う手紙とともに詰め込まれていた。

「オレは今回のことで、自分が日本人だって痛感したんだよ」

胃のあたりをさすりながら、智也はぼやく。パスタは乾麵《かんめん》なので多少置いていても問題はないのだが、狭い部屋に保管する場所もなく、また食料が乏しい状況の中、結果胃袋に収めることになってしまっている。二人に料理のレパートリーがあれば、それなりに楽しい食事になるのかもしれないが、トマトソースとカルボナーラを繰り返すだけのパスタ祭には、二人してもう限界を迎えていた。

「……わかった。春巻きはおかずにする」

英治は意を決したように、そう断言して袋の口を閉じた。おそらく彼も、そろそろ普通の白飯を片手におかずをつつく食事がしたいと思っているはずだ。

「でもさ、春巻きと白飯だけだと少なくね？　ていうかオレ、肉食いたい」

二十歳の若者らしく肉を欲する英治に、智也は菩薩《ぼさつ》のように微笑む。

「肉なら、昼に食わしてもらった焼きそばの中に入ってただろ」

「……じゃ、じゃあせめて汁物！　ほら、味噌汁《みそしる》とか！」

赤信号で立ち止まった智也の正面に回り込んで、英治が訴えに出る。

「味噌なら冷蔵庫の中に入ってるし、材料があればオレ作れる！　パスタはわかんねえけど、和食だったら母ちゃんに仕込まれたし！」

そう言う英治をしげしげと見降ろして、智也は思案するように眉根を寄せる。確かに居候とはいえ、英治はまだ育ちざかりだ。三十路《みそじ》まであと数年の自分とは、必要なカロリーも違うだろう。しかも言われてみれば確かに、揚げ春巻きと白飯だけの食卓というのもわびしい。

「わかったよ。じゃあ味噌汁の具になる豆腐かなんかと、好きな惣菜ひとつ買ってこい」

智也は、自分の財布から探し出した五百円玉を英治に握らせた。なんだか、自分からすすんで拾った野良犬に、ひもじさを強いているようで妙に申し訳ない。

「駅前のスーパー行くなら、トイレットペーパーの安売りもやってるから、それも」

「え、それ全部五百円で買える⁉」

「ギリだ。でもいける」

断言する智也に、英治が重大任務を託されたかのような顔で頷いた。

「絶対全部買って帰ってくる！」

そう言って敬礼すると、英治は持っていたバケツを押し付けるようにして智也に手渡し、スーパーの方へと駆け出して行った。

「先に帰ってるからな！」

信号が青に変わり、再び歩き出しながら智也はその背中に叫んでおく。遠くからでも目立つ金髪の頭が、了解を知らせるように前を向いたまま手を振った。


英治を居候させるにあたって、いくつか約束させたことがある。借金をしないこと、女性を金ヅルにしないこと、その他警察の世話になるようなことには手を出さないこと。それを守れるなら、仕事が見つかるまでの間あの部屋で暮らしても構わないという条件だったのだ。よろず屋という商売をしている以上、さすがに智也も手癖の悪い人間を置いておくわけにもいかない。それを提示した際、英治は神妙な顔で絶対に守ると頷き、その言葉通り今のところ素直に遵守している。彼なりに住まわせてもらっていることに恩義も感じているらしく、仕事も率先して手伝い、分担した家事も怠けることはない。一緒に客先を回るにあたって、自分の格好なども気にしているようだし、彼なりにいろいろ考えていることもあるのかもしれない。

「オレ、よろず屋と智也のこと、超考えてる」

言われた通り、トイレットペーパーと豆腐と惣菜のチキン南蛮をぶら下げて無事に戻ってきた英治は、何を考えてるんだ！　と詰め寄った智也に、親指を突き出す勢いで得意げな顔をした。

「仕事が増えれば、その分収入も増えるじゃん。そしたら肉も食えるし」

「お前の収入は全部肉につながるのかよ！」

「だってさ、ほら、よく見てみろよ」

アパートの玄関先でこそこそと小声で言い合っていた二人は、もう一度ちらりと室内を振り返る。英治が持ち帰ってきたものは、トイレットペーパーと豆腐とチキン南蛮だけではなかった。今現在黒のソファに腰かけ、出されたコーヒーに遠慮なく砂糖とミルクを大量投入しているのは。

「……………女子高生だよな？」

「どっからどう見ても、女子高生だね」

平然と言う英治を、智也は口元に妙な笑みを浮かべたままもう一度睨みつける。

「オレが買ってこいって言ったのは、トイレットペーパーと豆腐と惣菜だけだろ！　なんで女子高生お持ち帰りしてんだよ！　懲りない奴だなお前は！」

「いや、違、だから困ってたから！　よろず屋なら何かお手伝いできるかもって声かけたんだって！　お客様だっつの！」

智也の両腕をつかんで、英治は必死に弁解する。

「制服見てみろよ。あれ、有瀬《ありせ》音楽学校高等部の生徒じゃん。大学までエスカレータ式の超有名私立。絶対金持ってるって！」

その言葉に、智也はもう一度女子高生に目をやった。ストレートの長い髪の持ち主である彼女が身に着けているのは、ボルドーのブレザーと濃緑のチェックのスカート。胸のところには有瀬音楽学校を表すハープを模した校章がある。

それを見た瞬間、ざらりとした記憶が蘇って、智也は眉根を寄せた。有瀬音楽学校は、中等部と高等部を経て大学までを有するマンモス校で、何人もの音楽家を輩出した歴史と伝統のある学校だ。音楽をやらせるなら、中等部のうちからあの学校に入れなければならないと、暗黙の了解のようなものすらある。

　それゆえ、智也の父も息子がそこに入学することを望んでいた。

「スーパーの近くに楽器屋あるじゃん？　表のショーウィンドウにサックス置いてるとこ。あそこの前を通って帰ろうとしたら、すげーピアノが聴こえてきてさ」

　その楽器屋は、デモンストレーション用に置いてあるピアノの調律がきっちりとしていて、智也もたまに誰かが弾いているのを耳にすることはある。だがその大半が、ピアノを習いたての小さい子どもで、たどたどしいチューリップや、右手だけのエリーゼのためにだったりする。

「オレ、ピアノの曲とかよくわかんねぇけど、なんか難しそうな曲弾いてたから声かけたんだよ。すごいなって。そしたら、こんなの全然すごくないって言って、なんか悩んでるみたいだったし」

「それで連れてきたのかよ⁉」

　なんというざっくりとした理由だ。智也は頭痛を感じて思わずこめかみを押さえた。

　大方、ピアノがうまく弾けないという悩みなのではないか。そんなもの、よろず屋に頼んでどうにかなるわけがない。連れて来る方も連れて来る方だが、ついてくる方もどうかしている。

「あのー、すいません、ちょっとそこのパッとしない眼鏡の方の人」

智也が肩を落としている間に、女子高生から声がかかる。なんだか妙な呼ばれ方だ。おもむろに振り向くと、ばっちり目が合ってしまった。どうやら自分のことを指すらしい。パッとしないとはどういうことだ。単に金髪の方が目立つからという理由であってほしい。

「クッキーのお代わりください。本当はモロゾフのアルカディアが食べたいところだけど、こんな貧乏そうな事務所にそんなこと急に言っても無理でしょうし、さっき出してもらったパサパサの子ども騙しなやつで我慢しますから」

一瞬、空耳かと疑った智也は、しばらくその場で立ち尽くした。

先ほどコーヒーと一緒に出したクッキーは、確かにモロゾフのような有名店の物ではなかったが、それでも智也の中ではかなり奮発して客用に用意したクッキーだった。自分で食べることは滅多にないため、味すらもよくわかっていないほどの。

それを、パサパサの子ども騙しと言ったか？

まだあどけなさが残る顔をしているくせに、なんという図々しさだ。口調は丁寧だが内容がひどい。微笑みながら致命傷を負わされたような気分だ。

智也はもう一度英治に絡みつくような視線を送り、気持ちを切り替えるように咳払《せきばら》いをすると、テーブルを挟んでソファの正面にある、リサイクルショップで購入した小物入れにもなるスツールに腰をおろした。ここはお菓子食べ放題の休憩所ではないのだ。そのあたりを理解していただいて、早急にお帰り願いたい。

「お待たせしてすいません。うちのものが強引にお連れしたようで申し訳、」

「それで、料金はおいくらですか？」

智也の言葉を途中で遮り、女子高生はソファに背を預け、紺色のハイソックスを穿《は》いた足を高々と組み替える。

「こんなに貧乏そうで、パッとせず、腐女子すら食いつきそうにない二人組にどこまでのことができるか甚だ不安ではありますが、できるというのなら急いで取り掛かってください。四月の新学期が始まるまでに間に合うように」

ツーサイドアップにした髪は、前髪の両サイドだけが頰のあたりまで伸ばしてある。にっこりと微笑むその顔だけ見ていれば、かわいらしい女子高生に間違いないのだが。

智也は、冷蔵庫に豆腐をしまっていた英治を振り返ったが、彼は冷蔵庫の中に入っていた長ネギをそっと目隠しにして、頑として目を合わせなかった。

「正直私も困っていたので、そこの金髪の、耳から羽が生えてる売れないロックシンガーみたいな人に、なんとかなるかもしれないって言われた時は嬉しかったんです。ようやく打つ手が見つかったって」

その言い草に智也と英治が呆気にとられている中、彼女は鞄を開けて一枚の名刺を取り出した。

「料金が決まっていないなら、前金で五万、後金で十万でどうですか？　パパには話をつけておきます。ちなみに、調査にかかる経費は別払いで結構ですよ」

「……じゅう、ごまん⁉」

しかも経費にかかる料金まで持つとは、どれだけの太っ腹だ。智也は思わず差し出された名刺を食い入るようにして見つめる。そこには、経済事情には疎い智也ですら聞いたことのある、有名な雨宮《あまみや》建設株式会社の代表取締役として、彼女の父親らしい名前があった。

「すげぇ、そんないいとこのお嬢様だったのかよ」

智也の後ろから名刺を覗き込んでいた英治が、感心したようにつぶやいた。

「申し遅れました。私、雨宮奏恵《かなえ》と申します。お嬢様だなんてそんな。まぁ、紛れもない事実ですけど」

はにかみつつ誇らしげに高飛車な態度をとる奏恵を、智也は複雑な面持ちで眺める。

どうりでさっきから貧乏貧乏と連呼されるはずだ。

「なぁ智也、いいじゃねぇか、この依頼受けようぜ！　十五万あったら焼肉食えるし！」

相変わらず肉にしか思考のベクトルが向かない英治を目で黙らせ、智也は改めて背筋を伸ばし、眼鏡を押し上げて奏恵に向き合う。

「確かに十五万という値段は破格ですが、うちはよろず屋です。できることとできないことがあります。特に、ピアノが上手くなりたいとか、コンクールで優勝したいとか、そういった希望には添えかねますが」

「何の話ですか？」

平然と問い返され、智也はしばらく口をつぐんだ後、ゆっくりと英治を振り返る。先ほどまで自分の後ろで名刺を覗き込んでいたはずの彼は、こちらに背を向け、薄く開けたキッチンの窓から、雪が降るかなーなどとわざとらしくつぶやきながら外を眺めていた。

「私が依頼したいのは、そんな小市民が考えるようなチンケなことではありません」

小市民でチンケで悪うございましたお嬢様。

智也がそんな呪《のろ》いの言葉を脳内で吐き出している間に、奏恵はにっこりと笑って、その依頼を通達する。

「私を、音楽で感動させてください」

音楽という言葉は、紀元前三二九年に中国で作成された書物の中に、すでに記載がある。それ以前、おそらくは人類がまだ猿人と分かれて間もない頃から、最初は単純な歌声から始まり、手拍子や打楽器へと移行したであろう音楽は、人類共通の文化だといってもいい。生まれたての赤ん坊ですら音楽には反応し、現代では病気治療のための音楽療法という分野も発展している。つまり、人間という生き物にはなんらかの音楽に対する受け皿が、あらかじめ存在するということだ。

だからこそ、ロックを聴いて気分を高揚させる者もいれば、ジャズを聴きながら心地よい夜をすごし、教会では神へ向けてゴスペルが流れ、ワーグナーは戦争にすら利用された。ピアニストであった父を憎む智也ですら、普段からテレビで音楽番組も見れば、ひいきにしているバンドの曲も聴く。ライブに行けば、他の客と同じように手を叩き、リズムに合わせてタオルを振り、好きな曲が始まれば歓声を上げる。クラシック音楽ですら決して苦手なわけではなく、むしろ普通の人よりも詳しいかもしれない。

「音楽で、感動させろ……？」

　思いもよらぬ依頼に、智也は若干混乱気味に繰り返した。音楽学校に通っている彼女は、一般の人よりもずっと音楽と触れ合っている時間は多いと思うのだが、一体どういうことなのか。

「それってつまり、……今まで音楽で感動したことがないってことか？」

　音楽を学ぶ身でありながら、その曲を聴けば勝手に体が動いてしまうような、聴き終わった後に思わず拍手をしてしまうような、そういった体験が今までないというのだろうか。智也は思わず、客である彼女に敬語を忘れて問い返した。そんな話は、今まで聞いたことがない。

　砂糖とミルクをたっぷり入れたコーヒーを一口飲んで、奏恵がちらりと顔を上げた。

「そこの金髪のヤンキー崩れの人、さっき私が弾いてるピアノ聴いてましたよね？あれ聴いてどう思いました？」

　唐突に質問されて、英治が一瞬言葉に詰まる。

「ど、どうって、だから、すげーと思ったけど？　なんか、うまく言えねえけど、なんか機械みたいに弾いてるなって。全然ぶれないっていうかなんていうか」

「そういう技術的なことじゃなくて、心が揺さぶられる熱い何かが体中を駆け巡ったとか、心臓を貫かれるような衝撃が脳天までワイルドクラッシュとか、そういうことです！　あと、クッキーまだですか⁉」

なんだか迫力に気おされて、智也は思わず新しいクッキーを取りに席を立った。ワイルドクラッシュだかなんだか知らないが、一体この図々しさと迫力はなんだ。

「ワ、ワイルド？」

うろたえている英治をよそに、奏恵は智也が差し出したクッキーを奪い取るようにつかむと、早速包みを開けて食べ始める。子どもだましだとかなんとかと言っていたわりに、食いつきっぷりはいい。金持ちの家のお嬢様だと言うのに、なぜこうも食い意地が張っているのか。案外家では、こういった体に悪そうなものは制限されているのかもしれない。

「ていうかお前……お客様の、ピアノを聴いて英治がどう思ったかと、音楽で感動させろっていう依頼と、どう関係があるんでしょうか？」

依頼を受ける受けないは別にしろ、今までに聞いたこともないような依頼の理由が気になった。

智也の言葉に、クッキーを齧りながら少し逡巡するように首を傾げた奏恵は、おもむろに話し始める。

「さっき、その金髪の人が、私の演奏を聴いて機械みたいに弾いてるって言いましたよね。それって紛れもない大正解なんです。物心つく前からピアノを習って、六歳のときにコンクールで入賞して神童とまで言われた私ですから、楽譜を忠実に再現する才能は町の楽器屋で弾くピアノからですら滲み出てしまうっていうか」

口の周りにクッキーのカスをつけたまま、奏恵は得意げに微笑む。

「去年、中等部から高等部にあがる試験だって、首席で通りました。まぁそんなの、言うまでもなく東から太陽が昇るのと同じくらい当然なことですけど」

ようやく彼女のキャラを理解しながら、智也はちらりと英治を見やる。この妙な女子高生を拾ってきた張本人は、眉根を寄せたまま口を開けた、複雑な表情をして話を聞いていた。おそらくは、このボルドーの制服に映える白い肌と艶やかな黒髪のイメージと、口を開いたときの印象の落差が激しすぎるのだ。

智也は咳払いをして尋ねる。

「その優秀な神童さんが、なんで音楽で感動したいと？　そんな場面、今までいくらでもあったんじゃないでしょうか。コンサートとか、連れて行ってもらったことあるでしょ？」

おいしい料理を作るには、おいしい料理を食べなければ味が学べないように、音楽も良い演奏を聴かなければ、より良い演奏はできない。そう智也に教えてくれたのは由果だ。一流の物を見たり聞いたりして芸を伸ばしていくのは、芸術家の基本ともいえる。有瀬音楽学校に入学するほど将来を期待された生徒なら、周りの大人がいろいろなコンサートに連れて行ったり、演奏家の曲を聴かせたはずだ。オーケストラの迫力や、繊細なピアノの演奏に、彼女は何一つ感じるものはなかったのだろうか。

「コンサートなんて、数え切れないくらい連れて行ってもらいました。そのためにわざわざ海外まで行ったこともあります。だからこそ事は深刻なんです。あと人の話は最後まで聞いてくれます？」

四つ目のクッキーの袋を開けながら、奏恵は大げさにため息をついた。すいません、と反射的に謝りそうになって、いやいやと智也は頭を振る。なぜこの女子高生に頭を下げねばならないのか。

「物心つく前からピアノを弾いてきたことに、私は誇りを持っています。音符の並びが綺麗な曲に出会えば、それを正確に奏でられる自分の能力が素晴らしいとも思います。それに、それを求められることに喜びも感じていました。……でも、」

そこで言葉を切って、奏恵は小さく息をついた。

「でも、高等部から個人レッスンについてくれてる望月《もちづき》先生は、私のピアノには致命的な欠陥があると言うんです」

「欠陥？」

問い返した智也をちらりと見上げ、奏恵はそのまま視線を窓の方へと滑らせながら告げた。

「私のピアノには、魂が見えないそうです」

あなたのピアノには、魂が見えない。心がこもっていない音なの。

でも、確かに上手よ。

そんな風に言われたのだと、奏恵は若干ふてくされるように説明した。

「情感たっぷりに、いかにも感情を込めたふりをして弾くことは今までもできていました。でも、先生には見抜かれていたんです。そして訊《き》かれました。あなた、音楽で感動したことある？　って。もしかして気持ちの込め方がわからないんじゃない？　だって。……ありますって答えようとして、心当たりがないことに気づきました。だって音は音でしょ？　それで感動ってなんですか？」

その言葉に、智也はふと顔をあげた。

「……お前、もしかして」

その予感に思い当たり、智也は訝《いぶか》しげな顔をする英治の隣をすり抜けて玄関へ走った。そしてスニーカーを突っかけたまま扉を開け、半身だけ外に乗り出してチャイムのボタンを押す。ピンポンという電子音が、部屋の中に響き渡った。英治が直して以来、澄んだ音のままだ。

「これ！　これの音名わかるか？」

そう言って、智也はもう一度チャイムを押す。その様子に、英治が奏恵の様子をうかがいながら小声で訴えた。

「智也、いくら音楽学校の子だからって、そんなのわかるわけ、」

「Eです」

英治の言葉を遮るように、まるで明日の天気を訊かれたときのような気安さで奏恵は答えた。そしておもむろに、鞄の中から可愛《かわい》らしいウサギが表紙の五線譜ノートとシャープペンを取り出して、新しいページを開く。

「ミって言ったほうがわかりやすいですか？　でも正確に言うと、Eからはじまって、Cに下がってます。ピンのとこがEで、ポンのとこがC」

そう言いながら、奏恵にミとドの二分音符を書いた。そしてふと気づいたように数ページ前をめくる。

「あ、この音の並びって、学校の近くにあるコンビニの入口を開けたときに流れる音と一緒ですね」

「え、それ、そういうの全部書き留めてんの？」

英治が食いつくように身を乗り出して、一緒にノートを覗き込んだ。

「すげぇ！　救急車の音とか、ハトの鳴き声とかある！　野球のバットにボールが当たった音まで」

玄関の扉を閉めて戻ってきた智也は、英治に手渡されたノートをパラパラとめくった。そこには、日頃彼女が耳にして興味を持ったらしい日常の音が、すべて音符に置き換えられて描かれていた。

「……ラベリング、」

智也のつぶやきに、奏恵が意外な面持ちで目を向けた。

「詳しいんですか？　絶対音感のこと」

その言葉に、智也は彼女が絶対音感所有者であることを確信する。

ラベリング能力は、絶対音感の最も有名な能力と言っていい。音を聴くと即座に音符が頭の中に浮かんで、同時に音程が頭の中に入ってくると言われている。この能力があれば、音や曲を聴きつつそれを譜面に起こしていく作業ができるのだ。ノートに記されているのは、かなり正確な音の並びのはずだ。相対音感に頼りがちな自分のラベリングとはわけが違う。そうでなければ、こんなにも大量に迷いのない線で書き留められない。彼女にとって、日常の様々な音をこうして譜面に書くことは、造作もないことなのだろう。

「知ってるも何も、智也もそうだよ。オレはまぁ、単なる音に敏感な人だけど」

英治の言葉に、奏恵が驚いたように目を見開いた。

「同じ絶対音感所有者でも、オレは崖《がけ》っぷちだけどな」

奏恵のノートには、日常の音の他に、自分が気に入った曲の一節を抜き出している物もあった。店のBGMなどで耳にしたものなのかもしれない。

「あなたが……？」

訝しむ奏恵に、智也はノートをめくりながらさらりと説明をする。

「オレは四四〇HzのAがわかるだけだ。音の敏感さで言うと、英治の方が感覚は鋭い。ラベリングに関しては、英治はできないし、オレも正解率は低い。日常的に音楽と接してるお前とはレベルが違うよ」

奏恵はそれを聞いて、納得したような表情を見せた。

「だから、あのチャイムの音名を私に言わせたんですね」

普通の人間は、チャイムの音名など気にすることはない上、音名を当てろと言ったところで、正解を自分が知っていなければ意味がない。音に対して何らかのこだわりがなければ、出てこない質問だ。

「そういうこと」

ノートの中のある一節に目を留め、智也は耳の奥でピアノが鳴った気がしてふと首を傾げた。滑らかな演奏を要求する、弧を描くスラー。五線に描かれた、連続する三十二分音符を眺めているうちに、耳の中でその音は大きくなる。

「智也？」

首を傾げたまま、痛みをこらえるように眉根を寄せる智也に気付き、英治が声をかけた。

フォルテからフォルテッシモへ、流れるように強くなる音の連打。息をつかせるまもなく溢れ出す音の洪水は、一音一音が意志を持つように次の音へと駆け上がる。オルガンのような重厚な音の重なり合いと響きを持って、掻《か》き乱し、渦を巻き、白と黒の鍵盤が引きずり込んでいく。自由を焦がれるような飢えさえも包括して。

それは嘆きか、それとも悲しみだったのか。

父の手が紡ぎ出していた、あの曲の世界。

「……これ」

曲名を智也が口にする前に、奏恵は鞄から一枚のＤＶＤを取り出した。

「一度でも音楽で感動することができれば、あなたのピアノは変わるかもしれないって言われたんです。そうしたらこのピアニストみたいに、心に響く音を出すことができるかもって」

そのＤＶＤを目にして、智也は静かに息を呑《の》んだ。

耳の中で、そのピアノの音はより一層大きくなる。

「急逝したピアニスト、西崎賢吾が弾くシャコンヌ。彼のように、聴いた人が感動するようなピアノを弾くこと。これが、私の課題なんです」

そのＤＶＤのジャケットには、しかめ面で鍵盤を叩く、紛れもない父の姿があった。

二

四十歳になってからシャコンヌの演奏で認められ始めた西崎は、智也が小学校五年生のときに、突然借金をして練習室のある自宅を新築した。それまでほとんど稼ぎのなかった西崎に代わり、家庭を支えるためにいくつものパートやアルバイトを掛け持ちしていた母には、工事関係者とすべての打ち合わせが終わったあとに報告されたという。それまで借金だけはしなくて済むようにと、身を粉にして働いてきた母は、このとき初めて智也の前で涙を見せた。親子三人、他人様に迷惑をかけずに暮らすことができたらそれでよかったのに、とつぶやいた母の姿は、今でも智也の脳裏に焼きついている。

「依頼を受けない⁉」

午前十時、近所にあるパチンコ屋の新台入れ替えにあたって、目的の席を確保してほしいという依頼を全うした帰りだった。最前列を確保するために朝三時から並んでいたせいで、さすがに若干寝不足の体がだるい。

「ちょっと待てよ意味わかんねぇ！　だって十五万だぜ⁉　焼肉食えるし、しゃぶしゃぶだって行けるっつーの！」

依頼主は、職業不明の四十代の男性だった。儲かるかどうかわからないギャンブルのためにわざわざ人を雇うとは、よっぽど腕に自信でもあるのだろうか。そんなことを思いながら、智也はあくびをかみ殺しつつ隣でわめく英治に目をやる。

「十五万だろうがなんだろうが、オレは受ける気はない。だいたい音楽で感動させろなんて、無理難題過ぎるだろ。感動って言うのは本人の心理状態の問題だし、他人がどうこうできる話じゃないよ」

昨日、結局事務所にあったすべてのクッキーを食べ尽くした奏恵は、じゃあよろしくと言い置いて、智也の返事も聞かず事務所を出て行ってしまった。連絡先すら交換しておらず、できればもうこのままフェイドアウトしたいのが智也の心情だ。確かに十五万という報酬や、経費は別払いという条件は魅力的だが、依頼が難しい上、多少なりとも西崎賢吾が関わっている依頼に正直手を出したくはない。

「でも、でもさ、結局なんで音楽で感動したいかっつったら、心のこもったピアノが弾けるようになりたいからで、そのための方法は必ずしも音楽で感動させるっていうことじゃなくてもいいんじゃねぇの？」

その英治の言葉に、智也はまじまじと彼を見つめ返した。耳から羽の生えたガラの悪いヒヨコかと思っていたが、たまにはまともなことを言うものだ。

「じゃあ音楽で感動させる以外に、心のこもったピアノを弾けるようになる方法は？」

「…………、ピ、ピアノに話しかけるとか、」

「お前に期待したオレがバカだったよ」

所詮ただの肉食獣か。智也は、頭を抱える英治を無視して歩道橋の階段をあがる。

確かに英治が言うことも一理あるのだ。音大などでは、曲への理解を深めるために作曲家の背景を知る音楽史の授業などもあると聞く。時代ごと、あるいは特定の地域のジャンルに分け、演奏方法や特徴、またそれの基盤となる文化なども含めて学ぶのだという。有瀬音楽学校の中等部、高等部でどんな授業が行われているのかは知らないが、少なくともそれに近い授業はあるはずだ。もしかするとアナリーゼなどの簡単な楽曲分析の授業もあるのかもしれない。

数々の音楽家を輩出し、音楽学校の中でもトップを争うエリート校なのだから、学ぶための環境は整っているはずだ。それなのに、そこに通っている神童とすら呼ばれた奏恵のピアノには、心がこもっていないのだという。なんだかよくわからない話だ。

「つーかさー、オレはピアノのことよくわかんねぇけど、まだ高校一年だろ？　心がどうとか、そんなのまだわかんなくね？　そういうのって人生の経験値じゃねぇの？」

置いて行かれまいと階段を駆け上ってきた英治が、身軽に跳ねるようにして智也の前に回りこんだ。何にでも興味を示し、歩いたり走ったり、突然横道に逸れたり立ち止まったりしつつ、最終的に自分の目の届く範囲に戻ってくる彼は、まさしく犬そのものだと思うことがある。

「それもあるだろうな。小さい頃から神童って呼ばれてもてはやされた子どもに、貧乏と難聴で苦しんだベートーベンの心情を理解しろって言っても限度があるだろうし」

駅からアパートまでは、緩い上り坂になっている。昔大きな川だったところを埋め立てて造られた道路は、新幹線の駅へと続く片側三車線の大通りで、その南北に延びる道と東西に走る道がぶつかるこの交差点には、巨大な歩道橋がかかっている。階段を上りきった先にある陸橋は途中で分岐し、下り口の階段の位置も見間違いやすく、慣れない者は設置されている案内板を見ながらでないと、目的の下り口にたどり着けない。現に、以前ここを一人で歩いた英治は目当ての階段にたどり着けず、何度か遠回りをするはめになっていた。

「神童がこの辺で挫折《ざせつ》を味わうのもいいと思うけどね、オレは」

二月の澄んだ空気に、溶かすようにつぶやく。

歩道橋を下りて横道に入ってしまえば、今度は細い路地の中に、新旧混在した町並みが現れる。昔ながらの古い住宅があったかと思えば、新築のモダンなマンションがあり、神社のすぐ近くに幼稚園を併設した教会があったりする。時代だけでなく、文化すら混ざり合った街だ。

観光地にもなっている異人館への通りを横目に、一方通行の細い坂道を上がる途中、智也が事務所を構えるアパートはあった。場所柄、こんなボロアパートより綺麗なマンションでも建てればそれなりの家賃をとれると思うのだが、面倒なのか変わり者なのか、大家にそのような気配はない。もっともそれは、智也にとって喜ばしいことでもあるのだが。

アパートの階段を上りながらポケットから鍵を取り出し、智也は癖のように手すりを一回叩いた。今日も四四〇HzのAとは少しずれた音だ。

「何、今の。なんか意味あんの？」

気付いた英治が、面白がって自分の指でもう一度叩く。

「たまに四四〇HzのAが鳴るんだよ。なんか硬いもので叩かないと無理だぞ」

そう言いながら鍵穴に鍵を差込んだ智也は、いつもと違う手ごたえに一瞬その手を止めた。

「どした？」

後ろを振り返りつつ階段を上ってきた英治が、背中越しに尋ねる。

「……嫌な予感がする」

つぶやいて、智也は恐る恐るドアノブに手をかける。鍵をかけて出て行ったはずの扉は、何の抵抗もなくするりと開いてしまった。まさかまた、家出した弟の姉がパリから駆けつけでもしたのか。

「遅いですよ。朝からどこに行ってたんですか？」

だが、部屋の中で当然のようにソファに腰を下ろしていたのは、由果よりも幾分小さな体だった。

「せっかく貴重な時間を削って私から訪ねてきたのに、パッとしない地味眼鏡男のくせに図々しいですね」

今日はボルドーのブレザーの代わりに、胸元までフリルのついた白のブラウスと、ハイウェストのクラシカルな形の花柄のスカートを合わせていた。そしてテーブルの上には広げた楽譜と五線譜のノートが、食べ散らかしたお菓子の包み紙とともに広げられている。

「奏恵ちゃん!?」

英治が驚いたように声を上げた。

「馴《な》れ馴《な》れしい呼び方ですけど、よろず屋を紹介してくれた縁があるので特別に許可します」

「あ、そ、そりゃどうも」

「お前、他人んちに何勝手に入り込んでんだよ！　ていうか鍵は？」

なんだか反射的に頭を下げている英治を横目に、智也はいつか叫んだような記憶のある台詞をもう一度口にする。あんな芸当をするのは、由果だけだと思っていたが。

「扉の前で途方にくれていたら、親切な住人の人が通りかかって大家さんを教えてくれたんです。なのでそこへ行って、アカデミー賞ものの演技力で、グズで愚かで借金まみれの、どうしようもない兄がここにいると聞いてやってきましたと告げたら、同情して開けてくれたんですけど、それが何か？」

智也は口を開けたまま、苦い顔で眼鏡を押し上げる。家出した弟を探してパリから姉が駆けつけたり、どうしようもない兄を訪ねて妹が来たり、あの大家は一体自分についてどんな認識でいるのか。

「オレはグズでも愚かでも借金まみれでもないし、こんな図々しい妹がいた覚えもない！」

「私だってあなたのような、エキストラをやってもせいぜい通行人5で決して1にはなれないタイプの兄なんて御免被ります。仕事を依頼した相手なので仕方なくお話ししていますが、普段であればまずお知り合いになることもなはっはほおいまふが」

「人と話しながら物を食うな！」

どこまで失礼な女だ。金持ちだか神童だか知らないが、こんなふうに育てた親の顔が見てみたい。

智也はため息をついて、ダウンジャケットを脱いだ。寝不足の疲れが一気に倍増したような気がする。

「で、何しに来たんだよ……。話なら昨日、」

「ええ、話なら昨日すべてさせていただきました。だから今日は、その依頼に対してどのような手段を講じることになったかをお聞きしにきたんです。例えば、ピアノに話しかけるなんていう、愚鈍で非現実的な提案をされたのでは、私の時間が無駄になりますから」

恐る恐る振り返ると、英治はすでに遠い目をしていた。

智也は気を取り直すように咳払いをして、昨日と同じように奏恵の正面に腰を下ろす。これは一度大人としてガツンと言ってやらねばならない。確かに昨日依頼は聞いたが、それを受けるとは一言も言っていないのだ。

口を開こうとした智也は、ふと机の上に広げられた楽譜に目を留める。

「…………ショパン？」

思わず、その名前を口にした。

チョコレートの包み紙やスナック菓子のカスまみれになってはいるが、その音符の並びには智也も見覚えがある。フレデリック・ショパンの、ワルツ変ニ長調作品六四――一。別名、子犬のワルツとして知られている曲だ。

「え、智也そういうのわかんの？」

湯を沸かそうとしていた英治が、やかんを持ったままテーブルの上を覗き込む。

「……小さい頃、ちょっとだけピアノ習ってたからな」

投げやりに答え、智也は楽譜がよく見えるよう、上に載っているチョコレートの赤色の包み紙をかき分けて手元に引き寄せる。

「お前には簡単すぎるだろ」

変ニ長調のフラットが五つついた曲だが、小さな頃からピアノを習ってきた者ならそれほど難しくはない。現に、智也がこれを弾いていたのは小学三年生の頃だ。

「当然です。こんなの小学生の頃に初見で弾いてました。だからこそ私の聡明さがわかりませんか？」

奏恵は心地よい音をたてて、チョコレートでコーティングされたアーモンドを噛み砕く。そして黒のタイツを穿いた足を高々と組み替え、楽譜の隣に広げてある五線譜のノートを指さした。

「そこまでさかのぼって、もう一度自分なりに曲を捉え直してるんです。小さい頃は、何も考えずに弾いてましたから」

指されたノートを手に取ってみると、そこには子犬のワルツを正確に手書きで書き写してあった。

「自分の手でその曲を書いてみたら、何かわかることがあるかもしれないと思ったんです」

智也は五線譜のノートを手に取って、順番にページをめくる。子犬のワルツはそれほど長い曲ではないが、それがきっちりと最後まで、一音も漏らすことなく書き写されていた。その他にも、おそらく彼女が幼少期に習ったであろう様々な曲が手書きで記されている。

「うわぁ、これ全部書き写したんだ？　すげぇな」

インスタントコーヒーのビンを開けながら、ノートを覗き込んだ英治がつぶやく。

「あの西崎賢吾も、自分が弾く曲はすべて、特注の楽譜に手書きで書き写したと言います。ですから私も見習ってみることにしました。おそらく彼は、自分の文字で音符を描くことで、その曲をより自分の中に取り込みやすくしていたんだと思うんです」

その方法が合っているのか間違っているのかはわからない。ただ、彼女なりにどうにかしようという気概があるということだ。

「ちなみにシャコンヌを弾くときだけは、西崎が特定のピアノにこだわったということもよく知られています。その理由について、ファンの間では周知の事実のようですが、私もまだきちんと確認したわけではありません」

書き写された譜面を見ながら、智也は記憶の断片が頭をもたげるのを無理やり封じ込める。耳の奥でまた鳴り出しそうなシャコンヌを、振り払うように小さく首を振った。

手書きの楽譜など、もう見ることはないと思っていたのに。

未だこの脳裏に残像のようにこびりつく、桜のモチーフ。

「ところでよろず屋、あなた昨日、私にチャイムの音名を訊きましたよね？　それは私に、絶対音感があるのではないかと思ったから訊いたんだと思うんですけど、なんでわかったんですか？」

再びチョコレートを口に入れて、奏恵はその赤い包み紙を無造作にテーブルの上へと放り投げる。

「……絶対音感を持ってる人間の中には、どんな場面で音楽を聴いても、それが全部ドレミで聞こえてくる人がいるんだよ。そのせいで音楽を音楽として捉えられずに、あたかも記号のようにしか認識できないタイプの人間がな」

答えながら、智也は胸の内に苦い感情がこみ上げるのを感じた。

どんな音を聴いても、それをドレミとして捉えること。それはピアノの演奏技術と同時に、父が智也に求めたことだった。

物心がついた頃から、智也は父からソルフェージュの訓練を受けていた。楽譜の読み方や、初見での演奏、そして父が一番重要視していたのは聴音の訓練だった。音を聴いて楽譜に書き取るという、まさにラベリング能力を必要とするもので、音楽大学の入試試験や教員の採用試験などにも採用されている。早くから智也を音楽家に育てる決意をしていた父は、進学するうえで必要になるその力を早いうちから智也に習得させようとし、そのために絶対音感を身につけさせようとしたのだ。

「だから、音は音でしかないって言ったお前も、もしかしたらそうなんじゃないかって思っただけだ」

幼い頃の苦い思い出を紛らわせるように、智也はテーブルの上に散乱したチョコレートの包み紙などを手で寄せ集め、そのままゴミ箱の中へと投入する。神童だかお嬢様だか知らないが、ゴミはゴミ箱に捨てるという教育は受けていないのだろうか。

智也の言葉を受け、思案するように腕を組んでいた奏恵がおもむろに口を開いた。

「確かに、私も音はすべてドレミで聞こえます。ラベリングができるくらいですから、そりゃもう正確に。あなたの言葉を借りるなら、クラシックもポップミュージックも、日常の生活音でさえ、私は記号のようにとらえているんでしょう。……だから、感動できないのかもしれません」

言葉の最後が、彼女らしくないほどトーンダウンする。

ドビュッシーの『月の光』も、ベートーベンの『エリーゼのために』も、彼女はなぜその曲にその題名がついているのか、納得しきれないまま譜面を追っているのかもしれない。ラベリングの能力が高いがゆえに、それが先行して、考えたり感じたりすることができなくなっているのではないか。

「それって要は、絶対音感の弊害受けてるってこと？　ちょっとお得な能力っぽいのに、案外不便なんだな」

沸騰を知らせるやかんの火を止めた英治が、そんなことをぼやいた。

絶対音感を持っていると言えば、世間からは少し特別な目で見られることが多い。その能力を普通の人とは違う優れた能力なのだと、ステータスのように思っている人さえもいる。確かに奏恵のように、音楽の道を志している者なら、それこそ聴音などの試験には便利な能力だ。だが同時に、音を楽しむという音楽の本来の意味を遠ざけるものだとしたら、途端にその必要性には疑問が生じるような気がする。

智也は、なんだか肩を落としてしまっている奏恵に目をやる。ふてぶてしいガキだと思っていたが、まだ高校一年生だ。自分の能力が邪魔をして、目指す段階に進めないというのはショックだろう。もう少しオブラートに包んで伝えるべきだったかもしれない。英治同様、彼女も自分の能力に翻弄されてしまっているのだ。そのせいで悩んでいることには、少なからず同情する。

「………でも、よろず屋のおかげで、なぜ私が音楽で感動できないのか、感動しづらいのかがわかりました。確かにその通りです」

英治から差し出されたコーヒーカップを受け取り、ついでに砂糖とミルクを要求して、奏恵は智也と目を合わせる。そしておもむろに尋ねた。

「それで？」

一瞬、何を問われたのかわからずに、智也は「は？」と間抜けに問い返した。

「は？　じゃないですよ。愚鈍にも忘れたんですか？　私は今日ここへ、昨日の依頼に対してどのような手段を講じるのかを訊きに来たんです。先ほどの話で、甚だ残念ではありますが、私の絶対音感にどうやらその原因があるのではないかということはわかりました。でもラベリング能力は私にとって必要なものでもありますし、今日からその能力を捨てろと言われても無理なことです。それを踏まえて、私が音楽を聴いても音名で聞こえないよう、そして感動できるようになるための手段はどうお考えですか？　と訊いてるんです」

「ちょっと待て！」

智也はこめかみのあたりを押さえながら、今までの流れを頭の中で追いかける。そうだ、そもそもそこから話をしなければいけなかったのか。

「だいたいオレは、お前の依頼を受けた覚えは」

「智也！」

言葉の後半を遮った英治を振り返ると、彼はパスタの入った袋を抱え、神妙な面持ちで立っていた。

「里芋とにんじんと玉ねぎとごぼうと油揚げと豚肉の入った、豚汁みたいに具だくさんの味噌汁と、パスタの入った味噌汁と、どっちがいいか言ってみろ！」

「……お前、」

なんという脅迫だ。そんなもの前者がいいに決まっている。だが今の経済状況では、明日にでもパスタ味噌汁になってもおかしくはない。

「こんなことは言いたくなかったんですが」

砂糖とミルクをたっぷりと投入したコーヒーを飲んで息をついた奏恵が、そんなわざとらしい前置きをして口を開く。

「先ほど大家さんのところにお伺いした際、よろず屋は先月の家賃を滞納しているという話を聞きました」

もうだめだ。

智也は気が遠くなるような気分で目を閉じる。あの大家、本気で奏恵を妹だと思ったのだろうか。思ったのならなおさら、なぜ滞納の話を黙っておいてくれなかったのか。

「ここの家賃は六万円。よければ前金に一万上乗せして、代わりに家賃を払ってあげてもいいですよ？　もちろん、依頼を受けてくれればの話ですけど」

がっくりとうなだれるようにして、智也は思案する。もう考える余地もないかもしれない。だが、西崎賢吾が関わってくる依頼に手を出したくないのも事実だ。現実と感情がせめぎ合う。どちらを優先し、何を守るべきか。そんなことを考えていた智也の隣から、英治が素早く手を伸ばしてがっちりと奏恵の両手をつかんだ。

「お受けします！」

これ以上ないほどの、明瞭《めいりょう》な返事だった。

三

打ちっぱなしのコンクリートの壁が四方を囲むライブハウスは、その日異様な熱気に包まれていた。

　超人気語り系バンドと称される『BLUE STRIPE』のメンバーであり、最近はソロ活動も行っているMASAKIのシークレットライブが開催されるとあって、集まった人々には秘密を共有するような連帯感が生まれている。ライブハウスの入口には、ライブの予定を知らせる掲示板があるが、そこにもMASAKIの文字は一切なく、ただ貸し切りという文字が本日の日付の欄を埋めていた。

「ここって、ライブの予定が入ってないときはレンタルホールになるんだけど、」

　十八時の開演を待ちわびる人々の間をすり抜け、智也と奏恵のためにステージの反対側にあるカウンターから飲み物を調達してきた英治は、慣れた足取りで二人を会場の壁際に手招く。

「ホスト時代に、先輩の誕生日パーティーとかをここでやったりしたんだ。その時、具合が悪かったスピーカーの直しを手伝ったことがあって」

　智也には細身のグラスに入ったシャンディガフ、奏恵にはオレンジジュースを手渡しながら、英治はスタッフの通用口から顔を見せた、オーナーらしき男に軽く頭を下げた。

「それから時々潜り込ませてもらってんの。つっても、オレが聴きにくるバンドって限られてるけど」

そう言って、グレープフルーツサワーに口をつける英治を、智也は半ば呆れ顔で眺める。

「だからって、十六歳連れて来るには早すぎないか？　せめて着替えさせた方が良かったんじゃないの？」

小さい頃からクラシックしか聴いていない奏恵には、一般庶民が享受している大衆音楽と触れ合うことが大事だと言い出した英治が提案したのが、このライブの観覧だった。学校帰りに待ち合わせた奏恵は当然ながら制服のままで、世間ではエリート学校で通っているそのボルドーのブレザーは、嫌でも目を引いている。だが当の本人は、先ほどから物珍しげに周囲を見回し、注がれている視線になど目もくれず、今は入口でもらったフライヤーを興味深げに眺めていた。

「大丈夫大丈夫、結構高校生とか来てるし、ＭＡＳＡＫＩのライブならそこまで過激なステージじゃねぇし、それに奏恵ちゃんが着替えに帰ってたら、開演に間に合わねぇじゃん。なぁ？」

同意を求めるように英治が奏恵に呼びかけるが、彼女から返ってきたのは、まったくの予想外の言葉だった。

「BLUE STRIPEって、何がBLUE STRIPEなんですか？」

先ほど確認したところ、奏恵はMASAKIはおろか彼が属するバンドのことも何一つ知らなかった。そもそもテレビ自体をあまり見ないというのだから、知らなくても無理はない。

真剣に尋ねる奏恵に、数秒固まった英治がおもむろに口を開く。

「……………そういう、模様の服が、好きなんじゃねぇの……？」

思わずシャンディガフを吹き出しそうになって、智也は口のあたりを拭った。

BLUE STRIPEは語り系のバンドと言われるように、ボーカルを務めるMASAKIが書き下ろす詞が特に注目されている。あまり頻繁にテレビには出てこないので智也も詳しく知っているわけではないが、メンバーはどちらかというと地味なアースカラーを好む、草食系のカテゴリに入るタイプで、そんな爽《さわ》やかで派手な服を着ているイメージは一切ない。むしろ自身がロックンローラーのような格好している英治が、好んで聴いているということの方が意外だ。確か初対面で無理やり聴かされたのも、MASAKIの曲だったような気がする。

「子どもに適当なこと教えんなよ」

「だってバンド名の由来なんか知らねぇしー」

揿《す》ねたように英治が返事をしたところで、室内の照明が絞られ、ステージ上に設置されたグランドピアノにスポットライトが当たった。曲によってはドラムが加わることもあるらしいが、今回のライブは基本的にMASAKI一人の弾き語りで行われるという。

「奏恵ちゃん、MASAKIの歌詞超いいから、そこ注目でよろしく」

待ちかねたように上がる歓声の中、英治が奏恵に耳打ちする。

「よろしくと言われても、宜《よろ》しくできないこともありますから、はいとはお返事できかねます。それよりよろず屋、私ボックサンのシフォンケーキが食べたいです」

「今言うなよ！　ていうか、オレはよろず屋だけど、お前の執事じゃないんだからな！」

言い返した智也が奏恵に足を踏まれている間に、ジャケットのインにTシャツを合わせたラフな格好で、MASAKIがステージ上に現れた。柔らかそうな茶色の髪と、首元に見えるくっきりと浮き出た鎖骨。男にしては随分華奢《きゃしゃ》な彼は、母性本能をくすぐるタイプらしく、今日のライブも女性客の方が目立って多い。MASAKIは観客に向けて一礼した後、挨拶《あいさつ》もそこそこにピアノの前に座り、アルバムにも収録されているらしい少しアップテンポな曲を弾き始めた。

「うおおキタ！　夏色の手紙っ！　これあれだよほら、郵便局のCMで使われてるやつ！」

興奮気味の英治に、ジンジャーの味を舌で感じながら、智也は適当に相槌《あいづち》を打つ。

当の奏恵は、オレンジジュースを持ったまま壁にもたれ、どこかけだるそうにステージ上を眺めていた。

聞こえてくるピアノの音は澄んでいて、英治が好んで聴くというのもわかる気がする。ＭＡＳＡＫＩを紹介するフライヤーには、音大卒とあった。おそらく調律などにも自分なりのこだわりを持っているのかもしれない。

「英治、お前はこういう音楽は平気なのか？」

演奏と歓声に負けぬよう、智也は英治の耳元で尋ねる。

「あー、まぁ確かに、時々気になる音もあるけど、ずっと鳴ってるわけじゃねぇから。それも含めてちゃんと流れができてれば、オレは平気。ＭＡＳＡＫＩのピアノの音は、割と気持ちいい方だよ」

口早にそう答え、英治はサビの部分に入ると同時にステージ近くを目指して観客の中へ突入してしまった。

「……あれはもみくちゃにされるぞ……」

追いかけていく気はない。一瞬止めようとも思ったが、智也は再び壁に背を預けた。

奏恵のためというより、絶対に自分が来たかっただけのような気もするが、もう始まってしまった以上あの勢いを止めることは不可能だ。

ピアノの伴奏に乗って、スピーカーから増幅される歌声が室内に反響する。彼の曲や歌詞に賛同する人々が、皆熱の塊のようになってメロディの中に身を投じようとしているようだった。このライブハウスの収容人数は三百人ほどだと聞いている。今日はシークレットライブということもあり、そのキャパシティを超えるような人数は入っていない。それでも圧倒されるような熱さだ。

「奏恵、大丈夫か？」

壁にもたれかかったまますずるずると座りこんだ奏恵に、智也は声をかける。

「こんなに観客がワーワー言いながら聴くコンサートは初めてです」

どこか呆れ気味にそう言うと、奏恵はオレンジジュースのグラスを床に置き、鞄からウサギの五線譜ノートを取り出すと、新しいページを開いてさらさらと音符を書きつけていく。

「この人、不思議な音の取り方をしますね。こっちに下がると思ったら、ポンと上に飛んだり。ここは同じ音の繰り返し。サビに入る前はクレッシェンド。ギラギラしてる。したたかな感じ」

演奏される曲を追いかけて、奏恵は瞬時にその音を音符へと変換する。だが、隣にしゃがみ込んでノートを覗き込んだ智也は、それがなんだかおかしなことに気付いた。智也の耳によく届く歌声の音でもなければ、ピアノの旋律でもない。ただ黙々と音符を書きつけていく作業を見守って、奏恵が一ページを書き終わる頃、智也はようやくその音に気付いた。

「……っ、お前それ、左手の和音の一音だけ取ってんのか⁉」

この音が溢れかえるライブハウスの中で、正確に捉える一つだけの音。

それはまるで、砂漠の中に落とした、たった一つの指輪を探すように。

「パッとしないよろず屋のくせに、よくわかりましたね」

アクセントを表す記号を描いて、奏恵は少し意外そうに顔を上げた。

「和音を全部書くと手間取るので、好きな音だけ拾うんです」

事もなげに告げた奏恵を、智也は愕然《がくぜん》と見つめた。確かに自分のことを神童だと言っていたし、実際に様々な音をラベリングしたノートも見たが、まさかここまで複雑な音の中から一つだけを正確に聴き取るなど。

「お前……」

つぶやいた声は、演奏が終了したと同時に湧《わ》き上がった歓声にかき消された。

おそらく彼女は、今ここで先ほど聴いた曲を弾けと言ったところで、何の躊躇もなく正確に再現できるのだろう。智也は、満足げにノートを眺める奏恵の横顔を呆然と見つめながら、苦い記憶が蘇るのを感じた。直前に聴いた音を鍵盤で正確に再現すること。それは生前の父が、まだ幼稚園に通っていた智也に最も欲した能力だ。だが、これほどまで強力な能力を智也は身につけることができなかった。

智也は痛みを堪《こら》えるように、汚れた床へと目を落とす。

どうしてできないんだと何度も父に責められ、泣きながら繰り返し音を聴かされた。父の期待に応えたくて、できない自分をもどかしく感じていたこともあった。そのうちようやくラベリングらしきことはできるようになったが、結局その能力は衰え、今の智也に残ったのは四四〇ＨｚのＡだけだ。

二曲目が始まるステージに目を向けた智也の耳に届いたのは、ＭＡＳＡＫＩのピアノではなくシャコンヌの断片。

父は、失望しただろうか。

決別を告げたのは自分なのに、音楽から遠ざかったのは自分の意志なのに、時々そんな思いに駆られることがある。父が望むような技術も身につかず、ただ反発したあの幼い日々。

夜半過ぎまでピアノに向かっていたあの神経質そうな背中は、一体何を思っていたのか。実父でありながら、自分は彼のことを何一つ知らない。手書きの楽譜の意味も、桜のモチーフも、なぜシャコンヌを得意とし、特定のピアノにこだわったのかも。

「お腹《なか》が空《す》いたので、私もう帰ります」

三曲目の中盤で、明らかに飽きた顔をした奏恵がそう言って出口に向かい、智也も慌ててそのあとを追った。さすがに夜の繁華街に十六歳を一人で放り出すわけにもいかない。

「奏恵」

歓声を背にしながら外へ出ると、街の明かりで薄明るい空から、ちらちらと雪が降っていた。それを見上げている小さな背中に呼びかけると同時に、智也が歩道に踏み出した瞬間、右側から歩いてきたスーツ姿の男性に肩先がぶつかった。

「すいません」

とっさに謝罪の言葉を口にすると、智也より頭一つ分大きな長身の男性は、柔和な笑顔を向けた。

「いえ、そちらこそ大丈夫ですか？」

「あ、はい」

逆に気遣われてしまい、なんだか申し訳なくて智也は頭を下げる。因縁をつけてくるような相手でなくて助かった。

「よろず屋！　行きますよ！」

すでにどこか目的地を決めたらしい奏恵が、雑踏の中を歩き始める。

「ちょっと待て、奏恵！……あ、すいませんでした」

もう一度謝罪して、智也はボルドーのブレザーの背中を追いかける。

「お気をつけて」

神経質そうな白い頬を緩ませて、長身の男性は智也を見送った。


結論から言うと、英治の作戦は大失敗に終わった。

通常の人が歌詞の意味を感じ取りながら曲を聴くことと違い、奏恵は歌声そのものもドレミに変換してしまうのだ。例えば、『チューリップ』という歌を聴いても、奏恵には『ドレミドレミソミレドレミレ』と階名が先行して聞こえており、チューリップが咲いたというような歌詞の意味などまったく頭に入ってこないという。

「ＭＡＳＡＫＩの曲は歌詞がいいっつーのに……」

そう言って憚《はばか》らない英治が、歌詞の意味がわかれば何か変わるかもしれないと、プリントアウトしたものを奏恵に渡してみたが、「だからなんですか？」という、九文字の評価をうけて終わってしまった。奏恵が欲しているのは音楽で感動することだ。詩で感動することとはわけが違うので、その反応もわからなくはない。

あのライブの後、今度は映像が付随していたらどうなのかと、映画音楽のコンサートなどにも連れて行ってみたが、奏恵の中で映像と音楽はまったく切り離されている物らしく、感動的なシーンでどんな音楽が流れようと、それによって感情が揺さぶられることはないと言う。

「歌詞とか映像とか、そういう小手先の物じゃこの強固な絶対音感の壁を破ることはできないと思いますよ。私が言うのもなんですけど。あ、この海老《えび》のスパイシーココナッツ煮追加してください」

他人事のように言って、奏恵は傍を通りかかった店員を呼びとめる。

日曜の夜、午後七時半をまわった時間帯に、インドネシア料理店『トゥリマ　カスィ』は、店内のほとんどの席が埋まっていた。昼に来ると、会社員やOLの姿がよく目につくのだが、ディナータイムになるとカップルや家族連れの姿が多い。

「かといって、正当なところから攻めてもだめだったしな」

智也はグラスの水に口をつける。お冷にうっすらとレモンの香りがついているのが、この店の特徴だ。

今日三人で鑑賞に行ったのは、ヨーロッパから来日している世界的に有名な管弦楽団のコンサートだった。一番安い席でも一万六千円という、智也からすれば信じられない金額に、奏恵の音楽学校の特別割引を利用してなんとか三人で潜り込むことができた。与えられた席は二階席の奥の方だったが、音響設備の整った大ホールで演奏を聴くには充分だった。

「上手だなとは思いましたよ。あのオケは一昨年に常任指揮者が代わったばかりですけど、よくまとまっていたと思います。もともとアカデミーの方で特別講師をしていた人ですから、教え子も多いのかもしれませんけど。……すいません、テンペの焼きビーフンも追加してください」

「あ、オレ、牛肉のインドネシアスタイル煮食いたい」

奏恵の注文に乗じて、英治もメニューを見ながら追加オーダーする。

「お前らさっきから好き勝手注文してるけど、割り勘だぞ？　英治、お前は借金が増えるだけだからその辺よく覚えとけよ」

その言葉を聞いて、さらになにか注文しようとしていた英治がぴたりと動きを止めた。智也は呆れたようにため息をついて、椅子の背もたれに体を預ける。コンサートに高い金を払ったにもかかわらず、まだ問題解決の糸口は見当たらない。今日のコンサートに至っては、終わってから奏恵に感想を訊いたところ、音の振動を受けるとお腹が空くという答えしか返ってこなかった。

「この前のMASAKIのライブで、オレを置き去りにして二人でオムライス食ってたじゃん！　だからオレは今日、好きなものを好きなだけ食いたい！」

「結局最前列で誰よりも楽しんでたくせに、文句言うな」

「あ、ちなみにあのオムライスの料金は経費に含まれませんよ。成功報酬から差し引いておきますから」

シビアなことをさらりと言って、奏恵は運ばれてきたサラダに手を付ける。ドレッシングの代わりに、甘いピーナッツソースがかかっているサラダは、生野菜ではなく茹《ゆ》でられた温野菜だ。

「智也、よく来たダネ！」

サラダを取り分ける分量について三人で小競り合いをしているうちに、白の調理服を着たままのハムサが顔を見せた。忙しい時間のはずなのだが、智也が店を訪れると、彼は必ず席まで足を運んでくれる。

「これ、サービスサービスゥ。みんなで食べるダネ！」

ハムサが持ってきた皿に盛られていたのは、いつかもらった揚げ春巻きだった。

「うおおサンキューハムサ！　オレ、この揚げ春巻き超好き！　すっげーコリアンダー効いてんの！」

「エージはいつも元気ね。元気ハチミツ」

「それをいうなら元気ハツラツじゃね？」

一体彼は日本語を覚える気があるのかないのか。英治の指摘を受けて、また間違ったダネ、と肩をすくめたハムサは、黙々とサラダを口にしている奏恵に目を向けた。

「かわいいダネ。妹さん？」

かわいい、という単語にだけ律儀に反応して、奏恵はにっこりと笑って頭を下げる。こういう顔だけ見ていると、育ちのいいお嬢様に見えなくもないのだが。

「いや、顧客。一応これでも依頼主」

智也は小さく息をつきながら、サラダに入っていたスライスされたゆで卵を口に放り込む。まさか十六歳から依頼を受けるとは思ってもみなかったが、前金を受け取ってしまった以上完全にお客様だ。

「一応ってなんえふか、失礼でふね。誰が家賃立て替えたと思っへうんでふか？」

口の中を食べ物でいっぱいにしたまま、奏恵が智也に抗議する。

「お前の金じゃなくて、お前の親父が稼いだ金だろ」

「いずれ私が相続するので一緒です。貧乏アパートでパスタの味噌汁をすすっている
あなたと一緒にしないでください」

「パスタの味噌汁は回避したんだよ」

「え、じゃあ汁だけですか？」

「ちゃんとした具が入ってるやつだよ！」

反論した智也に向かってさらに畳み掛けようとした奏恵が、テーブルの上の皿に目
を留めて叫ぶ。

「ちょっと金髪！　揚げ春巻き独り占めしないでください！」

「ひ、人聞きが悪ぃな！　三本しか食ってねぇ！」

「英治！　三人で六本あったのに、お前が一人で三本食ったら計算合わないだろうが！」

そのやり取りを見ていたハムサが、笑い声をあげた。

「仲良しダネ！　兄妹みたい。よろず屋と依頼主に見えないダネ」

混雑した店内で店主に大笑いされてしまい、俄然《がぜん》周りから注目を浴びてしまった。

智也は居心地悪く座り直して、周囲から向けられる目に軽く会釈などを返すが、英治

と奏恵はさっさと食事に戻ってしまっている。見れば、揚げ春巻きの皿はすでに空になっていた。どこまでも食い意地の張った二人だ。

笑いの余韻を引きずったハムサが、何か言おうと口を開きかけたと同時に、店内の照明がふと暗くなる。同時に、それを待っていたかのように店内から拍手が沸いた。

二十時ちょうど。店の奥にある小さなステージの下で、金色の細工を施されたきらびやかな楽器の前に、若苗色の民族衣装を身にまとった演奏者たちが集う。インドネシアの民族音楽である、ガムランの生演奏だ。

「え、何？」

様変わりした店の雰囲気に気付いた英治が、箸《はし》を止めて辺りを見回す。

そしておもむろに鳴り響いた、一音。

それは、時を告げるような鐘の音色ではなく、どこか丸みを帯びた柔らかな金属音。それが始まりを知らせるように鳴り響いた後、熱帯雨林にスコールを招くような、物憂げな色をもってひとつのフレーズを繰り返した。そして徐々に、周りの楽器がそれに寄り添うように音を増やし、雨脚が強まるがごとくテンポを速めていく。

「なんだこれ！」

真っ先に反応したのは英治だった。箸を持ったまま、音と耳の間にワンクッション置くようにして手で覆う。

「Karauitan」

流暢《りゅうちょう》な自国の発音でそう言うと、英治の仕草にも嫌な顔ひとつせず、ハムサはにっこりと笑った。

「ガムランと、言った方が、日本の人は知ってるダネ。聞いたことない？」

何度かこの店に足を運んでいる智也も、練習風景なら見たことがあるのだが、きちんと聴くのはこれが初めてだった。

細工付の土台がある大仰な楽器は、どこか日本の雅楽と同じようなたたずまいを持つ。ガムランというのは、マレー語で叩くという意味のガムルという言葉からきているらしい。そしてその名の通り、木琴や鉄琴といった旋律打楽器が多く使用され、振動部分に使われている竹や青銅などが一斉に音を出すことによって、智也たちが聴いたことのない音色を創《つく》りあげる。

「ガムランは、以前授業で聴いたことがあります。でもその時は、こんなにも気にならなかったのに……」

ステージに目をやって、奏恵がどこか不安そうな表情でつぶやく。

「全部の楽器が、ばらばらの音を出してます」

それは西洋音楽を聴き慣れた彼女にとって、信じられない音の世界。

「全然ピッチが、合ってない」

それを聞いたハムサが、驚いたように目を見張った。

「かわいい子、耳がいいダネ！　そうだよ、合ってないよ」

あっさり肯定したハムサを、奏恵が戸惑ったように見上げた。

「ガムランの楽器は、だいたい二台で一組ダネ。一緒に叩いたとき、ウワンウワンができるようにしてる、ダネ」

「ウワンウワン？」

翻訳できなかった奏恵が、助けを求めるように智也に目をやる。

「うなり、のことだ。たぶん」

自分もそれほどガムランに詳しいわけではない。だが、今耳にしている音と、今日聴いたオーケストラの音とが違うことは、はっきりとわかる。

ピッチが違う二つの音が鳴っているとき、それぞれの音による周波数の違いにより、音に強弱がついているように聞こえる現象のことをうなりという。西洋音楽ではチューニングをして、このうなりが出ないよう楽器を調律するが、ガムランではそのうなりを利用して独特の響きへと変えてしまっているのだ。言い換えれば、わざとうなりが出るように調律しているとも言える。

「そう、それ、そうなり！　智也、わかってるダネ！」

音楽の邪魔にならないよう、声をひそめてハムサは続ける。

「それに、ピアノは一オクターブが十二音あるダネ。でもガムランは、五音しかないダネ」

その言葉に、奏恵が納得したような顔でもう一度ステージへと目を向けた。

「だから、よけい変なんだ……」

ピアノの十二平均律が完璧《かんぺき》に頭に入っている奏恵にとって、それは未知の世界だ。今まで教えられていた世界の法則を、すべてまやかしだと教えられるくらいに。

理屈も常識も覆して、ただ奏でられる音の雨。

奏恵にとってそれは、ラベリングできない初めての音との出会いかもしれない。

やがて力強く勢いを増した音は、さらに複雑なメロディへと変化する。旋律を奏でていた鉄琴のような楽器がさらにテンポを速め、その音に招かれるようにして一人の少女がステージ上に現れた。

鮮やかな薔薇色《ばらいろ》の地に、金の刺繍《ししゅう》が入った民族衣装が、十二、三歳に見える成長途中の彼女の細い腰を、強調するようにきつく巻いてある。王冠を思わせるような金色の頭飾りには、赤や黄色の生花が飾られ、右手には鳥の羽のような飾りがついた銀色の皿を持っていた。紫とピンクのグラデーションの美しいアイシャドウが、熱帯に咲く花の色を思わせる。顔立ちはどこかエキゾチックで、おそらく純粋な日本人ではないのかもしれない。その彼女が、音に合わせて独特の踊りを披露する。

「今日、初舞台ダネ。ドキドキしちゃう」

胸を押さえるハムサに、智也はもう一度ステージの少女をまじまじと眺めた。とても初舞台とは思えないほど、彼女は滑らかに踊っている。まだ中学生くらいだと思われる年齢にしては、素人目から見てもとても完成度が高いように思うほどだ。幼い頃から習っていたのだろうか。もしかすると親がインドネシアの人なのかもしれない。

「……え、もしかして」

ひとつの予感に思い当たった智也がそれを口にする前に、ハムサはその心中を読み取ったような、どこか得意げな顔で笑った。

「私の、娘ダネ」

細い腕は角度を保ったまま銀の皿を支え、観客に向けられる左手の指が、とても智也には真似《まね》できそうにない細やかな動きをする。腰を後方に突き出した、くびれを強調させるような姿勢のまま、首だけを左右に動かす独特の動き。感情をよりはっきりと見せるために目の周りを際立たせるメイクで、目玉の動きすらも、その白と黒のコントラストを踊りの一部にして。

その踊りに集中してしまえば、鳴っている音楽が雨音のように気にならなくなるが、次の瞬間には踊り手と一体になるようにその響きが主張して、密林に降る雨のにおいを連れて来る。

濃緑の葉に跳ねる、雫。

自覚がないまま、智也は息を呑んだ。彼女が音に合わせているのか、音が彼女に合わせているのかわからない。指揮者のいない音楽は、何をもってしてそのテンポを決め、道筋を行くのか。演奏者の手元には楽譜すらないのだ。踊り手である少女と目を合わせることもない。繰り返し繰り返し、同じようでいてどこか違うメロディを、金属と木が混じり合う不思議な音色が奏で出す。ただただ降り注ぐ雨のように、流れゆく水のように、

心地よく力強く、そこに、響くもの。

「……なんだ、この感じ……」

ステージに目をやったまま、英治が呆然と呟いた。

「脳みそが追い付かない」

彼らしい表現で、英治はその初めての音を表す。

「……音が、捕まえようとした途端見えなくなります。何重にも何層にもなっていて、捕まえたと思っても、そのまま周りの音に連れられてするっと流れてしまうんです。……授業で聴いたあのCDのガムランと同じはずなのに、全然違う」

代弁するように、奏恵がそう口にした。そして呆気にとられるように、信じられないと言わんばかりに、その言葉を思わず吐き出した。

「これは本当に、……人が奏でている音ですか？」

リズムをとるような丸い金属音が、強さを増して打ち鳴らされる。それに呼応するように、膝を折り曲げた少女の足が、震えているのかと思うほど小刻みに揺らされた。彼女が持つ銀の皿の中には、鮮やかな花弁が入っている。打楽器の音が小さくなると、彼女はその中の一枚を指で挟み、風に舞うようにしなやかに動かした。そしてその動きに合わせて、高い笛の音が独特のゆらぎを持って吹き鳴らされる。

それは、空をゆく風のごとく。

ハムサの出身はバリだと聞く。日本ではリゾート地として有名な島だが、そこは元々の土着信仰とインド仏教、それにヒンドゥー教の習合した独特の宗教が根づくところでもある。この音楽や踊りも、本来であれば神のために捧《ささ》げられていたのだろう。

敬い、感謝し、また祈る人々の想《おも》い。

田畑を潤す雨も、作物を育てる陽の光も、季節を運んでくる風も、健やかにと願う心も、すべてを背負って少女は踊るのかもしれない。

すべてを包んで、その音は紡がれるのだ。

首と肩と手先を器用に使う踊りの中、銀の皿からひとつかみの花弁がステージ上に撒かれた。腹の奥が振動するような、ひときわ大きくリズムをとっている鐘によく似た音色が、不思議な高揚を連れて来る。そうして再び同じようなリズムが繰り返される中、少女はその独特の姿勢を崩すことなく、美しい腕の角度を保ったままステージを後にした。空になったステージでは、徐々に音楽が小さくなり、スコールがあがるように、細い雨粒となって消えていく。最後には笛の音だけが残り、雨雲を晴らすような風の音色でもって、その演奏は終わった。

いつの間にか詰めていた息を、智也は思い出したように吐き出した。店内では拍手が沸き起こり、踊り手の少女と演奏者たちを称《たた》えて口笛が鳴る。

「上手だったでしょ？　五歳のときから、習ってるダネ。演奏者も、みんな、練習ちゃんとしてるダネ。私の故郷の文化、伝えたいダネ」

得意げに胸を張ったハムサが、厨房《ちゅうぼう》の方から出てきたスタッフに呼ばれ、ごゆっくりダネ！　と言い残して引き返していく。その背中を見送った智也は、改めてテーブルの方に目をやって、一瞬息を呑んだ。

英治と奏恵が、そろいもそろって抜け殻のようになっている。目はうつろで焦点が合わず、椅子の背もたれに体を預けたまま微動だにしない。

「……おい、」

恐る恐る呼びかけるが、二人からの反応はない。先ほどまで、料理を奪い合うようにして口に運んでいた人物たちとは思えない姿だった。

「生きてるか？」

顔の前で手を振ってやると、ようやく英治が息を吐いた。そのままのけ反るようにして頭を後ろへと倒し、顔を両手で覆う。

「……なんか、なんかさ、……神秘的ってああいうこと言うんだな」

もう一度感嘆するように息を吐いて、英治は椅子に座り直す。

「いや、すげぇわ。すごかった！　なんか世界って広いって思った！　だって最初は、オレが苦手な不協和音みたいな音だったのに、どんどん引き込まれるし！　あんなの初めて聴いた。……あんなにずれてるのに嫌じゃない音に、初めて出会ったかも」

最後の方をつぶやくように言って、英治はグラスの水を一気に飲んだ。智也は水の入ったピッチャーを英治の方へと押しやりながら、つられるようにして自分も水に口をつけた。薄いレモンの香りが鼻腔《びこう》を抜けて、少しだけ気分を落ち着かせてくれる。

「オレもちょっとびっくりしてるよ。ガムランって初めて生で聴いたけど、あんな感じなんだな」

音に敏感な英治や、突出したラベリング能力を持つ奏恵にとって、あのような音楽は理解しがたいだろう。西洋音楽では排除されるうなりを意図的に使い、五音だけの音階をつかって奏でられる、金属と木が融合した不思議な音。踊り手と一体になるその音に招かれるように、あのステージの上で、智也は確かに神が宿る熱帯の島を見た気がしていた。

「奏恵、もう食べないのか？」

未だテーブルの上に目を落としたまま、一言も発しない奏恵を気遣って、智也は声をかける。それはど彼女にとって衝撃的な音楽だったのか。これで感動の一つでもしてくれていたら依頼も片付くのだが、彼女の様子を見ていると、どうもそういった感じでもない。もっと違う、何か考え込むような顔をしていた。

「奏恵？」

もう一度声をかけると、ようやく奏恵が視線を動かした。だがそれは智也にではなく、厨房の入口へと向けられる。つられて智也も目をやると、そこではハムサと、大役を為《な》し終えた娘が、あの鮮やかな衣装のまま抱き合っているところだった。

優しく労《ねぎら》う父と、その父に抱かれて安心したように微笑む娘。

その胸温まるはずの光景を眺めながら、智也は自分の中に複雑な感情が湧き上がるのを感じる。それは憎しみか、悲しみか、それとも幼い羨望《せんぼう》か。あんな風に父に褒められた記憶は、思い出せないのか、それとも元々存在しないのかすらもわからない。

「娘さん、上手でしたね」

長い沈黙の果てに、奏恵はそんな感想を言って、また箸を握った。

「マジうまかったよなぁ、あの首の動きとか。つーか、どうよ、感動ポイントまだつかめねぇ感じ？　オレなんかめちゃくちゃ感動したっつーの。もうなんか、いろんなことに」

未だ感情をうまく整理しきれない英治が、運ばれてきた角煮を口に放り込む。

「……感動、」

奏恵は確認するようにその言葉を繰り返す。そしてしばらく思案するように首を傾げていたが、おもむろに息をついた。

「びっくりはしました。私には全然理解できない音楽でしたから。生で聴いたらこんなに違うのかとも思いましたし。聴いたことのない音階と響きで、珍しいものに出会ったという感じです」

そこで言葉を切って、でも、と奏恵は続ける。

「でもこれは、私が求めている感動ではない気がします」

智也は背もたれに体を預けて、天井を仰いだ。昼間に聴いた西洋音楽も、この民族音楽も奏恵の琴線には触れないらしい。ここでガムランを聴くことになったのは想定外だったが、これでカタがついてくれればよかったのにと思う気持ちもないことはない。

「感動、かぁー……」

つぶやいて、智也はココナッツミルクで煮込まれた海老を力なく齧った。

四

それまではただの一ファンに過ぎなかった由果が、西崎のマネージャーとして本格的に動き始めてから、幸か不幸か彼の仕事量は跳ね上がった。偏屈なピアニストが弾くシャコンヌは、いろいろなところから公演依頼が殺到し、それがきっかけでヨーロッパのオケや指揮者と共演するような仕事も舞い込むようになった。当然家を空けることは多くなり、まだ小学生だった智也は、父親参観も運動会も、誕生日もクリスマスも、母と二人きりで過ごした。

それまでろくな稼ぎもなくピアノだけを弾いて、少し売れてきたかと思えば借金をしてまで練習室のある家を建てて、当の本人は忙しそうに世界中を飛び回っている。そんな父を思えば、新築の家は智也にとって寒々しいものだった。それまで住んでいた賃貸マンションは狭かったが、今よりもっと家族は近かったような気がする。借金は幸い数年のうちに返済できたとはいえ、なぜ父は、あんなにも急いで家を購入したのだろう。

「……また観《み》てんのか」

借りていたDVDをレンタルショップへと返しに行って、そのついでにコンビニで買い物を済ませてきた智也は、温かい室内に足を踏み入れると同時に聞こえてきた音色に小さく息をついた。

時刻は午後十一時を回っている。二月も下旬になり、そろそろ春の兆しが見えてもいい季節にはなってきたが、未だ外は頬を刺すような冷気が居座っていた。室内との気温差に、お約束のように眼鏡が曇る。

「奏恵ちゃんがテスト期間で来れねぇうちに、研究しとかねぇとなー」

テレビの前に陣取って、英治はリモコンを片手に早送りと巻き戻しを繰り返しながらＤＶＤを観ていた。奏恵が置いていった、西崎賢吾のラストコンサートのものだ。

その他にも、英治は資料のためにと西崎のＣＤを何枚か集めてきている。根が真面目なのか、それとも奏恵に同情したのか、西崎賢吾というキーワードで引っかかってしまっている智也より、よっぽど熱心に依頼を片付けようとしていた。

「このシャコンヌっていう曲さぁ、オレどっかで聴いたことあるなーって思ってたんだよ。んで、考えてみたら、愛人の家でよくかかってた曲だった」

スナック菓子を頬張りつつリモコンを操作している英治が、画面に目をやったまま
そんな事実を告げる。

「お前、それ絶対奏恵に言うなよ。教育に悪い」

脱いだジャケットをソファに放り投げ、智也はシャツの袖《そで》で眼鏡を拭いた。あのお嬢様が不倫だの愛人だのという話を、あっさり受け入れるとは考えにくい。

わかったよ言わねぇよ、とわざとらしくいじけたように つぶやいた英治が、そうだ、と思いついたように振り返った。

「ちょっと調べたんだけど、西崎って四十歳になって突然売れ始めたらしいんだよ。

このシャコンヌっていう曲で。それまでは同じ曲を弾いても特に注目されてなかったのに、なんで四十歳になって突然有名になったんだろうな？」

ストーブの上で湯気を吐き出していたやかんを取り上げ、智也は新しく水を足してコンロにかけた。英治の無邪気な質問に、どう答えようかと視線を巡らせる。実際智也も、なぜあの年になっていきなり西崎が注目され始めたのかは知らないのだ。あの頃はそんなことより、ただ父の大きすぎる期待と呪縛《じゅばく》から逃れたい一心だった。

「さぁな。それこそ、音に心がこもったんじゃないの？」

奏恵を引き合いに出して、智也は投げやりに答える。遺品すら売り払ってしまった西崎賢吾のことは、できる限り考えたくはない。

「音に心がこもったか……。いや、それあるかも」

真に受けた英治が何やら思案する顔をして、一枚のCDを持って智也の元へと駆け寄ってくる。

「これこれ、このCDって西崎賢吾が三十八歳の時にほぼ自主制作みたいな形で出したやつなんだけど、この時のシャコンヌと、あのDVDに入ってるシャコンヌって、微妙に違うんだよな」

コーヒーを淹れようと準備をしているところにまとわりつかれ、智也は彼の予測できない動きを見ながら、慎重にインスタントコーヒーのビンを棚から取り出した。一緒に暮らし始めて二週間がたつが、随分英治のあしらいが上手くなったと自分でも思う。

「音質の違いかもしれねぇけど、DVDの方がやっぱりなんか惹きつけられるんだよなぁ。弾いてるピアノも、なんかちょっとかっこいいし。弾く前のさ、このポーズ、なんか願掛けなのかな？」

英治は西崎の仕草を真似て、左胸に手を当ててみせる。それは、シャコンヌと桜のモチーフに続いて、西崎を表すものでもある。

「これだけのベテランが、今更緊張してるとも思えないし」

それだけ言うと、英治は再びテレビの前へと戻っていく。智也がその背中越しに画面に目をやると、ちょうど一心不乱にシャコンヌを演奏する西崎の手元が映しだされていた。

画面の端に一瞬だけ見えたのは、黒く塗られた白鍵。

それを目にした瞬間、腹の底に溜《た》まりゆく、氷よりも冷たい感情を智也は自覚する。

新しい家に引っ越して、父のいない母との生活に幾分慣れ始めた頃、覚えのない巨大な荷物が家に届けられた。それまで練習室にあった、楽譜立てのところに透かし模様が入っている智也の触り慣れたグランドピアノがあっという間に搬出され、代わりにそこへ鎮座したひとまわり大きな黒光りするピアノ。

ベーゼンドルファー・インペリアル。

その王者のような名前を智也が知ったのは、随分後になってからだった。

通常ピアノの鍵盤の数は八十八鍵、最後はA、ラの音で終わる。だがインペリアルの鍵盤数は全部で九十七、最後がC、ドで終わる八オクターブの音域がある。左端の九鍵が黒く塗られているのは、誤って弾くのを防ぐためらしい。国産のグランドピアノが百万円から五百万円程度で手に入るのに対し、このベーゼンドルファーのインペリアルモデルは、二千万円近くの価格がつく。それを父は、家を建てると決めたとき同様、家族に何の相談もなく購入してしまっていた。売れ始めたとはいえ、まだそのような金額を現金で用意できるほど稼いでいたわけでもなく、家の借金も残っていたにもかかわらず。

それは欲望かステータスか。

結婚以来旅行にもいかず、家族を養うために毎日毎日働いていた母には、今なお家のことを任せきりにして何の労いもない。それなのに父は、今の地位はただただ自分だけの力でつかみ取った場所だと、驕《おご》っているように智也には見えた。演奏旅行で世界を回り、高価なピアノを自宅に所有して、ようやく陽の目を見たのだと眩しい方にばかり目を向け、自分の進みたい道を思うとおりに突き進んでいく。家族すら、顧みることはなく。

練習室に鎮座し、艶やかに照明を反射するベーゼンドルファーは、幼い智也にとって得体《えたい》のしれない生き物のように思えた。夕方陽が落ち、濃紺に染まる家の中で、あの黒い化け物と二人きりでいることがたまらなく恐ろしかった。

このピアノが来てから、母はふさぎこむことが多くなったように思う。そして何度か心労で倒れもした。運ばれた病院で点滴を受けながら、それでも父に知らせることを頑《かたく》なに拒み、お父さんはお仕事をしてるんだから心配をかけてはいけないの、と智也に言い聞かせていた母は、一体どんな思いで暮らしていたのだろう。

父が亡くなった後、あのピアノこそ早く売り払ってしまいたかったが、智也がピアノを辞めて以降、練習室の鍵は父が所有しており、その行方だけがわからなくなってしまっていた。防音室のため窓もなく、中に入るためには業者を呼ばねばならず、そのことを面倒がっているうちに、智也はよろず屋を始めて家を出ることになってしまった。おそらく今もあの練習室の中で、主《あるじ》のいなくなったピアノはあの頃の姿のまま、黒い肢体を闇にさらしているはずだ。

画面の中で、西崎の手によって高らかに弾き鳴らされるベーゼンドルファーの音色。

重厚な和音が奏でる主題のメロディが、重く深く、絶望の淵《ふち》を彩るように響いては、救われぬ想いをえぐるように心中を貫く。

おとうさん、おとうさんほんとうは。

夕闇に紛れるピアノに、何度その問いをぶつけただろう。

おとうさん、ほんとうは、かぞくがじゃまだったの？

ひとりで生きたかったの？

弾かれたように動いた智也は、英治のそばにあったリモコンを奪うように拾い上げ、爪跡が残るほどの力で停止ボタンを押した。

「ちょっ、なんで消すんだよ！　見てんのに！」

突然断ち切られた映像に、英治が喚《わめ》いて智也を振り返る。

「……智也？」

いつもとは様子の違う智也に、英治が困惑したようにつぶやいた。ピアノの音色が途絶えた室内に、ただ火にかけられたやかんの音が響く。

「……ごめん」

リモコンを持ったまま我に返った智也は、とりあえずそれだけを口にして息を吐き出した。そして何と続けるべきか、言葉を探す。

「もう遅いし、また隣から苦情が来ても嫌だし、明日にしようぜ」

なんとかそんな言い訳をして、話題を変えるように、英治にコーヒーを飲むかと尋ねる。いまいち腑に落ちない顔をしながらも、英治は飲むと返事をしただけで、それ以上追及はしてこなかった。

沸騰を知らせる、やかんの間の抜けた音。

英治がチャンネルを合わせたテレビのニュースでは、若い女性のお天気レポーターが、今夜も一段と冷えることを伝えていた。


「結構うまく吹けるようになったんだよ」

今日の寄り道のリクエストは海だった。

リアルな動物のオブジェがある公園から真っ直ぐ南に下りた先の駅は、夏になれば海水浴客でにぎわう海浜公園のすぐ傍にある。駅舎の脇にある歩道橋を渡って階段を下りれば、もうそこは砂浜になっていた。ウッドデッキやベンチなども整備されており、また隣県へとつながる島にかかる大橋がよく見えるスポットでもあるため、シーズンオフでもカップルや家族連れがちらほらと歩いているのを見かけることがある。

だが、さすがに二月の夕方に、風の吹きつける浜辺へ留《とど》まっている人の数は少ない。犬を連れた女性が通り過ぎるのを待って、智也は波打ち際まで駆け出して行った尚平を追いかけ、ウッドデッキを下りた。

「よーし、何か吹いてみろ」

サワ子からの急な依頼と重なった今日は、英治をそちらに向かわせてある。一人で仕事に行かせるのは初めてだが、依頼主が英治のことを気に入っているサワ子であれば心配ない。問題は一人でいるところを例の追手に見つからないかということだが、すでに彼がうちに来てから何日もたっており、忙しいであろう社長が、一人の若造にこれ以上執着するとも思えなかった。

ウッドデッキに腰かけた智也のところまで戻ってきて、尚平は相変わらず持ち歩いているリコーダーをレッスンバッグの中から取り出した。そして慎重に音孔を押さえる指を確かめる。おもむろに吹き始めたのは、きらきら星だった。陽の落ちた薄闇の海岸に、たどたどしい音が響く。

「ファーファーミーミーレー……指指、押さえてないぞ、そう、……レー、ドー」

思わず一緒に歌ってやらなければ心配になるほど頼りないきらきら星だが、確かに以前よりはクリアな音が出るようになっている。

「どう⁉」

吹き終わるなり、尚平は輝かんばかりの笑顔で尋ねてくる。

「前よりはうまくなってるよ。練習の賜物《たまもの》だな」

「そうでしょー？ この前おばあちゃんの家で吹いたらね、尚平は天才だねって言ってくれたんだぁ。僕、この曲好きだよ」

嬉しそうに笑う尚平につられて、智也も頰を緩ませる。どうやら彼は褒められて伸びるタイプらしい。

「ただ、また音が狂ってるぞ。前みたいにちゃんとハマってないんじゃ……って、おい、聞いてるか？」

おそらくまた頭管部の緩みだろうが、智也の忠告などお構いなしに、尚平はリコーダーを吹き鳴らしながらまた波打ち際まで駆け出していく。

「全っ然聞いてないな……」

つぶやいて、呆れたように息をついた智也は、視界に入った影に気付いて何気なくそちらに目を向けた。そしてその見覚えのある姿に、思わず確認するように眼鏡を押し上げて目を凝らす。

まさかこんなところで会うとは思わなかった。学校帰りらしい制服姿の奏恵は、学校指定の黒い鞄を胸に抱きしめるように持ったまま、どこか苦々しく智也を眺めていた。

「奏恵⁉」

「まさか……よろず屋にそんな趣味があったなんて」

汚物でも見るような目つきでまじまじと智也を見つめ、奏恵はため息をつく。

「幸い未遂で済んだんですから、もうこのまま帰ってください。通報はしないでおきます」

「ちょっと待て、何の話？」

なぜいきなり通報沙汰《ざた》の話になっているのか。

智也の訝しげな反応などお構いなしに、奏恵は呆れたように肩をすくめる。

「後のマスコミのインタビューで、そんな人には見えなかったって言われる典型的な例ですよね。まさかあの人がと、カメラの前で涙にくれる私の姿が目に浮かびます。大方週刊誌の見出しは、『現役女子高生涙の訴え、美少女が見たよろず屋の正体』といった感じでしょうか」

自身がアカデミー賞ものと言ったその演技力で、口元を押さえて目を潤ませながら

「まさかよろず屋が、小学生の男の子を拐《かどわ》かそうとしているショタコンだったなんて」

奏恵は続ける。

そういうことか。

智也は頭痛を覚えてこめかみの辺りを押さえる。一体どういう妄想力だ。

「あのなぁ、尚平は依頼主の子どもだよ。ピアノ教室への送り迎えを頼まれてるだけ！」

「じゃあなんでさっきリコーダーを取り上げようとしたんです？　舐めるためですか？」

「さらっと言うな！　音程を合わせてやろうとしたんだよ」

「こんなショタコンを放置して、金髪はどこに行ったんですか？　……まさか、口封じとして海の底に……？」

「英治なら別件の仕事！　ていうか、お前こそこんなとこで何やってんだよ。テスト中じゃなかったのか？　あとショタコンって言うな！」

尚平が散歩中だった犬と遊んでいる姿が、視界の端に映った。砂に足を取られながら、それでも楽しそうに走っている。

「テストなら明日で終わりです。でも音楽学校における一般教科のテストなんて、お遊びみたいなものですよ。赤点さえ取らなければ進級できます」

　そこで言葉を切って、奏恵は濃紺の海と空に目を向ける。

「今日はなんだか海が見たくなったんです。ここは、学校から家までの帰り道ですから。……おかげで自主レッスンはサボりました。レッスンはいつも大学の練習室を借りてやるんです。そっちの方が家に近いので。もちろん家でも練習しますけど」

　ため息と一緒に吐き出された奏恵の言葉は、白く漂う。

「家には母がいるので、今は少し、弾きづらいんです」

　左手に見えていた大橋がライトアップされ、昼間は白くその姿を横たえている橋が鮮やかに彩られる。ライトの色は季節や時間ごとに決まっており、冬の平日はパールイエロー。真珠を思わせるような、優しい色だ。

「私の母の実家は、それほど裕福な家庭ではありませんでした。子どもの頃やりたいと思ったこともできず、大学進学も金銭面の事情で叶《かな》わなかったと聞いています」

　智也の座るウッドデッキの下段に腰を下ろした奏恵は、自販機で購入した缶のミルクティーを両手で包み込むように持って、沖合を通る大型のフェリーを目で追っていた。ここの海峡は、先にある湾への通り道になっており、頻繁に大型船が通り過ぎる。

「高校を出てから道路工事を請け負う現場で事務員として働いて、その働きぶりを買われて本社勤務になり、そこで父と出会ったそうです。結婚してからは、子どもには絶対にピアノを習わせるんだと口癖のように言っていたらしいです。母にとって、ピアノっていうのはステータスであり、幼い頃の叶わなかった願望でもあるんでしょうね」

他人事のように冷静に言って、奏恵はミルクティーに口をつける。

「そして生まれた私が、幸運にも音楽の才能に恵まれた神童だったため、母の音楽教育には一層熱が入ったようです。私が六歳のときにコンクールで入賞したのも、他ならぬ母の努力があったからだと思いますし、今では両親ともども私を応援してくれています」

そう語る奏恵の幼少期を、どこか自分と重ね合わせながら、智也は缶コーヒーを飲んだ。先ほどから尚平は、リコーダーを握りしめたまま波打ち際で小石を拾うことに熱中している。靴や服を濡《ぬ》らさないようにと忠告しておいたが、果たしてきちんと守り通してくれるだろうか。

闇が濃くなる空に、月の姿はない。すでに満月を過ぎた今日は、もっと遅い時間になってから昇ってくるはずだ。

砂を洗う、波の音がする。

「こんな話をすると、だいたいの人は、私が母に無理やりピアノを強制されていると思うようなんです。同情めいた口調で、大変ね、なんて言ってくる迷惑千万な勘違いの人もいます。まぁそんなの、大半がやっかみなんですけど」

相変わらずの奏恵の言い方に、智也はこっそりと肩をすくめる。初めて会ったときは、その高飛車な態度に驚きこそしたものの、今となってはむしろ清々《すがすが》しい。

「私だって、好きじゃなかったらここまで続けていません」

きっぱりと言い切って、奏恵は星の輝き始めた空を仰ぐ。

「指定された曲を最後まで完璧に弾けると気持ちがいいんです。一つの音符も漏らさずに、どんな演奏指示も逃さずに、譜面に書き留められた音を正確に鍵盤で表現する。そうすることで、私は今まで認められてきました。……世間にも、両親にも」

目の前にある奏恵の細い肩が一瞬だけ震えた気がして、智也は目をやった。

「言っておきますが、両親との関係は今も昔も良好です。……ただ、今の私には、両親のために満足いく曲を弾いてあげられないような気がしているんです。それでちょっと今は、……家で練習することをできるだけ避けています」

好きでなかったらここまでピアノを続けていない、その言い分はきっと事実だ。だがそれ以上に、彼女がピアノを弾き続けたのは、親を喜ばせるためだったのではないか。おそらくはずっと自分の夢だった「ピアノを弾くこと」を、その才能でもって充分すぎるほど叶えてくれた娘は、母にとっても父にとっても誇らしいはずだ。

「でも、私が今以上成長して、それこそ両親がもっと喜んでくれるような良いピアニストになるためには、楽譜にある音をただ鍵盤で叩けばいいというわけではないんです。次がミだからミを弾くのではなくて、指を下ろす瞬間の想いが大切らしいです」

「……ちょ、ちょっと待て」

なんだか哲学めいた話の流れになってきて、智也は口を挟む。

「それはあくまで比喩《ひゆ》だろ？　そんなことをいちいち考えてたら、ピアノなんて弾いてられないし」

「比喩ではありません！」

半身振り返って、奏恵は智也に鋭い目を向けた。

「一流の音楽家というのは、音と音とのインターバルでさえ、観客を魅了することができるんです！　あなたには遠い遠い他惑星の、いえ、他次元の話に聞こえるかもしれませんが！」

悪かったな、という言葉を、智也はかろうじて呑み込む。だが実際その通りでもあるのだ。小学生の頃にピアノを辞めてしまった智也にとって、奏恵が言っているのはかなりレベルの高い話になる。インターバルで観客を魅了するなど、想像もつかない。

「ハムサの店で聴いたガムランは、確かに衝撃的でした。初めて行ったライブハウスもいい経験になりました。でもそれだけなんです。ちょっとばかり絶対音感があって、ピアノを齧ったことのあるだけのよろず屋なんかに、期待した私が愚かだったのかもしれません」

「お前なぁ……」

冷ややかな目線を投げてくる奏恵に、智也は苦々しく言い返す。

「もともと依頼が無理難題だってわかってるか？　こんなの引き受けてくれるのうちくらいだぞ？」

「そういう偉そうなことは、解決してから言ってもらえますか？」

袈裟《けさ》切《ぎ》りのような一言を受け、智也は無言でコーヒーを飲んだ。十六歳のくせに二十七歳のいい大人を黙らせるとは、絶対に将来ロクな人間にならない、などと脳内でつぶやいておく。だが、それほど彼女は焦っているのかもしれない。

それは両親を喜ばせたいという、ただ健気《けなげ》な娘の想い。

智也はそれを、持ち得ることのないまま見失ってしまった。

奏恵は再び海の方を向いて、ため息をつく。

「西崎のようなピアノに少しでも近づけたらと、ブゾーニのシャコンヌも練習しました。ＤＶＤを繰り返し見て、ＣＤを何度も聴いて、楽譜も読み込みました。そのおかげで、西崎がベーゼンで弾くことにこだわった理由もよくわかりました」

海からの風に煽《あお》られた髪を、奏恵は無造作に押さえる。

「西崎が手書きで所有していたというシャコンヌの楽譜を見れば、それは明白になると思います。というか、それしか考えられません。現にＤＶＤで見た西崎は、その方法で弾いていますから、周知の事実というのも頷けます」

「どういうことだよ？」

そこまで言い切る奏恵に、智也は思わず尋ねた。

奏恵は、海から智也へと視線を滑らせる。

「ある解釈をすると、ブゾーニの編曲したシャコンヌは、普通のピアノでは弾けなくなってしまうんです」

コーヒーを口に運ぼうとしていた手が、不意に止まる。西崎賢吾が、ベーゼンドルファーでシャコンヌを弾くことにこだわった理由。そのことについての噂《うわさ》でさえ、智也は曖昧にしか知らない。自分が西崎について興味を持つなど、ありえないと思っていた。今こうして奏恵からその真実の欠片《かけら》を聞いて、わずかであれ動揺してしまうなど。

「ただ、それを証明する手書きの楽譜が行方不明ですし、西崎本人が明言したわけではないので、周知の事実ではありますが真実はわかりません。……でももし本当に、その楽譜に西崎の託した想いが込められているなら、少し見てみたい気はします」

海からの風は冷たい。絶え間ない波音と同じように、緩やかだが止むことなく海上の冷気を運んでくる。智也は胸が軋むのを自覚して眉根を寄せた。その楽譜を行方知れずにしてしまったのは、自分なのだから。

ひとつため息をついて、奏恵は冬の夜空を見上げる。

「私は今まで、絶対音感は便利なものだと思ってました。天から恵まれた才能だと、誇らしくも思っていました」

背筋を伸ばしたブレザーの背中は、いつだって彼女の自信を表していると思っていた。生い立ちも、経歴も、その制服を身にまとっていることも。だがそれは、精一杯の彼女の虚勢だったのかもしれない。そんなことを、智也はふと思った。

「でも、そのせいで音楽で感動できないのだとしたら、音符の隙間にある想いを汲《く》み取れないのだとしたら、私の考えは間違っていたことになります」

笑みを含ませるような複雑な声色で、奏恵は口にする。

「私は、私こそが、欠陥人間なのかもしれません」

海峡を行く貨物船の光が、空と海の境目がわからなくなった宵闇の中を、ゆっくりと移動していく。引き潮の小さな波を縁取るように、薄青く夜光虫が光った。

「……そんなことないよ」

四四〇ＨｚのＡにだけ反応する自分と違い、すべての音を音符に変えようとする奏恵も、音に敏感な英治も、確かに世の中は生きにくいかもしれない。世界は、息苦しいかもしれない。

「今は方法がわからないだけだろ。欠陥とか言うなよ」

生きていく術《すべ》など無数にある。今は不利に感じる能力を生かす術も、必ずあるだろう。まして奏恵の能力は、音楽の道を志す者が欲しいと願ってやまない力でもある。

「……そうでしょうか」

「そうだよ」

いつになく弱気な彼女の言葉にかぶせるようにして、智也は口にする。

「絶対音感に助けてもらったことだってあっただろ。今躓《つまず》いたからって、過去まで全部否定するのは間違ってる」

耳を傾けるように、奏恵がゆっくりと半身だけ振り返った。

「お前は欠陥人間なんかじゃないよ」

智也はもう一度、はっきりと言い切ってやる。はがゆいのは、それを明確に提示してやれないことだ。

智也の言葉を、奏恵は何も言わずに聞いていた。

暗闇の中、ただ波音だけが繰り返される。

「見て見て智也ー！　きれいな石ー」

波打ち際から戻ってきた尚平が目ざとく見つけた石は、小指の爪ほどの、丸くて不透明な緑色の石だった。智也は気を取り直すようにして、手渡されたそれをしげしげと眺める。

「これはあれだ、ガラスの欠片。ビンとかが割れて、その破片が波にもまれて角が取れて、こんな形になるんだよ」

「レア物？」

「まぁ、レアっちゃレアかな」

目を輝かせて尋ねてくる尚平の手の平に、智也はその欠片を返してやる。この暗い中で、そんな小さな物を見つけてくる彼の視力の方が驚きだが。

「やったぁ！　今度おばあちゃんにあげよう！　もうすぐ誕生日なんだ」

大事そうに石をポケットにしまい、尚平はまたリコーダーを吹き始める。飽きもせず、再びきらきら星だ。

「あ、尚平、それ音が狂ってるから」

頭管部を調節してやろうと手を伸ばしたが、尚平はその手を避けて迷惑そうな目を向けた。

「ちょっと智也黙っててよ、今いいところなんだから」

あっさりと拒否されてしまい、智也は妙にせつない気分になる。最近の子どもたちは、本当に自由奔放というかなんというか。

「ピアノ教室の送り迎えじゃなかったんですか？」

先ほどからリコーダーばかり吹いている尚平を眺めて、奏恵が不審そうに智也を見やった。

「リコーダーの方が好きなんだと」

智也は証明するように、ウッドデッキに置き去りにされたピアノのレッスンバッグを指さす。またあらぬショタコン疑いをかけられてはたまらない。

「僕ピアノも好きだよ」

耳ざとい尚平が、曲の途中で口をはさんだ。

「だって上手に弾けると、ママが笑ってくれるから」

無邪気に言って、尚平は笑う。

「ママだけじゃないよ。ピアノもリコーダーも、僕が上手に演奏すると、みんな笑ってくれるんだ。だから、みんなのために、僕はいっぱいいっぱい練習するんだよ」

「みんなの、ために？」

奏恵が怪訝《けげん》な顔で、確認するように尋ねる。

うん、と子どもらしく大きく頷いて、尚平は当然のように口にした。

「だって、どんな楽器を演奏しても、聴いてくれる人がいないとつまんないじゃん。だからね、聴いてくれてありがとうって。僕、演奏できて嬉しいよって、ちゃんと音楽でお返しできるように」

再び尚平の吹き始めたきらきら星が、冬の海岸に響きわたる。

夜空に瞬く星々と、まるで目が合ったように無邪気に奏でられるメロディ。

遠い空から見守ってくれていると、疑うことなく見上げているその目こそ、きらきら輝いていることの自覚もなしに。

なんの気負いもない、ただただ真っ直ぐに、どこまでも浸透するような無垢な音色は、図らずも奏恵から言葉を奪った。ガムランを聴いたときと同じような、新鮮な驚きと複雑な感情が相まった表情を奏恵が作るのを、智也は目にする。

「……音楽を奏でる理由は、私と同じはずなのに……」

まるでそうつぶやいていることに自覚すらないような面持ちで、奏恵は無邪気にリコーダーを奏でる尚平を見ていた。

「どうして彼の音は、こんなにも楽しそうなんでしょうか……」

きっと幼い頃の奏恵も、こうして純粋な想いでピアノを弾いていたのかもしれない。技術よりもずっと大事なものを音に込めて、自分を見守ってくれている両親のために。それを今彼女は、絶対音感という能力と、成長するにつれて課せられる音楽教育の中で見失ってしまっている。

智也は、かけるべき言葉を見つけられずに結局ただ奏恵を見つめていた。自分とは真逆の位置にいる彼女に、父からの期待を負担に感じてピアノを投げ出してしまった自分が言えることなど、何一つないような気もしていた。

「……尚平くん」

もう一度同じ曲を繰り返そうとした尚平に、奏恵が声をかける。そしておもむろに自分の鞄を開けて、中身を探った。

「そのきらきら星って、ピアノ用に編曲されたものがあること知ってますか？」

「え、知らない」

驚きとともに、同意を求めるように尚平が智也を振り返る。

「……モーツァルト、か」

無垢な瞳を受けながら、智也はその名前を口にした。確か幼い頃に弾いた覚えがある。アマデウスという、神に愛されるという意味の名を持つ天才が作曲した、きらきら星変奏曲。ハ長調K二六五。

奏恵は分厚いバインダーの中から、楽譜をコピーした数枚を取り出し、尚平に手渡した。

「私は七歳のときに弾いてましたから、あなたもきっと練習すれば弾けるようになります。この曲は音符の並びが楽しいので、私も好きです」

受け取った楽譜に目を走らせ、尚平は嬉しそうに奏恵を見上げた。

「これもらっていいの？」

その無邪気さにつられるようにして、奏恵も微笑む。

「もちろんです。弾けるようになったらきっと、お母さんも喜んでくれますよ」

二人のやり取りを見ながら、智也はぬるくなった缶コーヒーの残りを飲み干した。

誰のために弾くのか、何のために弾くのか。幼い頃の自分にはその答えが見出《みいだ》せなかった。父のためにと割り切ることもできなかった。それが見つかっていれば、彼らのように音楽とともに歩むことができたのだろうか。

海からかすかに聞こえてくる、低音の汽笛。

例えば父は、何のためにピアノを弾き続けていたのか。

手書きの楽譜にこだわって、ベーゼンドルファーにこだわって、偏屈と呼ばれなお、なぜシャコンヌを弾き続けたのか。

吐き出した息が白く漂うのを目で追って、智也はライトアップされた橋の方へと目をやる。ちょうど三十分ごとに色を変えるライトは、橋をパールイエローから紫と白のグラデーションへと変化させていた。

「……尚平、そろそろ」

腕時計に目をやり、帰ろうかと促しかけた智也は、ダウンジャケットのポケットで携帯が鳴ったのに気付いた。液晶には、サワ子の自宅の番号が表示されている。

「もしもし？」

まさか英治が何かやらかしたのではないか。そんな不安を覚えながら通話ボタンを押すと、意外にも聞こえてきたのは英治本人の声だった。

「あ、智也？　あのさ、とにかく今すぐなんか手土産持って金城家来て！」

「手土産って……お前何やって」

「とにかく頼むわ！　じゃあな」

それだけを口早に告げて、通話は唐突に切れた。

「どうかしましたか？」

奏恵が怪訝な顔で尋ねる。

「……いや、大丈夫、だと思うけど」

智也は逡巡して、念のため金城家へと折り返しの電話をかけた。だが呼び出し音ばかりで、一向につながる気配がない。続いてサワ子の携帯にもかけてみたが、こちらはすぐに留守番電話サービスに切り替わってしまった。一文無しの英治は携帯を持っておらず、これ以外に連絡を取る術はない。

「どうなってんだ……」

智也はとりあえず、二人を連れて駅に向かうことにする。尚平は連れて帰らねばならないし、暗い中奏恵を一人で置いていくわけにもいかない。

なにやら不穏な空気を感じつつ、智也は駅へと続く階段を上った。

五

尚平を家まで送り届け、駅前の店で英治に言われた通りサワ子の好きそうな和菓子を見繕って金城家へ向かうと、智也はすでに門前でその家の中の異様な雰囲気を感じ取った。

「なんだか騒がしいですね。ホームパーティでもやってるんでしょうか」

帰れと言ったにもかかわらず、興味本位でついてきた奏恵が、隣でそんな感想を漏らす。

閑静な住宅街の中にある金城家は、一戸建てながらサワ子一人しか住んでおらず、お稽古のとき以外は静まり返っている。午後七時をまわったこの時間だと、まだ稽古中であっても不思議ではないのだが、それとはまた違った騒がしさだ。智也がいつも出入りしている居間の窓にはカーテンが引かれているが、そこに映る人影がなんだか多い。しかも中からはひっきりなしに、話し声や笑い声に加え、三線や太鼓のような音色まで聞こえてくる。

今日は奏恵が一緒だったこともあり、智也は玄関の方へとまわってチャイムを押した。だが何度押しても、ごめんくださいと声をかけても、なんの反応もない。

「どうなってんだ……」

「盛り上がりすぎて聞こえてないんじゃないですか？」

戸惑う智也をよそに、奏恵は玄関の引き戸に手をかけると、そのまますると開けてしまった。途端に、中からの騒ぎ声が一層大きくなる。

「あっ智也！　あれ、奏恵ちゃんも！」

台所の方からグラスを持って、居間に戻ってくる途中だったらしい英治が、戸口に立ち尽くしている二人を見つけて駆け寄ってくる。なぜかサワ子の白い割烹着《かっぽうぎ》を着ており、おまけにうっすらと顔が赤い。

「なんの騒ぎだよ？　ていうかお前、酒飲んだの？　仕事は⁉」

金城家に通って数年、今までこのような騒ぎには出くわしたことがない。

「いいからいいから、とりあえず早く入って！　もうすっげー盛り上がってんだから」

腕をつかまれて玄関に引き入れられ、智也はその足元に目を留めて一瞬眉をひそめる。いつもはきれいに整頓《せいとん》されている金城家の玄関が、新たに脱ぐスペースがないほど靴で溢れかえっていた。それほどの人が詰めかけているということだ。

「サワ子さんに頼まれた依頼自体はすぐ終わったんだけど、そのあと帰ろうしたらお弟子さんに呼びとめられて、こっそり協力してくれないかって頼まれちゃったんだよ。で、始まったら始まったで帰りにくいし、楽しいし、そんなら智也も呼ぼうと思って」

「……ちょっと待て、なんか意味が全然わかんないんだけど」

英治に急《せ》かされるようにしてなんとか靴を脱ぎ、智也は眼鏡を押し上げながら英治に詳しい説明を求める。

「いや、オレだって今日がそうだなんて知らなかったし。つーか智也の方がサワ子さんと付き合い長いんだから、知ってたんじゃねぇの？」

玄関に飾ってあったシーサーの置き物を珍しげに眺めている奏恵の腕を引っ張り、廊下を進みながら、智也はいよいよ理解できずに、何が？　と問い返した。

居間へ近づくにつれ、歓声は大きくなり、口笛のような音色も聞こえてくる。襖に手をかけ、英治は、知らねぇの？　と意外そうに言って、この騒ぎの名目を口にした。

「今日、サワ子さんの誕生日パーティなんだってさ」

開け放たれた襖の向こうは、大げさでなく、人と音で溢れていた。

居間へと続く和室も襖が取り払われ、二間を貫くように真ん中を長いテーブルが占領している。その上には、鯛《たい》のお頭がついた刺身から始まり、沖縄独特のゴーヤチャンプルやラフテー、海ぶどうや島らっきょなどが並んでおり、その他にも、茹でた豚肉が添えられたサラダや、ローストビーフ、大きな巻き寿司《ずし》や唐揚げなどが所狭しと並べられ、それらを凌駕《りょうが》する数の泡盛《あわもり》のビンがある。そのテーブルの周りを、おそらくはサワ子の弟子や友人や、その家族らしき、年齢も性別も様々な人々が思い思いに囲んでいた。そしてたった今演奏が終わったらしく、三線を弾いていたらしい何人かに向けて拍手と喝采《かっさい》が送られている。

「智也！　来てくれたのかい」

テーブルの一番奥で、智也の姿を見つけたサワ子が嬉しそうに声を上げた。弟子たちに着せられたのか、いつもの渋い着物の上に、今日は鮮やかな黄色の紅型の着物を羽織っていた。確かそれは琉球《りゅうきゅう》王朝時代、王族しか着ることを許されなかった色だ。つまりは、今日の主役という意味なのかもしれない。

「気を遣わせると思って毎年知らせてなかったのに、今年はどこかから漏れちゃったみたいだねぇ。忙しいのに、悪かったねぇ」

すまなさそうに言う割に、サワ子の声色は明るい。智也は今の状況を頭の中で必死に整理する。サワ子の反応からすると、おそらく自分は後から来るという話になっていたのだろう。とっさに英治がそういう事情をでっち上げたのかもしれない。

「いつもお世話になってますから、当然でしょ」

英治から必死の目配せを受けながら、智也は涼やかに微笑んで持参した手土産を渡した。

「お誕生日おめでとうございます」

英治が手土産を持って来いと言ったのは、こういうことだったのか。

「いやだねもう！　おめでとうなんて年じゃないんだよ。それに本当の誕生日は一週間先なんだからね！　でも当日は家族で過ごすでしょうって、弟子たちが気を利かせて今日開いてくれたさぁ」

智也からの手土産を受け取って、サワ子は語尾に沖縄の方言を滲ませながら、嬉しそうに笑う。何十人という弟子を抱え、いつもはその師匠たる厳しさを滲ませる彼女の、こんなにも満面の笑みを見るのは初めてだった。

「ところで、そっちの女の子は友達かい？」

そう尋ねられ、紹介しようと後ろを振り向いた智也は、すでに顔を赤くした祝い客に誘われるままテーブルについて、巻き寿司にかぶりついている奏恵の姿を見つけた。

「奏恵！　お前何勝手に食べてんだ！」

「だって誘われたんです。余ってるからどんどん食べなさいって」

「初対面な上、勝手についてきたくせに図々しいだろ！」

「まぁいいじゃないか智也、祝いの席は無礼講さぁ。酒がまずくなっちゃなんにもならないよ。だいたい宴会なんて、どこの誰かわかんなくても一緒に酒を飲んで笑ってるもんさ。わんぬ地元じゃ、てーげーこんな感じだったさぁ。行逢《いちゃ》りば兄弟《ちょーでー》、遊《あし》びぬ美《ちゅ》らさ人数《にんじゅ》ぬ備《すな》わいさぁ！　（出逢《であ》う人は兄弟のようになるもの、大勢の人がいるからこそ遊んで楽しい)」

おそらくは人が人を呼んで、この人数に膨れ上がっているのだ。空のグラスを手渡してくるサワ子を、智也はうろんな目で眺める。彼女自身もかなり酔っているに違いない。顔色こそ変わっていないが、いつもよりかなり気が大きくなっている気がする上に、方言が混じるのも酔っている証拠だ。

「おばさまかっこいい。やっぱり大人は、それくらい懐が深くないといけませんよね」

奏恵が悪びれもせずに、唐揚げを頬張る。

「あはははは！　やんど~かめーかめぇ！　(そうだよ、食べなさい食べなさい)大人ってのは大きい人なんだから、寛容でなきゃ話にならないさぁ」

サワ子が笑いながら智也のグラスに泡盛を注いで、こぼれそうになるところを智也は慌てて口で迎えに行った。半強制的に口の中に入ってきた泡盛の香りが鼻腔へと抜け、頭がくらくらする。アルコールにそれほど強いわけではない。

「サワ子さん、こんなにはしゃいで大丈夫？　血圧高いんでしょ？」

口元を拭いながら尋ねると、結構な力を込めてサワ子に背中を叩かれた。

「なんくるないさぁ！　この宴でぶっ倒れたら本望だよ！」

その言葉に、すでに顔を赤くした酔っ払いたちから甲高い歓声が上がる。

「……だめだ、もう全員べろべろ……」

救いを求めて見知った顔を探した智也は、ちゃっかりテーブルの一角に座り込んで、おそらくは今日初対面のはずの人々と騒ぎながら、うつくしき古里と書かれたラベルの泡盛を抱え込むようにして呑んでいる英治の姿を見つけた。奏恵も年配の女性に囲まれ、食べっぷりがいいと褒められながら、次々と食事を勧められている。

「なんでこいつら、こんなに馴染んでんの……」

金城家と一番付き合いが長いのは自分のはずなのだが。

ぼそりとつぶやいた智也の声は、にぎやかな笑い声でかき消された。

ちょうどサワ子が座る位置とはテーブルを挟んで反対側のところで、弟子と思われる中年の男性を中心に、何名かが三線を抱えて次の曲を打ち合わせている。そしてその他にも、木の板が何枚も連なったカスタネットのようなものや、鮮やかな朱色の紐で絞められた太鼓などを持った人たちがその一角に集まっていた。

「オレ沖縄民謡ってちゃんと聴いたの初めてだけど、こんなにテンションあがるもんなんだなぁ」

おそらくは、今日初めて三線の音色を聴いたであろう英治が、待ちきれない様子で泡盛に口をつける。

「英治、あんたハマったね」

サワ子が得意げに笑った。

「でもね、ここからが本番さぁ！」

三線を持つ人々の中で、呼吸を合わせるように交わされた視線。何かが孵化《ふか》する直前のような高揚する空気の中、沖縄の青く熱い空を駆け上がるような、
指笛が、鳴る。

低音から昇っていく心地よい三線のメロディ。それが始まると同時に、周囲の人々から添えられる手拍子と、女性たちのよく通る声の合いの手。途端に、その場所の空気が一変したのを智也は感じ取った。三線の丸い音色は、普段智也がよく耳にしていたようなゆったりとしたテンポではない。バチを握る手元に、思わず目を凝らしてしまいそうなほどの早弾きだ。その音に引っ張られるようにして、勝手に手拍子を打ってしまう。先ほどまで酒を飲んでいた人も、料理を食べていた人も、演奏者だろうが傍聴者だろうが関係なく、はやし立て、声をあげ、その熱風の中に巻き込まれていく。

名《な》に立《た》ちゅる沖縄《うちなー》　宝島《たからじま》でむぬ
心打《くくるう》ち合《あ》わち　う立《た》ちみそり　う立《た》ちみそり

耳にしただけでは何と歌っているのかわからない歌詞だが、そんなことがどうでも

よくなるほど、その音の中に身を投げ出してみたくなる。

ヒヤ　ヒヤ　ヒヤヒヤヒヤ　ヒヤミカチウキリ　ヒヤミカチウキリ
数名の掛け合いで紡がれる唄は、アカバナに彩られる白い石垣へ、降り注ぐ日差しのように。悲しみの歴史を経てなお、それでも笑ってみせる命の音が、絶え間なく打ち寄せる波にどこまでも生き抜く強さをもって。

鼓動する心臓に、共鳴する。

歌い踊ることは生きている証と。

「すっげええ!! これなんて曲!? 超かっこいい!!」

間奏に入ると、いたるところから指笛が鳴らされる。抑揚をつけたそれが、一層その場を盛り上げ、打ち鳴らされる手拍子に負けぬよう英治が尋ねた。

「ヒヤミカチ節。ちばりよー(頑張ろう)って歌ってる曲さぁ」

手拍子の合間にサワ子が答える。いつの間にか板が連なった三板《さんば》と呼ばれる打楽器を手にして、流れるような指の動きで打ち鳴らしていた。

「ヒヤミカチ……」

その不思議な言葉を、智也は口の中で繰り返す。

沖縄の音楽には、ガムランと同じく独特の琉球音階が存在するという。また、三線は必ず唄を伴うため、歌い手の声の高さに合わせて調弦がされるそうだ。その他にも、曲によって一・二揚げ、三下げといった具合に調弦が変わるものもあり、絶対音感よりも、相対音感が必要とされる音楽と言っていいだろう。流派や、師匠の好みによっては、奏恵が音名を判別できないほど、曖昧な音を出すこともある。

そして、沖縄の言葉を歌い上げるこの独特の声だ。

がくやないじゅらさ　花《はな》や咲《さ》ち美《ぢゅ》らさ
我《わ》したくぬ沖縄《うちなー》　世界《しけ》に知らさ　世界《しけ》に知らさ

鼻に抜けるような、どこまでも届くような、時折裏声と柔らかな喉を使ったこぶしの入る、力強くしなやかな歌声。輪郭は細いのに、紅型《びんがた》にも負けない鮮やかな彩《いろど》りが、その歌に見える気がした。三線の素朴な音色を縁取《ふちど》る、南国の色。

「……不思議」

渦を巻くような音の中で、ただ一人微動だにせず耳を傾けていた奏恵が、ぽつりとつぶやいた。

「どっちが楽器なのかわかりません」

その表現が、智也はよくわかる気がした。三線も人も、音や唄を奏でることがあまりに自然すぎて、そうあることが当然のようで、人でさえ唄という音を奏でる楽器のように思えてくる。思えば演奏者との間にステージのような境もなく、誰が歌い誰が合いの手を入れ、誰が指笛を吹こうと、それがありのままに受け入れられる。

この部屋全体が、音楽そのものであるかのように。

「あい、あたいめーさぁ、お嬢ちゃん」

奏恵のつぶやきを聞きつけて、サワ子が笑った。

「人間は歩く楽器さぁ。難しいこと考えてちゃ損ってもんだよ。今は一緒に奏でればいい。音が外れようがなんだろうがかまやしないさぁ！」

七転《ななくる》び転《くる》でぃ　ヒヤミカチ起《う》きり
我《わ》したくぬ沖縄《うちなー》　世界《しけ》に知《し》らさ　世界《しけ》に知《し》らさ
ヒヤ　ヒヤ　ヒヤヒヤヒヤ　ヒヤミカチウキリ　ヒヤミカチウキリ

サワ子に無理やり立たされた奏恵が戸惑っている間に、曲は最後を迎えて収束するかと思えば、「ほーねんおんどー！」という掛け声とともに、息つく暇もなく次の曲がはじまる。

「沖縄の唄を歌ってるけど、ここにいる人間でうちなーんちゅは、わんを含めて、あそこで三線を弾いてる数人だけさぁ。それでも皆、でーじ三線が好きで、唄が好きで、沖縄が好きで、上手くても下手くそでもとにかくこの音楽を全身で楽しみに来るわけさぁ」

先ほどの曲と同じような早いテンポで、今度は豊漁を告げるような歌詞が高らかに歌われる。それにつられるようにして、さっきまで座っていた人も立ち上がり、全員がカチャーシーと呼ばれる踊りをはじめていた。両手を上にあげ、左右に揺らしてリズムをとるその動きを、英治は見様見真似で会得し、ずっと以前から知っていたかのように何の違和感もなく輪の中に入ってしまっている。厳格な形など決まってはいない。足の使い方も肘《ひじ》の使い方も、それぞれが思うように動かせばいい。ただ、そうして皆で笑いながら踊るということが重要なのだ。

立ち上がったもののカチャーシーを始める勇気もなく、どうしていいかわからない奏恵に、サワ子が微笑んで続ける。

「この踊りはね、かき混ぜるって意味なんだよ。性別も年齢も、言葉も人種も超えて、この場の同じ空気を吸っているすべての人間が、もっともっと融合するように、一体になって、一つになって、同じ楽しさを共有するように。何隔《ぬーひだ》てのあが、語《かた》てぃ遊《あし》ば（隔たりなんかない、みんなで酒を飲んで、歌い踊りましょう）ってね」

熱い熱い風が、真っ向からぶつかって連れて行く。そんな感覚を、智也は味わっていた。悲しみを超えてなお笑う、熱帯の島へ。

波音を聴きながら目覚める花の色香。珊瑚《さんご》の欠片が砕けた白い砂浜。ガジュマルの大樹が主となる深い森。その島で生活する人々の想い、祈り、希望、感謝。そのすべてが音で紡がれ、風となり、空となり、めまぐるしくもその青の世界へと連れて行く。音の正確さでも、一Hzへのこだわりでもなく、歌い手も踊り手も観客も、ただただその場の音楽のすべてを受け入れるのだ。

それは、母なる海のように。

「いいかいお嬢ちゃん、よーく覚えておくといいよ」

真面目ぶって言うサワ子が、その師匠の貫録と、音楽を享受する人間の晴れやかさを持って告げる。

「音楽はね、魂で唄って、血で奏でるものさ」

愕然と見開かれた、奏恵の双眼。

そうしている間に、また抑揚のある指笛が太陽を招き、打ち鳴らされる太鼓が踊れ踊れとまくしたてる。三線は左手が唄う、という言葉通り、弦を押さえる左手が独立した生き物に見えるほど素早く動きながら音を紡ぎだし、守礼《しゅれい》の門が映える果てしない青空に、どこまでも伸びる歌声。

父も、そうだったのか。

真夏の宴《うたげ》をどこか遠くに聞きながら、智也はそんなことを思った。

魂で唄って、血で奏でる音楽。父もそんな風に、ピアノを弾いていたのだろうか。有名になって、コンサートを開いて、金を稼いで、家や高価なピアノを買って。そんな父の姿しか、智也の思い出には残っていない。だが西崎賢吾にも、サワ子が言うような音楽への純粋な情熱があったのか。子どものように無垢で、風のように透明な、ただ音を奏でる喜びが。

「智也、奏恵ちゃん！　何ぼーっとしてんだよ！　こっちこっち！」

二人の腕をつかんで、英治が無理やりカチャーシーの輪の中へと引き入れる。

歓声と、指笛。

三線と太鼓と、歌声。

真冬の空の下、その熱い宴は、日付が変わるまで続けられた。

# 第三章　moviendo　―モヴィエンド　変化して―

一

アパートへと戻る途中にあるこぢんまりとした神社は、宮司《ぐうじ》の自宅を併設し、庭とも境内ともつかない敷地には、季節に合わせて色とりどりの花が植えられている。異人館や旧居留地が近く、外国人も多く住む土地柄のせいか、本殿の近くには芝生が敷かれた一角があり、イングリッシュガーデンを思わせるような重厚感のある鋳物製のテーブルセットなども置かれていた。

春になれば境内に植えられた桜が一斉に咲き誇り、石畳はその花弁で薄紅の絨毯《じゅうたん》を敷き詰めたようになる。近くに引っ越してきてから、自分の誕生日の頃になると見られるその美しい景色を、智也は毎年複雑な思いで眺めていた。

桜といえば、一番に思い浮かぶのは西崎が多用したモチーフだ。売り払ってしまった手書きの楽譜の表紙にも、確かその印はあった。おそらくは特注の五線譜ノートだったのだろう。世界で活躍するようになってから使い始めたそのモチーフに、なぜ父は桜を選んだのか。そんな些細なことさえわからないまま、もう二度と父に会うこともできなくなってしまった。

「小腹が空いた」

今日も、朝から細く降り続いていた雨が雪へと変わりそうな空模様だった。

こんな日は誰しも活動が鈍るのか、仕事の依頼の電話も鳴らなければ、あらかじめ入っている予定もない。

「なぁ智也、おやつの時間じゃん。おやつ食おうぜ。なんかないの？」

暇を持て余し、ストーブの前で寝転がって、サワ子にコピーしてもらった工工四を眺めていた英治が、キッチンの方までずるずると這ってくる。漢字譜がまるで漢詩のように続くそれを、彼はここ最近物珍しげに眺めていた。三線は、調律によっては同じ「合」という勘所の指示でも、ファであったりミであったりする。そんな柔軟さが、英治にとっては面白いのだという。

「朝から大して動いてないのに、なんでそんなに腹が減るんだよ。さっき昼飯食べただろ」

智也は書き込んでいた帳簿から顔を上げた。時刻は午後三時を回っている。確かにおやつの時間ではあるが、この事務所にはそんなティータイムを毎日繰り広げられる余裕はない。

「もうすぐ三十路のおじさんと、二十歳の若者の違いじゃないですか？」

ソファでは、卒業式のために昼過ぎには下校となった奏恵が、イヤホンで音楽を聴きながら、我が物顔で楽譜を広げていた。

「じじいで悪かったな」

「じじいだなんて一言も言っていません。おじさん、と言ったんです」

「同じことだろ！ ていうか、お前なんでここにいるんだよ。さっさと家に帰れよ」

「四時からレッスンなんです。家に帰るより、ここで時間を潰《つぶ》す方が効率的なのでそうしてます。なにか問題でも？」

先ほどから彼女が熱心に見入っているのは、作曲者であるバッハと編曲者であるブゾーニの名前が薄青の表紙に記された、シャコンヌのピアノピースだ。おそらく聴いているのもシャコンヌで、英治が買ってきたCDや、DVDについていた解説書なども片っ端から眺めている。ガムランや沖縄民謡といった、普段はあまり接することのない音楽に触れたことで、奏恵の中でもなんらかの変化があったようだった。だがまだそれが、心をこめてピアノを弾くというところにはつながらないのだという。そのため、もう一度原点に戻って西崎の弾くピアノを聴き直しているらしい。

　できればそういった作業は自宅でやってくれないだろうか。そんなことを思って、智也はため息をつく。テレビで再生されないだけまだましだが、目の前にシャコンヌの楽譜があると思うとどうも落ち着かない。しかしだからといって、自分が西崎の息子である事実を知らない二人を相手に、面と向かって拒否もできない。それに智也自身、それを告白することに抵抗があった。西崎賢吾は父であり、同時に父でない存在だと思っている。自分が彼の息子だと口にするのは、最後まで家族を顧みず、勝手に生きた西崎を認めたことになってしまうようで嫌だった。

「ところで、私は二十歳の金髪よりさらに若いピチピチの十代ですから、おやつは歓迎します。レーブドゥシェフのマドレーヌとフィナンシェなどで結構ですよ」

　楽譜を鞄へと戻しながら、奏恵がしれっと智也に目をやる。

「……そろそろお前、うちの経済状況把握しろよ」

「ひとくちサイズのチーズスフレでも結構ですが？」

「だからうちにはないって！」

　そのマドレーヌとやらを一個買ってくる金額で、おそらくコロッケが二個買えるのではないか。甘いものにさほど興味はない智也にとって、選択を迷うレベルではない。

「じゃあせめて糖分……」

テーブルの縁につかまって、立ち上がりながら訴える英治に、智也は冷ややかに告げる。

「砂糖でも舐めてろ」

「オレは虫か⁉」

「虫で充分だ！ お前オレが寝てる間に、深夜のうさんくさい通販番組で勝手に買い物しやがって！ 立て替えた七千九百八十円、借金に上乗せするからな！」

心当たりのある英治は、智也から素早く目を逸らして、奏恵の隣へと滑り込むように腰を掛けた。部屋の隅には、専用の運送会社から届いた、通販会社独特の真っ黒な箱が転がっている。中身がわからなくなっている仕様な時点で、一体何を買ったのか追及したくもないが、一文無しの居候のくせに図々しい。

「ところで奏恵ちゃんさぁ」

早速話題を変えた英治は、テーブルの上にあったＤＶＤのパッケージを手に取る。

「オレ、西崎のこと調べてて気づいたことあんだけど」

その言葉に、興味を持ったように奏恵が片方のイヤホンを外した。

「見るからにちょっとアレな金髪でも、何かわかったことがあるんですか？」

「ちょっとアレって何だよ⁉」

追及しようとした英治が、まぁいいか、とすぐに思い直して続ける。どうせ追及しても褒め言葉は出てこないのだから、賢明な判断だ。

「西崎って、四一歳から売れ始めただろ？　でもそれ以前から、ベーゼンドルファーっていうピアノにえらくこだわってたみたいでさ。なんか意味あったのかな？」

その名前に、智也は静かに息を呑む。ピアノの名前など調べればわかってしまうことだが、まさか英治がそこまで調べるとは思っていなかった。

「ああ、それなら有名な話です。シャコンヌを弾くときは、ベーゼンでないと弾かないと決めていたようですし。ベーゼンが用意できないときは、そのコンサート自体をキャンセルしたという逸話もあるようです。孤高のベーゼン弾き、というニックネームがあるくらいですから」

奏恵が、ＣＤに付属していたモノクロの解説書を眺める。四十歳になる前に作られたそれにも、ベーゼンドルファーを使用したという旨が記載してある。しかし、今でこそ周波数特性のよい録音技術や媒体の開発がされたため、ベーゼンのような独特の繊細な倍音も再現されるが、当時はまだそのような技術がなく、わざわざレコーディングにベーゼンを使う必要はなかったはずだ。それでもなぜ、わざわざあのピアノを使用したのだろうか。

気にはなるものの、なんだか二人の会話を聞いているのが居たたまれず、智也はコーヒーを淹れるふりをして、ストーブの上で湯気を吐き出しているやかんを取りに行く。自分が西崎の息子であることを二人に黙っていることで、心が痛まないと言えば嘘になるが、だからといって今更言い出すこともできない。

中学受験を拒否したことを発端に、家やピアノの勝手な購入、母親を思いやりもしない態度に、父とは距離を置くようになってしまった。だが、孤高のベーゼン弾きと皮肉交じりに呼ばれた西崎賢吾のファンは、未だ世界中にいる。何がそんなにたくさんの人々を魅了したのか、智也には今でもよくわからない。もしかすると、英治より奏恵より、一番西崎賢吾のことを知らないのは、自分かもしれなかった。

「つーか、ベーゼンドルファーってなんなの？　DVD見てたら、端っこの鍵盤が黒くなってんのが見えたけど、あれがそんなにいいわけ？」

英治は、行儀悪く片足をソファの上に引き上げる。譜面も読めない彼にとって、ピアノの種類などもっとわからないはずだ。

「ベーゼンドルファーは、通常のピアノよりも鍵盤数が多いモデルがあるんです。たとえばインペリアルモデルであれば、八十八より九鍵多い鍵盤があります。そこの白鍵が黒く塗られてるんです。確かブゾーニの提案で作られたピアノだと聞いています」

奏恵は手にしている、薄青のピアノピースにちらりと目をやる。

「もともとはバイオリンの曲であったバッハのシャコンヌを、ピアノ曲へと編曲したのもまたブゾーニで」

「え、じゃあベーゼンにもシャコンヌにも、そのブゾーニって人が関係してるってこと？」

英治のその言葉に、智也は思わず顔を上げた。今までそんなことなど考えもしなかったが言われてみれば、西崎がこだわった両方にブゾーニが関わっている。

「ブゾーニがシャコンヌを編曲したのは、一八九七年頃だと言われています。そして彼のリクエストで、初代のベーゼンドルファーが完成したのが一九〇〇年頃。つまり、ブゾーニがシャコンヌを編曲していた頃は、八十八鍵以上のピアノは存在していませんでした。現に、シャコンヌは通常のピアノで充分弾ける音域で編曲されています」

説明しながら、奏恵はもう一度ピアノピースに目を落とす。

「ではなぜ、西崎はシャコンヌをベーゼンで弾くことにこだわったのか」

そこで言葉を切った奏恵に、智也は静かに息を呑む。疑問に思いながらも、単なる偏屈のわがままだと決めつけていたが、それにも何か意味があったのだろうか。

「……そういえばお前、この前海岸で言ってたよな。ある解釈をすると、ブゾーニの編曲したシャコンヌは、普通のピアノでは弾けなくなってしまうって」

智也の言葉に、奏恵はあっさりと頷いた。

「はい。その時も言ったと思いますが、西崎のCDを聴いたり、DVDを見れば明白です。この最後のページを見てください」

奏恵が指をさす箇所を、智也と英治が覗き込む。

「最後から四小節目の、左手のソ、Gの音ですが、ここは一音ずつ左手の音が下がる曲の流れから言って、このラの次は一オクターブ下のソであるべきなんです」

問題の個所を指で囲みながら、奏恵は説明する。確かに曲の流れに沿っていけば下がるはずの音が、最後で突然一オクターブ上がってしまっている。

「これは結構有名な話ですが、このソは、編曲したブゾーニが仕方なく一オクターブ上げたのではないかと言われているんです。だって、たとえ楽譜で指示をしても弾けない音ですから」

「……どういう意味？」

眉根を寄せて、英治が訊き返す。奏恵は至極当然の原理を説明するように、さらさらと続けた。

「さっきも言った通り、普通のピアノだと、鍵盤の数は八十八。最低音がラで終わってしまって、その下のソは、鍵盤自体が存在しないからです」

そこで言葉を切って、でも、と言い置いた奏恵は、テーブルの上のＤＶＤに目をやった。気難しい顔した西崎が指を合わせる、その巨大なピアノは。

「でも、九十七鍵あるベーゼンドルファーなら、そのソが出せます」

混乱気味に頭を抱えていた英治が、愕然として顔を上げた。

「え、だから西崎は、シャコンヌをベーゼンで弾くことにこだわってたってこと⁉」

智也はもう一度、奏恵のピアノピースに目をやる。ブゾーニがこの曲を編曲した当時、ベーゼンは存在していなかった。だがその数年後、ブゾーニの提案でこの世に誕生することになる。望んだ音を出すことができずに、ブゾーニが仕方なく一オクターブ上げたという説も、あながち後世の人々が創りあげた、ただの噂ではないのかもしれない。

「おそらく西崎は、ブゾーニが望んだとおりの音でシャコンヌを弾きたかったんでしょう。だからその音が出せるベーゼンにこだわったんだと思います。現にＤＶＤでも、その黒鍵のＧを押さえる姿が映っていますから」

DVDをきちんと見ていない智也にとって、それは盲点でもあった。まさか父がベーゼンにこだわった理由にそんな秘密があったとは思いもしなかった。

「だからきっと、西崎の手書きのシャコンヌの楽譜には、ブゾーニが望んだとおりの、一オクターブ低いソが描かれているはずなんです」

CDのケースを手に取って、奏恵はどこかつぶやくように口にする。

「見てみたいですね、その楽譜。彼の死後行方不明になってしまって、今はどこにあるのかわかりませんが」

「そうなんだ……。残ってたら超貴重なんだろうなぁ」

ソファに座り直して、英治が頭の後ろで手を組む。胸が痛むのを自覚しながら、智也はピアノピースからそっと目を離した。父の遺品はよく確認せずに売り払ってしまったが、そのシャコンヌの楽譜もあの中にあったのだろうか。そんなことすら、自分は知らないままだ。

その時、アパートの外付けの階段を上がってくるヒールの音を聞きつけ、智也は顔を上げた。なんだか嫌な予感がする。そう思った瞬間、部屋の扉が何の断りもなく開けられた。鍵がかかっているかもしれない可能性など、最初から疑いもしない勢いだった。

「いつ来てもここって微妙な位置にあるのよねー。一駅向こうまで行った方が近いような気もするし、でも歩いてみたら結局一緒なのかしら。なんか中途半端なのよ」

チャイムも押さずに我が家のごとく入ってきた由果は、首元に巻いていた赤いストールを引き抜く。傘を持っていなかったのか、キャメルのコートには細かな水滴がわずかに付着していた。

「カファレルのジャンドゥーヤケーキが食べたくなって店に寄ったら、イートインスペースが満席だったの。まぁ席数自体多くないから仕方ないんだけど。女子大生らしき子たちが、おいしそうにティラミス食べてたわ。ただのティラミスじゃなくて、イチゴが入ってる方よ。Tiramisu alla fragola」

その堪能な語学力でイタリア語の正式な発音をしてみせ、由果はブーツを脱ごうとしていた手をはたと止めた。そして改めて室内に目をやり、ようやく智也以外の見慣れない人間がいることに気づく。

「やだ、友達？　にしては随分若くない？」

「友達じゃなくて、居候と依頼人」

智也はため息をつく。相変わらず彼女のマイペースは揺るがない。しかし、これはまずいことになった。智也はテーブルの上にちらりと目をやる。そこには西崎のＣＤ

やDVDが広げられたままだ。それを目にした由果が、言及しないはずがない。

「ちょっと待って、今居候って言ったの？　ポットひとつ買えない貧乏なよろず屋に居候？　それにどっちが居候でどっちが依頼人かで問題具合が大きく変わるわよ」

「女子高生を居候させるわけないだろ！　普通に考えたらわかるし。ていうか何しに来たんだよ、連絡もなしに」

そもそも、彼女があらかじめ連絡を寄越してから訪ねてくる方が珍しいのだが、どうやってこの局面を乗り切るかの方に思考が傾き、とりあえず勢いで言葉を返しておく。

「え、智也、もしかして……彼女？」

どこか恐る恐る、英治が智也と由果を交互に見やる。その隣で、なぜだか奏恵は不機嫌そうに口をつぐんでいた。

「あ、そう見えちゃう？」

調子に乗った由果が、ふざけて智也の腕をとった。確かに外見だけ見れば、智也の若干上の世代に見られてもおかしくはない。実際は若干どころではないのだが。

智也は上機嫌になっている由果に冷ややかな目を向けながら答える。

「彼女なわけないだろ」

「智也とは三つ違いなのー」

「干支《えと》がな！　しかも十二年一周した後の三つな！」

　その一言で、英治が愕然と口を開けたまま固まった。

　同時に、由果からかなりの力を込めて脇腹を殴《なぐ》られる。まさに不意を突かれて、智也の口から言葉に変換できない呻《うめ》き声が漏れた。

「女性の歳をばらすなんて最低ね！」

「……具体的には言ってないっ」

「充分具体的よ！　それからそこの金髪くんも驚きすぎだから！」

「あ、いや、オレはその、実年齢よりすげぇ綺麗で若いと思って、それに驚いてただけで！　オレ二十歳っすけど、全然アリっす！」

　なにがアリだ。脇腹を押さえて、智也は途端に機嫌を直す由果を見上げる。そういう性格だから結婚できないのだと、いつか絶対に言ってやりたい。その日が自分の命日になるかもしれないが。

「智也、あんた金髪くんのもてなし方を見習いなさい。せっかくカファレルのケーキ買ってきてあげたっていうのに、恩を仇《あだ》で返すとはまさにこのことね！　あんた一人で霞《かすみ》でも食《は》んでなさい！」

手土産というより、イートインスペースが満席だったため、ここでゆっくり食べようと買ってきただけに違いない。由果がぶつぶつと文句をこぼしながらコートを脱いでいる間に、智也はテーブルの上のCDやDVDをかき集め、炊飯器の後ろのスペースへと放り込んだ。

「……彼女じゃ、ないんですか？」

念を押すように尋ねてくる奏恵に、智也はあたりまえだ、と脱力しながら答える。今までのやり取りを見ていて、どの辺でそんな発想が浮かぶのか逆に訊いてみたい。

「由果はただの知り合い。オレが小学生のときから家族ぐるみで付き合ってるから、姉ちゃんみたいなもんだよ」

「……お姉さん？」

奏恵が訝しげに問い返す。

智也が続けようとした説明を遮るようにして、由果が口を開いた。

「そう、このバカな弟の面倒を見てやってるの。彼女なんて冗談じゃないわね。ろくすっぽ稼いでない三十路手前の男なんて、ヒモになるのがオチよ。こっちから願い下げだわ」

長い髪をかきあげ、由果は先ほどまで智也が座っていたスツールに腰を下ろした。

そして慎重に、カファレルのロゴが入った箱をテーブルの上へと載せる。

「多めに買ってきたからちょうどよかったわ。智也、何ぼーっとしてんの、早くコーヒー淹れてよ。あ、ちゃんとドリップのやつね。イタリアンローストのやつがいいわ」

当然のように指示されて、智也は思案するように視線を動かした。今由果に居座られてはまずい。どうにかして出て行ってもらわねば、自分の正体がばれるのも時間の問題だ。

「由果、食べるんなら家帰って食べろよ。今依頼人も来てるし、仕事中なんだよ、一応」

勝算はほとんどないが、智也は反撃を試みる。まさかそんな反応が返って来るとは思っていなかった由果が意外そうな目を向けたが、彼女が何か言うよりも早く、英治が間に割って入った。

「いいじゃん智也、どうせ暇だったんだし、ケーキみんなで食おうぜ。依頼人つったって、奏恵ちゃんだって楽譜読んでただけだしさぁ」

「いや、でも」

「いいっていいって、オレがコーヒー淹れるから、智也座ってろよ。あ、由果さんブラックですか？」

「ええ、ブラックでお願いね」

智也の抵抗もむなしく、英治は水を入れたやかんを火にかけ、コーヒーカップの準備を始める。そして由果は、すでにテーブルでケーキの箱を開けていた。金髪くん、フォークとお皿もー、とついでのように注文をつける。

「由果、あのさぁっ」

「この艶々してるのが、カファレルの代表作でもあるジャンドゥーヤチョコレートのケーキよ。こっちがイチゴのティラミスで、こっちの羽がついてる容器のやつはプリン。で、これがチーズのムース。でもこれはちょっと大人の味かもしれないわね。どれがいい？　えーと、奏恵ちゃん？」

イタリアン・ドルチェを目の前で見せられた奏恵が、先ほどとは打って変わって輝かんばかりの顔で箱の中を覗き込む。智也は叫び出したい衝動を抑えながら天井を仰いだ。そうだ、英治と奏恵は、食欲に関しては意気投合するのだった。

「それにしても、女子高生が依頼人なんて世も末ね。たまたまよろず屋がこのバカだったからいいけど、よく知らない男の家にほいほい上り込んだらだめよ？」

そう言いながら、由果は奏恵が選んだイチゴのティラミスを取ってやる。帰る気など毛頭ない。この彼女を追い出すのは至難の業だ。だがここで引き下がるわけにはいかず、智也は気を取り直して再び声をかける。

「あの、由果、」

「ご心配には及びません。このよろず屋も、依頼さえこなしていただければ、もう会うこともないと思います。もともと住む世界が、いいえ、住む惑星が、いいえ、住む次元が違うようなので」

智也の言葉を遮って流れるように言い、奏恵はケーキを受け取る。

「そうねぇ、それは言えるわねぇ。有音の制服着てる時点で、智也とは天と地ほどの開きがあるもの。月とすっぽんよ」

智也をかばうような素振りなど一切見せず、自分にはジャンドゥーヤのチョコレートケーキを取りながら、由果はもう一度奏恵の制服に目をやる。

「でも懐かしいわね。ここで後輩に会うとは思わなかったわ」

その言葉に、ドリップ式のコーヒーパックを開けていた英治が振り返った。

「え、由果さんも有音出身なんスか？」

「そうよ、もう随分前の話だけどねー」

智也は落ち着かない心境で、咳払いなどしてみる。もうどうか、これ以上余計なことは言わないでいてほしい。

「由果さんは、楽器は何を？　あ、声楽の方ですか？　それとも指揮科？」

先輩ということで俄然興味を持ってしまった奏恵が、矢継ぎ早に尋ねる。

由果は苦笑しながら口を開いた。

「ピアノ科だったの。一応ボローニャに留学もしたのよ。今は全然違う仕事してるけどね。奏恵ちゃんは何科？」

「ピアノです。将来は世界で活躍できるピアニストを目指しています。中等部から高等部への進級試験では、首席で通りました」

「すごいじゃない！」

掛け値なしで由果が驚いているのがわかった。それほど、有瀬音楽学校はレベルの高いところなのだろう。生半可な決意や努力では、簡単に淘汰《とうた》されてしまうところだ。

「でも今、伸び悩んでいて……」

「英治、お湯！　お湯沸いたんじゃないの？」

奏恵の話の流れを止めるように、智也はわざと大きな声で叫ぶ。

「え、まだだよ。全然沸騰する音してねぇじゃん」

「あ、そ、そう？　沸いた感じしたけど」

「智也、あんた今日ちょっとおかしいわよ。挙動不審っていうか。一体どうしたのよ？」

由果に突っ込まれ、智也は言葉を濁しながら目を逸らした。その理由を隠すために画策しているのだ。

わざとらしくコーヒーカップの数などを確認する智也に首を傾げつつ、由果は奏恵に向き直る。

「奏恵ちゃん、まだ高校一年でしょ？　青春真っ盛りの成長途中なんだから、伸び悩むなんて当然よ。ピアニストを目指すんなら、今のうちに大いに悩んでおいた方がいいわよ。可能性なんて無限大」

そこで言葉を切って、由果は穏やかな笑みを浮かべて告げる。

「私は、夢を叶えられなかったの」

キッチンのわずかに開けた窓から外を窺うと、鈍色《にびいろ》の空から霧のような雨が降っていた。

「コンクールで入賞して、音楽奨励生としてイタリアに留学したんだけど、ある日練習中に、なんだかやけに左の中指がつっぱるなと思ったの。毎日何時間も練習はしてたけど、もうそれは毎日のことだったし、たまたま疲れが出たのかなと思ってその時は気にしないようにしたのよ。でもその症状は日に日に酷《ひど》くなって、最初中指だけだったのがどんどん他の指にも広がって、ついに左手のすべての指が動かなくなったの」

「指が……？」

奏恵が眉をひそめる。ピアノを弾く人間として、それが何を意味するかは誰よりもわかるはずだ。智也は小さく息をつく。この話は、いつ聞いてもいい思いのするものではない。由果は、音楽奨励生として留学ができるほどの腕の持ち主だったのだ。だが同時にそれは、期待に応えなければならないという言外の約束でもある。

その双肩に課せられた重圧は、想像に難くない。

「え、でも、今は……」

英治が、今現在問題なく動いているように見える由果の左手に目をやる。それに気付いた由果は、英治によく見えるように左手を開いたり閉じたりした。言われてみれば多少ぎこちないくらいで、特に不自由さは見当たらない。

「そう、今はなんとか問題ないレベルで動いてる。ジストニアっていう病気知ってる？　私の場合は一次性ジストニア。決まった動作を行うときだけ、筋肉が異常収縮するの。普段はなんともないのに、ピアノの前に座ったときだけ指が動かなくなるのよ」

一次性ジストニアの詳しい原因は、今でもまだよくわかっておらず、多くが心因性との見解が出されている。由果が駆け込んだ病院も同じような回答だったらしい。特効薬もなければ、いつ治るかもわからない、突然の病変。

「たぶん原因はストレスだったと思うのよね。なんとか結果を出さないとって、必死になってたもの。いつの間にか自分を追い詰めてたんだと思うわ」

それを聞きながら、奏恵がそっと目を伏せた。同じ世界を目指した彼女への同情か、それともその姿や想いを、どこか今の自分と重ねたのかもしれない。

「治療のために日本に帰ってきて、それでも治る見込みもなくて、何もかも中途半端でどうしたらいいかわからなかったわ。思い描いてた未来が、一気に真っ白になっちゃったんだから」

コーヒーが出来上がるのが待ちきれず、由果は目の前の艶やかにコーティングされたチョコレートケーキにフォークを刺した。一口分を奪われたケーキの中の、クリームブリュレとチョコレートムースの二層が露わになる。

「そんな頃、恩師に会いに大学に行ったときにね、あるピアニストと会ったの。その人も有音の卒業生だったんだけど、もう三十五歳を過ぎてるのに全然売れてなくてね。インディーズのレーベルからCDを出してたけど、それの在庫もたくさん抱えてたみたい。何度か彼のピアノを聴いたけど、確かにうまいのに心に引っかからないのよ」

当時の不可思議な気持ちを思い出しながら、由果がケーキを口に運ぶ。

「でもある日、大学のホールに忍び込んだ彼が弾いた、シャコンヌだけは違ってた。

ちょうど桜が満開の季節でね、構内の桜から散った花弁を、頭にも肩にもいっぱいくっつけてやって来て、それを掃《はら》う暇も惜しいってくらいに、ただ一心に弾いてたの。あの冴《さ》えないピアノを弾いてたのと同じ人が弾いてるなんて思えないくらい、とっても重厚な音色だったわ」

シャコンヌという単語に、奏恵が顔を上げた。演奏会などにも使用されている有瀬音楽大学の大ホールには、当時ベーゼンドルファーのインペリアルモデルがあったという。由果がなぜ父をマネジメントするようになったのか簡単には聞いていたが、ここまで詳しいエピソードを聞くのは初めてだった。

智也は痛みを堪えるように息を吐く。

その日そのホールでピアノを弾いていたのは、紛れもなく西崎賢吾だ。

「私はその音色に本当に救われたの。今まで背負ってた重いものが、彼が弾くその曲を聴いた瞬間、全部溶けてなくなったみたいだった。……未来が白紙って、怖いことだと思ってたのよ。でも白紙ってことは、自分が思うように何色にでも染めることができるんだって、その時気付いたの」

由果は、懐かしそうに目を細める。

「そして、本当はこんな風に弾ける人なのに、なんで世間には認められないんだろうって思ったら、私のおせっかい魂に火がついたの。私はその時、自分がピアノを続けるより、この人を世界に認めさせることを仕事にしようと決意したのよ」

やかんがようやく沸騰を知らせ、音が大きく鳴り響く前に英治が火を止めた。続いてドリップするコーヒーの良い香りが漂ってくる。

「いろんな楽団に売り込みに行って、ライブハウスや、ジャズバーなんかにも行ったわ。彼にも、あの日聴いたシャコンヌみたいなピアノを弾けるように練習しろって発破をかけてね。一、二年たった頃それが報われて、彼が初めて単独のコンサートを開いたときは嬉しかったわ。小さなホールだったけど、支配人に無理を言って、そこに不釣合いなくらい大きなベーゼンドルファーを入れたのよ」

「由果、もう昔話はいいよ」

さらに続けようとする由果を制して、智也は入ったばかりのコーヒーを彼女の前へと運ぶ。

「飲んで食べて、さっさと帰れよ。暇じゃないんだろ」

「なによその言い方！　非常食のパスタを送ってやったの誰だと思ってるの⁉」

「由果さん、」

話を終わらせたい智也の意図に反して、奏恵が何かに気付いた目をして呼びかけた。

「そのピアニストは、ベーゼンにこだわったんですか？　ベーゼンにこだわって、シャコンヌを弾いたんですか？」

急に真剣な眼差し《まなざ》になった奏恵に、由果は驚きつつ頷いた。

「そうよ。孤高のベーゼン弾きって言われてたの。自分が弾く曲は、自分なりの解釈をしやすくするために、すべて特注の楽譜に手書きで書き写したりした人よ。特にシャコンヌだけは、必ずピアノの前に手書きの楽譜を持参することにこだわってたわ。桜のモチーフを多用した人なんだけど、それを使い始めたのもその頃からだったかしらね」

「……それって、」

可能性に思い当たった英治が口を開きかけ、智也は強引に言葉をねじ込む。

「そんな偏屈だったから売れなかったんだよ。もういいだろ、ケーキ食べよう」

「西崎ですか？」

智也の言葉尻《ことばじり》にかぶせるように、ついに奏恵がその名前を口にした。

「西崎、賢吾ですか？」

智也は、眉根を寄せたまま目を閉じる。

「あ、わかっちゃった？　さすが有音生ね。そういうことなの」

由果が肩をすくめて、コーヒーに口をつける。彼女にしてみれば、自分が西崎のマネジメントをしていたことを隠さなければいけない要素はひとつもない。

「由果、もういいから、」

「ええー！　超偶然！　オレたちも今、西崎賢吾について調べててさー」

智也の言葉は、英治の驚きの声にかき消される。

「奏恵ちゃんが、絶対音感を持ってるせいで音楽で感動したことがなくて、西崎賢吾みたいなピアノが弾けるようになりたいんだって」

「あら、そうなの？　ああ、それで智也のところにきたのね」

納得がいったわ、と由果がケーキをフォークですくった。

どうか、そのまま気付かないでいてほしい。

そんなむなしい願いを、智也は祈った。だがもう、賽《さい》は投げられてしまった。由果の言葉に、怪訝な表情をする二人の顔を、直視できない。

「……納得？」

問い返した奏恵に。由果は意外そうな目を向ける。

「え、もしかして知らないの？」

「由果、」

「智也はね」

「由果！」

制する声も聞かず、彼女はその真実を告げる。

「西崎賢吾の、実の息子よ」

二人から向けられている視線を感じながら、智也は顔を上げることができなかった。

言い訳はいくらでもある。同時に、この状況を避けるための方法もいくつかあったように思う。いつのまにか流されて、いつのまにか三人でいることが心地よくなって、西崎の話をする二人を目にしながら、この胸の痛みさえ気づかないふりをした。

「……どういうことですか？」

そう尋ねた奏恵の声は、妙に乾いて、かすれていた。

「実の息子って、どういうことですか？」

奏恵からの射抜くような視線を、智也はまともに受け止めることができなかった。

何と言葉を返していいかもわからない。

「あら、なにかまずいこと言った？」

由果が一人だけ、事態を把握できていない様子で智也と奏恵を交互に眺めた。由果にしてみれば悪気などない。西崎賢吾は、いつだって彼女の中で偉大なピアニストなのだから。

息を押し殺したような一瞬を経て、無造作に自分の鞄とコートをつかんだ奏恵が部屋を飛び出した。

「奏恵ちゃん！」

咄嗟に英治が叫んだが、奏恵が振り返ることはなかった。細い雨が降る中、アパートの階段を駆け下りていく音が響く。

「智也、なんで言わなかったんだよ！　オレたちが調べてたの、奏恵ちゃんが必死になってたの、知ってただろ⁉」

英治の言葉に、智也は痛みをこらえるようにして目を閉じた。そんなことは、言われなくてもわかっている。

「……ああ、そういうこと？」

ようやく事態を把握した由果が、呆れたようにため息をついて腕を組んだ。

「そりゃそうよ、金髪くん。智也はね、西崎賢吾のことが大嫌いなの。だから今だって母親の旧姓を名乗ってるし。実の父だなんて口にすること、プライドが許さなかったんじゃない？　賢吾さんが死んだときだって、涙ひとつこぼさなかったのよ」

「え……」

何かを言いかけた英治が、戸惑って口をつぐんだ。その双眼だけを、何か思案するように動かして伏せる。

「でもそのくだらないプライドのせいで、奏恵ちゃんを傷つけたことだけは確かよね」

しんとした部屋の中に、由果の声が冷ややかに響く。

「ばれないとでも思ってたの？　私が言わなかったら、ずっと騙し通すつもりだったの？　あんたはあの子に嘘をついてたのよ？」

「……そんなこと、わかってるよ」

それだけを言い残して、智也は部屋を出た。

由果の言葉が、胸をえぐるように響いている。奏恵を傷つけた。そうだ、それだけは確かだ。あのプライドの高い彼女を、一番やってはいけない方法で追い詰めてしまった。

鈍色の空から、音もなく雨が降っている。それを眼鏡のレンズ越しに眺め、智也は走り出した。あの高飛車で繊細な背中を、追いかけるようにして。

遠くからでも、あの名門校の制服だとわかるボルドーのブレザーは、雨を吸って少し重たそうに見えた。

吐き出した息が白くなる寒さの中、傘も差さず、コートさえ羽織らずに歩く奏恵の姿を、智也は巨大な歩道橋の上で見つけた。市内を南北に貫く大きな幹線道路を斜めにまたぐ歩道橋は、分岐を経て五十メートル以上はあるだろう。

「奏恵！」

階段を駆け上がり、ちょうど数メートルの空間を挟んで斜向《はすむ》かいの陸橋を歩く奏恵に、智也は呼びかける。忙しく行きかう自動車のエンジン音にかき消されぬよう、もう一度叫んだ。

「奏恵‼」

二度目の呼びかけで、奏恵がようやく足を止めた。濡れた髪が横顔を覆って、表情は見えない。

肩で息をしながら、智也は何を口にするべきか考える。だがもうどんな言い訳も、彼女には届かない気がしていた。

「……………ごめん」

それだけが、口をついて出た。

何よりも言わねばならない言葉だった。

「ごめん奏恵、オレ、」

陸橋の下を潜《くぐ》り抜けていく車のクラクション。赤へと変わる、信号の点滅。

「……本当なんですか？」

信号が変わる瞬間の、一瞬の静寂を突くようにして、奏恵が尋ねた。

「よろず屋が西崎賢吾の息子っていうのは、本当なんですか？」

その双眼はきっと冷たいと思っていた。春を遠ざけるような今日の天気にふさわしい、凍てついた目を向けられると思っていた。だが、智也を見つめる奏恵の双眼は、彼女に似つかわしくない熱を帯びていた。頰を流れるのは雨か、それとも。

「……………奏恵、」

「来ないでください！」

歩み寄ろうとした智也を拒絶して、奏恵は拳を握りしめる。額に張り付いた、濡れた前髪。

「質問に、答えてください」

もうとっくに、答えなどわかっているはずだ。それでもなお奏恵は、確認するようにその問いを投げかける。智也の口から答えを誘《いざな》うために。

その答えがもたらす未来を知りながら。

智也は無意識のうちに奥歯を噛みしめた。嘘やごまかしなど、彼女の前では無意味だ。彼女はいつだって、真実の音を聴き分ける。

「……本当だよ」

その言葉は、まるでナイフを吐き出すような痛みを伴って。

あのピアノの音色を、耳の奥へ連れて来る。

「オレは、………西崎賢吾の、息子だ」

罵《のの》られた方が楽だったかもしれない。裏切り者！　と叫ばれた方が、どれほどよかったか。

絶望にも似た色に彩られた目を伏せて、走り出した奏恵が振り返ることは、もう二度となかった。

二

「振られたの？」

智也の何度目かのため息を見かねて、尚平が尋ねた。

最寄り駅を降りると、バレンタインデーからホワイトデー商戦へと様変わりした街は、ちょうどラッシュの時刻と重なって帰路を急ぐ人々で溢れていた。

「……振られてねぇよ」

人の流れに逆らうようにして改札を通り、尚平の自宅方面へと歩き出す。小さな彼を見失わないよう、茶色いピーコートの肩のあたりをつかんで、智也はもう一度ため息をついた。

いつもどおりピアノ教室終わりの尚平を迎えに行って、三十分の寄り道を終えた帰り道だった。昨日あんな別れ方をして以降、奏恵からは何の連絡もなく、こちらからのメールや電話にも一切返信はない。おまけに今日は、英治が朝から用事があるといって出かけてしまっており、気を紛らわしてくれる相手もいなかった。

「だってさっきからため息ばっかりじゃん。何訊いても、おお、あー、へーしか言わないし」

尚平は呆れた様子で、智也を真似てため息をついた。

「せっかくの寄り道も、智也がそんなだったら楽しくないよ。僕としては、週一回智也に会えるの楽しみにしてるのにさ」

そんなことを言われて、智也は改めて尚平に目をやった。

「僕はいつだって、智也のこと友達として心配してるのに」

尚平から恨めし気な目を向けられる。まさかこの少年に友達認定されているとは思わなかった。まして、心配されていたなど。

「そりゃ心配かけて悪かったな」

肩をすくめる尚平の頭を、智也は手の平で搔き回すようになでた。相変わらずガキのくせに、言うことが大人びている。

海を埋め立てて作られた人工島へ行くためのモノレールが、ビルの合間を縫って滑るように進んでいく。それを上空に見ながら、智也と尚平は連れ立って横断歩道を渡った。尚平の自宅は、ベイエリアにある高層の分譲マンションだ。いくつかの棟が並んで立っているそこは、公園なども併設し、敷地内で迷子になってしまうほど広い。

「……振られたわけじゃないんだけど、……傷つけた」

交通量の多い道路を避けて、喫茶店や定食屋が立ち並ぶ路地を歩きながら、智也は小さな友人にそう切り出した。

「ちゃんと謝ったの？」

尚平が無垢な目で智也を見上げる。

「謝ったよ。でもたぶん、もう許してもらえないと思う」

「なんでそう思うの？」

「それくらい、ひどいことをしたから」

「なんでそんなひどいことをしたの？」

矢継ぎ早に飛んでくる質問に、智也は思案するように視線をめぐらせた。

「……そうするしかなかったから、かな」

最初は、自分が西崎の実の息子であることを黙っていることで、こんなにも大事になるとは思わなかった。どうにかしてやり過ごしてしまえると思っていた。考えが甘かったといえばそれまでだが、由果の言うとおり、事実を告げてしまうことは自分のプライドが許さなかったのだ。

「そうするしかなかったの？」

尚平が無邪気な目で智也を見上げる。

「本当に？」

本当に？

尚平の言葉を口の中で繰り返して、智也は息をつく。この少年は、無垢な声色でなんという恐ろしいことを訊くのだろう。その問いは今の自分を丸裸にする。世間的には、西崎は有名なピアニストなのかもしれない。だが自分にとって彼は、今なお憎い父親でしかないのだから。

「そうするしかなかったとしたらさぁ」

　答えない智也に、尚平は思案するように唇を尖《とが》らせた。

「そのこと、ちゃんと伝えたの？」

　訝しむ口調で尋ねられ、智也はあの歩道橋での出来事を思い返す。

　細い雨が冷気をまとって降り続く中、奏恵から向けられた双眼。言葉よりも多くを語っていた、怒りと悲しみを混ぜた瞳の色。

「……伝えて、ない……かも」

　言われてみれば、あの時謝りはしたが、なぜ隠していたのかその理由は告げていなかった。言う間もなく、奏恵に拒絶されたという方が正しいかもしれないが。

「ほらぁ、もうこれだから大人は―」

　呆れたように、尚平がため息をついた。

「うちのママとおばあちゃんもそうだよ。本当はお互いもっと言いたいことがあるのに、いつもそれを言わないで後でぶつぶつ言うんだ。言わなきゃ伝わらないのに、大人っていつもそうだよ」

　レッスンバッグを持ち替えて、尚平は肩をすくめる。その様子を、智也はしげしげと見下ろした。

「お前も苦労してるんだな」

「これでも大変なんだよ。うちのパパは口下手だし、僕が間に入らなきゃ家庭崩壊だよ」

大げさな言い様に、智也は頬を緩める。一体どこでそんな言葉を覚えてくるのか。

「僕の名前は、おばあちゃんの故郷の、昔の偉い人の名前から一文字取ってるんだ。それは僕が生まれたときにママが言い出したことで、故郷を大事にしてるおばあちゃんのためにそうしたんだって。でも、そのことをおばあちゃんは知らないんだ。パパの方が言い出したと思ってる」

すれ違った散歩中のチワワを少しだけ目で追って、尚平は続けた。

「それにママもパパも、おじいちゃんが死んでからずっと一人暮らしのおばあちゃんが、本当はとっても寂しいって思ってること、知らないんだよ」

尚平は街の明かりでぼんやりと薄明るい空を仰いだ。白い息が、溶けるようにして消えていく。

「ちゃんと話せば、わかることたくさんあるのになぁ」

智也は、尚平の頭を慰めるように軽く叩いた。

歳を重ねれば重ねるほど、話し合ってもどうにもならないことや、あえて口にしない方が円滑に物事が進んでいくこともあることを知る。だがそんなことを知れば知るほど、胸に沈む澱《おり》は大きくなるような気がしていた。

昨日、あれから奏恵を追いかけることもできずに部屋に戻ってきた智也を、英治からだいたいの概要を聞いていた由果は容赦なく罵った。

「信じらんない！　あんた、あの子がどんな思いでよろず屋に助けを求めてたかわかってる？　有音生で、進級試験を首席で通るような子が、それでもどうにもならなくて頼ってきたのよ。あんたの態度は、それに真摯《しんし》に向き合ってたって言えるの？　お金をもらってやってる仕事でしょ⁉」

部屋の窓を、結露が滑っていた。由果の小言には慣れていたつもりだったが、この時ばかりは聞き流すことができなかった。

「……そんなこと、由果に言われなくてもわかってるよ」

「わかってないわよ！　あんたにあの子の人生背負えるの⁉」

その尖鋭《せんえい》な言葉に、息を詰める。

「世界で活躍できるピアニストになりたいって言ってたでしょ⁉　有音でピアノ習ってるってことは、そういうことなのよ！　あの子はあんたに自分の未来を賭《か》けてたの！　なのにあんたは自分の保身ばっかり!!　それなら最初から依頼なんて受けるべきじゃないわよ！」

言い返すことなどできなかった。確かに奏恵の依頼は、音楽で感動させてほしいというものだった。そこに、必ずしも智也が西崎の息子であることを告げなくてはいけない契約はない。だが、それを隠していたことで、智也が奏恵に向けたすべての言葉が偽りの色を帯びてしまった。絶対音感の弊害に同情したことも、音を拾い上げるラベリングの才能に感心したことも、あの海岸で話したことも。

それは確かに、心からの想いだったのに。

「ゆ、由果さん、それくらいに……」

「あんたは黙ってて！　このバカにはこのくらい言わないとわかんないのよ」

見かねて止めに入った英治を、由果はその目で黙らせる。

「このバカ息子、父親の遺品だって四十九日を待たずに全部売り払ったのよ。服の一枚も残さずに、世界に一冊しかない、表紙に直筆のタイトルとサインの入った貴重な手書きのシャコンヌの楽譜まで。いい歳して、未だに駄々っ子みたいにぐずってるだけなの。そんな奴が誰かの役に立とうだなんて百万年早いわよ！　笑わせないで!!」

普段由果は、こうやって智也を叱《しか》るときも、どこかに必ず逃げ道を用意してくれている。だが、今日ばかりはそれすらも断たれた。完全に智也を包囲し、身動きがとれないようにして、反論できない正論を浴びせる。音楽奨励生という栄光を経て、ジストニアという病を患《わずら》い、そこから自分の手で未来図を描き直した彼女は、誰よりも人生をシビアにとらえている。望んでも手に入らないものがあること、どうにもならないことがあること、それを知ってなお、ピアニストになる夢を叶えられなかった自分を、あの少女に重ねたのかもしれない。

「いい加減認めなさい！ どれだけ否定しようが、あんたはあの人の息子なのよ⁉」

「うるさいな‼」

もうどうしていいかわからない想いが溢れるようにして、智也はその言葉を吐き捨てた。

「由果に何がわかるんだよ！ だいたい由果が親父を売り出したりしなきゃ、勝手に家やピアノを買われることもなかった！ 家族がバラバラになることもなかった！ 母さんだって心労で倒れることもなくて、もっと幸せだったかもしれない！ オレだってもっと……！」

もっと。

ピアノを好きでいられたかもしれない。

父を、愛せたかもしれない。

「オレだって好きであいつの息子に生まれたわけじゃないんだよ！　あいつの人生に勝手につき合わされて、巻き添え食っただけだろ！」

その言葉が言い終わらないうちに、智也の左頬を由果が渾身《こんしん》の力を込めて叩いた。派手な音に、英治が一瞬身をすくませる。吹き飛んだ智也の眼鏡が、乾いた音を立てて床へと転がった。

「……私だってね、あんたと立場が代われるもんなら、代わってあげたかったわよ」

押し殺すような彼女の声は、震えていた。その左手は、白くなるほど固く握られている。ジストニアを患わなければ、彼女の人生もまた変わっていたはずだ。その彼女が、ピアニスト西崎賢吾の息子として生まれながら、音楽の道からは遠ざかった自分をどんなふうに見ていたか。自由に動く指を持ちながら、ピアノを弾かない自分をどんなふうに見ていたか。

この時智也は、姉のように接してくれていた由果がひた隠しにしていた想いを、初めて知ったような気がしていた。

触れた頬は、熱を帯びていた。脈と同じリズムを打つ痛みが、徐々に体内を蝕《むしば》むように入り込んでくるその感覚を思い出しながら、智也は体内に淀《よど》む熱を吐き出すように息を吐いた。尚平の頭上で、白い息が漂って消える。

「だから、智也もちゃんと理由を話して、もう一回謝らないとだめだよ」

尚平にそう釘《くぎ》を刺され、智也は我に返るようにして頷いた。この少年は、本当にまだ生まれてから八年しかたっていない人間なのだろうか。二十年も多く生きている自分よりはるかに理知に長《た》け、同時に周りの誰かを思いやっているような気がする。いろいろな人を傷つけてばかりの自分とは大違いだ。

「……そうだな」

納得するようにつぶやいて、智也は高速道路の陸橋の向こうに見える、人工島の方へと目をやった。

橋と地下トンネル、それにモノレールで街の中心部と結ばれたそこには、港湾施設の統合に伴って空いた土地に、有瀬音楽学校の大学が去年移転した。キャンパスから海や対岸の街が臨める広大な敷地と、多数の練習室を備えた設備は、一部が一般にも開放され、確か奏恵のレッスンもそこで行われていると聞いた。

鼻先に、かすかに感じた潮の香り。そういえば、まだ自分は奏恵が弾くピアノを聴いたことがない。心がこめられないと言った彼女は、それでもピアノが好きだと言った彼女は、一体どんな風にあの鍵盤を叩くのだろう。

一般にも開放されている施設があるとはいえ、独特の雰囲気のある大学に入り込むのは、さすがに勇気がいる。正門の入口に立っている警備員の隣を、いかにも有音生ですといった風情で会釈をして通り抜け、一面に芝生が植えられた中央エントランスを歩きながら、智也はもう一度奏恵に電話をかけた。

去年建てられたばかりの校舎は赤レンガ調にそろえられ、土地の広さを贅沢《ぜいたく》に使った敷地内は、外国に来てしまったような印象を受ける。暗くなったキャンパスには煌煌と街灯がともっているが、一階にあるカフェや売店はすでに閉まっており、見かける学生もまばらだ。今は後期試験真っ只中《ただなか》の時期かもしれない。時折、ホルンかトロンボーンのような、低い金管楽器の練習音が聴こえてくる。

耳に当てた携帯からは呼び出し音が鳴るばかりで、奏恵が出る気配はない。尚平にせかされるようにしてモノレールに乗ってやってきたものの、本当にここに奏恵がいるかどうかはわからなかった。もしかするとすでに家に帰っているかもしれないし、高校の方にいるかもしれない。中等部・高等部がある場所とここの大学は、生徒が練習場所を共有していることもあり、一日に何本かのスクールバスが行き来しているらしいが、今日はすでにその最終バスも終わっていた。

校舎から出てきた男子学生を呼び止め、ピアノの練習室の場所を尋ねた智也は、そちらに向かって歩き始める。無駄足になるかもしれないことはわかっているが、それでも今の自分にはこうする以外方法がないように思った。

吹き抜けになった階段を上がり、二階の廊下を進むと、防音扉がいくつも並んだ一角へと出た。扉にはガラスのはめ込まれた小窓がついており、智也は灯《あか》りのついている部屋を覗き込んで、見知った彼女の姿を探した。

「あ、」

六つ目の部屋で、智也は見覚えのある横顔を見つけた。いつも通りツーサイドアップにした髪を揺らして、ピアノに向かう真剣な瞳。当然だが、中の音はまったく聴こえてこない。練習を中断させていいものかと智也は逡巡したが、結局扉をノックした。だが、聞こえているのかいないのか、奏恵からの反応はない。

遠いな、と智也は思った。

たった一枚の扉を隔てているだけなのに、奏恵と違う世界にいるような気分だった。音楽を学ぶ者のために整えられた最新の設備で、誰に気兼ねすることもなくピアノを弾いている彼女と、幼い頃にそれを投げ出してしまった自分。もしかすると自分は気付かないうちに、奏恵に嫉妬していたのかもしれない。環境も才能も手に入れている彼女に嫉妬して、それを紛らわすための最後の切り札を胸に収めたまま、どこかで自分を安心させていたのだろうか。

智也は、もう一度ノックをする。

たとえそうだったとしても、彼女を傷つけ、裏切ったことには変わりない。

一向に反応を示さない奏恵を見て、智也は思い切って扉のノブを回した。通常のノブのような軽いものではなく、放送室などでよく見る、ローラー締りハンドルの重厚なものだ。扉に隙間ができた途端、部屋の中から音が溢れだしてくる。

「奏恵……、」

智也は扉を開けたまま呼びかけようとして、今演奏されている曲がシャコンヌだと気付いた。白と黒の鍵盤の上を、跳ねては流れる奏恵の細い指。

「あの」

不意に背後から声をかけられ、智也は我に返るようにして振り返った。

「音が漏れるので、扉閉めてもらえますか？」

今から隣の練習室を使おうとしている男子学生だった。バイオリンらしきケースを右手にぶら下げている。

「あ、すいません」

確かにこれでは、何のための防音扉か意味がない。頭を下げておいて、智也は練習室の中へと入り、きちんと扉を閉めた。途端に、その部屋の中に充満した奏恵の生み出す音に、体中が染められていく。

私のピアノには、魂が見えないそうです。

初めて会ったときそう告げた奏恵は、その目を一瞬だけ逸らした。いつもは自信に溢れたような態度で、年上だろうとしっかり目を見据えて食ってかかってくるのに。

私は、私こそが、欠陥人間なのかもしれません。

あのとき口にした弱音を、本当はもっと汲んでやらねばならなかったのかもしれない。今まで、両親と自分のためにピアノを弾き続けていた彼女が、初めて吐いた弱音だったのに。

「奏恵」

しばらくその音色に身を委《ゆだ》ねていた智也は、そっとその背中に呼びかけた。

シャコンヌを編曲した作曲家は何名かいるが、ブゾーニは彼自身が類稀な技巧を持つピアニストだったため、彼の編曲したシャコンヌはとても複雑で高いテクニックが要求され、なおかつ演奏時間に約十五分という時間を費やす。プロでさえ弾きこなすのが難しいその曲を、十六歳の女子高生が弾くというのはあまり聞いたことがない。第一、学生の頃は練習しなければいけない課題曲に手間を取られ、このような難解で長編の曲を練習している時間などないはずなのだ。プロですら、弾きこなすにはそれなりの時間を要するはずだ。それを奏恵は、智也が聴く限りかなりのレベルまで仕上げていた。

「奏恵……」

智也が入ってきたことには気づいているはずなのに、奏恵は一向に反応しない。ただ一心不乱に鍵盤を叩いている。

奏恵の演奏を聴いた英治が、機械みたいに弾いていると言った意味が、今智也にはよくわかった。練習室に配備されたスタンウェイの、硬質な音をそのまま紡ぎだすような奏恵の透明感のある連打は、それだけで音の輪郭をはっきりと見せる。どんなに早い展開でも指がぶれることはなく、確実に鍵盤を押さえて次の音へと続いていく。その技術は、神童と呼ばれるにふさわしい。

だが、

だが、それだけだ。

「……奏恵、もういいよ」

歯を食いしばり、手元を睨みつけるように見つめ、奏恵はピアノを弾き続ける。それは図らずも、智也が偶然目にしたＤＶＤで、西崎が弾いていた箇所と同じところだった。それゆえに、その違いがわかりすぎる。何かが間違っているというわけではないのに、こんなにもその音色に差があるのかと、智也自身が驚くほど。

「奏恵」

智也はその背中に歩み寄る。この小さくて細い肩に、どれだけの期待を背負っているのか。どれだけの不安を、抱えているのだろう。

弾いても弾いても弾いても、彼女にとって音は音でしかなく、そこに感情は動かず。求められるものに、応えられない悔しさ。

好きでなければ続けていないと言い切った彼女の後ろ姿が、智也の脳裏をよぎった。その想いが今、打ち砕かれようとしている瞬間に立ち会っているのかもしれない。

未だ無機質なメロディを奏でる奏恵の右手を、智也は自分の左手で押さえ込むようにして止めた。無造作に押し付けられた鍵盤が不協和音を招き、妙な余韻を残して消える。

「……私には弾けません」

奏恵は、泣いていた。

懸命に嗚咽《おえつ》を堪えて肩を震わせ、喉の奥から絞り出すように、自分が求める場所へとたどり着けないもどかしさを体中に滲ませて。

「弾けません……！」

二度目は、叫ぶように。

「なんで!? なんでですか!? こんなにも弾きたいと思ってるのに、この曲から、音以外のことを汲み取ろうとしているのに！ 私にはわかりません！」

奏恵は左の拳で鍵盤を叩いた。彼女の想いそのもののような、濁った低音が部屋中に響く。

「……心を込めるやり方なんて、わかんない……」

絶望と悲しみが交差する頬を滑っていく、透明な雫。

智也は思わず、座ったままの奏恵の頭を抱き寄せた。

「ごめん、ごめん奏恵……！」

この時改めて、智也は素顔の彼女に触れたような気がしていた。何も飾らない、ただ純粋な十六歳の想い。素直ではない彼女が、ずっと抱えていた不安。本当はもっと、気付いてやらねばならなかったこと。それを思えば、自分の罪深さが一層胸に刺さった。どれほど彼女を傷つけ、追い詰めたか、その苦しみを思い知る。

智也の服をつかみ、感情を爆発させるように声を上げて泣きじゃくる奏恵の頭をなでながら、智也は彼女の痛みを感じるように目を閉じた。

「……オレは、家族を顧みなかった親父を憎んでる。親父が死んだ今もずっとだ。ろくに家にも帰って来ずに、支えてくれた母親を労いもしなかった。だから、オレがあいつの息子だなんて言うこと、プライドが許さなかったんだ。オレはピアノからは遠ざかって、音楽とは縁のない道を歩こうって決めて。……でも、未だに耳の奥で、親父の弾くシャコンヌが聞こえてくる」

忘れたいのに忘れられない、あの音色。それは奏恵に出会ったことで、より頻繁に聞こえてくるようになった気がする。関われば関わるほど、智也を縛るように。逃れられない自分の血筋を、見せつけるように。

「オレは、怖かったんだ」

依頼を受けながら、奏恵の想いに真摯に向き合うことができなかった。父との辛い思い出を、もう思い出したくない感情を、再び味わいたくなかった。

だがそのせいで、才能ある一人の少女を追い詰めてしまった。

その未来を、背負えるはずもなかったのに。

「……奏恵、これはよろず屋としてじゃなく、一人の人間として約束する」

腕の中で、奏恵がしゃくりあげながらわずかに身じろぎしたのがわかった。

「絶対に、絶対に、お前を音楽で感動させてやる。すぐには無理かもしれない。でも、絶対だ」

いつもは高飛車にふるまっている華奢な体は、すっぽりと智也の胸に収まってしまいそうだった。

「そしてお前に、西崎賢吾を超えるピアノを弾いてほしい」

成長途中の彼女の可能性は、無限に広がっている。彼女なら弾けるかもしれない。彼女になら託せるかもしれない。未だこの耳の奥で、自分を支配する父のピアノの音色を払拭《ふっしょく》するシャコンヌを。ピアノを愛し、自信に溢れたその細い指が紡ぎだす、爽《そう》快無比《かいむひ》な胸のすく世界を。

奏恵が弾くピアノなら、聴いてみたいと思える自分を。

泣きつかれた奏恵が静かになるまで、智也はずっと彼女を抱きしめていた。

ただ熱い体温を、二人で共有していた。

三

金城家のほど近くには、小さな遊園地を併設した動物園がある。そこは桜の名所にもなっていて、満開時期の数日は、夜に限って無料でライトアップした桜を眺めながら通り抜けができるようになっていた。母の話によれば、幼い頃父と二人で来たことがあるらしいが、その時のことを智也はほとんど覚えていない。父と出かけた記憶自体が数えるほどしかなく、一緒に桜を見上げたことなどまったく思い当たらなかった。

柵《さく》越しに蕾《つぼみ》の育ち具合を確かめながら、智也は五キロの米袋を抱え直す。今日はその他に、醤油《しょうゆ》や味噌といった大物ばかりの買い出しを頼まれていた。こういうことは小出しに頼んで欲しいと思うのだが、サワ子は良くも悪くもそのあたりに遠慮がない。どうせ暇なんだろう？と電話をかけてきたかと思えば矢継ぎ早に注文され、訊き直している暇もなかった。

「おや、思ったより早かったじゃないか」

金城家の門を肩で押し開けると、サワ子は玄関先で植木鉢を前に小さなスコップを握っていた。これから花を咲かせる予定の植物たちが寄せ植えにされ、そこに新しい苗を加えているところのようだった。

「こういうのって、もうちょっと分散して買えないの？　こんなに都合よく重いものばっかり切れるはずないでしょ？」

「仕事だろ？　文句言うんじゃないよ」

その言葉と同時に尻のあたりを叩かれ、智也は痛ってぇ！　と身をよじった。由果といいサワ子といい、年上の女性には到底敵《かな》う気がしない。

台所まで荷物を運び、米を容器に移し替えるところまでを済ませ、再び玄関先まで出てきた智也は、サワ子に縁側へと招かれた。今日はここ最近のぐずついた天気が嘘だったように、穏やかに晴れ渡っている。降り注ぐ日差しも温かく、心地がいい。

「てっきり英治と一緒だと思ったんだよ。だからあれこれ注文したのさ。今日は一人だったんだね」

お盆の上で淹れたお茶を智也に手渡し、サワ子は自分の湯呑にもお茶を注ぐ。今日は緑茶ではなく、ジャスミンの香りが漂うさんぴん茶だ。

「あー、あいつなぁ……」

お茶に口をつけ、智也は眼鏡を押し上げながら淡い初春の空を見上げる。

昨日、奏恵を家に送り届けてから自宅に戻ってきたとき、英治はまだ帰宅していなかった。夜中になっても帰ってこず、連絡を取ってみようにも一文無しの彼は携帯を持っていないため、所在を確認することもできなかったのだ。

「実は昨日から帰ってきてないんだよ。用事があるって出かけていってそれっきりで。どこほっつき歩いてんだか……」

もう大人だしと一晩様子を見てみたが、朝になっても彼が帰ってくることはなかった。そろそろ本気で心配した方がいいのだろうか。まさか今になって、再び放浪の生活に戻ったとも考えにくい。

「……帰ってきてないのかい？」

智也の言葉に、普段は豪胆なサワ子が、珍しく顔色を変えていた。

「うん、そうだけど……何か知ってるの？」

二十歳を過ぎた男の外泊など放っておけと言いそうな彼女が、視線を泳がせるのが気になった。

「いや、あたしはてっきり、あんたと喧嘩《けんか》でもしたのかと思ってたよ」

「喧嘩もなにも、あいつ昨日は朝から用事があるって出かけていって、それから会ってないけど」

なにか思い当たる節でもあるのか。言外に尋ねた智也に、湯呑を両手で包むように持って、サワ子は眉根を寄せる。

「……実は昨夜遅く、九時くらいだったかねぇ、英治がうちに来たんだよ」

「え、来たの⁉」

「ちょうどリビングで、三線の弦を張り替えてたときにね。窓を叩く奴がいるからどこの不審者かと思ったんだけど……。あの子、怪我《けが》してたんだよ」

「怪我？」

意味がよく呑み込めずに、智也は眉をひそめた。

「体のあっちこっちに擦り傷と打撲を作っててね、何か冷やすものと絆創膏《ばんそうこう》くれって言うから出してやったけど、何があったんだって訊いても口を割らないし、わざわざうちに来るってことは、てっきりあんたと喧嘩でもしたのかと思ってたんだよ。それで様子見がてら今日の仕事を頼んでみたんだけど……。そうかい、帰ってないのかい
……」

サワ子が心配そうに、胸に手を添える。彼女がわずかに顔を歪ませるのを見て、智也は部屋の中に上がり込み、テーブルの上にあった薬袋をつかむ。

「薬、飲んでないんじゃないの？」

最近になって高血圧という診断を受けたサワ子は、朝昼晩と飲むべき薬を処方され

ているはずだった。

「言われてみれば、朝飲み忘れたかもしれないね」

「何開き直ってんの。ちゃんと飲まないとだめだよ」

肩をすくめるサワ子に薬を手渡し、智也は水を取りに台所へと向かう。縁側へと戻ってくると、サワ子は落ち着かせるように左胸を叩きながら、薬袋を開けているところだった。

「ところであいつ、何か言ってなかった？　どこに行くとか、誰と会うとか」

一体彼の身に何が起きているのだろう。怪我をしたのであれば、なぜあの部屋に帰ってこず、サワ子のところに顔を出したのか。

「ええと……そうだねぇ、確か……」

智也が用意した水で薬を飲み下したサワ子は、こめかみに指を当て、昨夜の記憶を必死で手繰り寄せる。

「あきらめるわけにいかないとかなんとか……」

「あきらめるわけにいかない？」

「もう一回だ、とかなんとか言ってた気がするけど、治療もそこそこに、あっという間に出て行っちゃってさぁ」

何かに巻き込まれてなきゃいいけど、とサワ子が息をついた。

あの部屋に居候させるにあたって、英治には、借金をしないこと、女性を金ヅルにしないこと、その他警察の世話になるようなことには手を出さないことを約束させてある。今のところ、それを破るような気配はなく、このまま遵守してくれるはずだと思っていた。武器か防具のように装備していたピアスの数も減り、本来の彼らしい陽気で素直な部分がより多く見え始めたところだった。その彼が、今更何か厄介ごとに首を突っ込むだろうか。

「サワ子さん、もしもう一回あいつがここに来たら、その時はすぐオレに連絡して。昼でも夜中でも、何時でもいいから」

智也の言葉に、サワ子はわかったと神妙な顔で頷いた。

「あの子はあんな成りだけど、悪い子じゃないからね。いろんな雑音に翻弄されて、うまく生きられないだけなんだ」

それは音だけでなく、様々な意味を包括させてサワ子は口にする。

「不器用なんだよ。知らんぷりができないんだ。聞かなくてもいいものも耳に入れてしまって、結果自分が参っちゃうのさ」

智也は、彼をあの部屋に呼び戻したときのことを思い出していた。アパートの階段に腰かけていた英治は、二つ返事であの部屋へと転がり込んできた。あのときは単純に、どうせ帰る家もないからだと思っていたが、実際はもっと心理的な意味で、どこに行っても居場所がないように感じていたのかもしれない。周囲からの様々な音に、ただ耳を塞ぐこともできずに。

「何かを抱えてるんだと思うんだよ。優しい子なのさ。きっと、誰よりね……」

つぶやくように言ったサワ子の言葉は、淡い空に溶けるようにして消えた。その空を、数羽の雀《すずめ》が飛んで行く。

だってこれがなかったら、オレ飛べないし。

ピアスを外すことを拒み、ごまかすように笑った英治の顔が、智也の脳裏をよぎった。一体彼は、何から飛び立とうとしているのか。頑なに外さないあの片翼のピアスに、どんな意味を込めているのか。それすらもわからないまま、今の自分には帰りを待ち続けることしかできない。

智也は淡い空を仰ぐ。吐き出した息は、音もなく澱のように沈んだ。

四

一人で過ごすことは、とっくに慣れたと思っていた。よろず屋を始めてからは、実家を出てずっと一人暮らしで、特に寂しさを感じることもなく一人の時間を満喫できていた。英治をこの部屋に迎え入れようと決めたとき、迷わなかったと言えば嘘になる。今までの平穏な暮らしが変わってしまうであろうことに、若干の戸惑いはあった。だがそれ以上に、音に翻弄される彼に同情してしまった。

突然始まった二人暮らしは、テレビのチャンネルや食べ物の好みや、些細なことで争うこともあったが、それなりに楽しくやっていたと思う。夜中に目覚めたとき、ベッド代わりにしていたソファで毛布にくるまっている金髪の頭を見つけると、なぜだか安心したりしていた。そんな生活がもう一ヶ月続き、そこに奏恵が加わって騒ぎながら過ごす三人の時間は、今思えばとても幸せだったのだと思う。

英治が家に帰ってこなくなって、三日がたっていた。智也はゲームセンターや繁華街など、めぼしい場所をわざと通ったりもしてみたが、彼の姿を見つけることはできなかった。ビラ配りの仕事の最中も、道行く人々に目を凝らしてみたが、あの目立つ金髪が現れることはなく、あれ以降サワ子の家に立ち寄ったという連絡もなければ、見かけたという情報もない。インドネシア料理店のハムサにも、もし店に来たら教えてほしいと頼んであるが、今のところそれらしい人物は訪れていないという。

「どこ行ったんだよ……」

つぶやいて、智也は掃除道具の入ったバケツを持ち替える。ハムサの店を掃除した帰りだった。時刻はすでに午後五時を回っている。ここ数回は二人で掃除をしていたためすぐに終わっていたが、久しぶりに一人ですべてをやって、少し手間取ってしまった。

英治が行方不明になっていることを聞いたハムサからは、警察に連絡をすることも勧められたが、相手がいい年をした大人であることもあり、智也は即行動にも移せずにいた。だが、怪我をしていたというサワ子の証言も確かに気にはなる。いつかひょっこり帰ってくるのを期待せずに、やはり警察に届けた方がいいのだろうか。

「万が一って可能性もあるしな」

智也は腕時計で時刻を確認する。一旦荷物を家に置いて、その足で警察に行くべきかもしれない。英治が居なくなってから、ざわついたままの胸を左手で押さえる。この嫌な予感は、どうか当たらないでいてほしい。

　智也は何度目かのため息をついて、アパートに続く角を曲がる。先月に比べると随分陽も長くなり、まだ通りを歩く人の顔が判別できるくらいには明るい。歩道に植えられたハクモクレンの蕾が、随分と大きくなっていた。あの日以来、お互い少し気まずくて距離を置いていた奏恵にも、英治がいなくなったことは伝えてある。さすがに心配したのか、今日これから立ち寄ると連絡があったが、彼女の依頼を解決する糸口も、まだ見つからないままだ。

　ポケットから取り出した鍵でいつも通り階段の手すりを叩き、部屋の前へとやってきた智也は、いつもと違う鍵穴の手ごたえにふと眉をひそめた。謝らねばと思っているまま、由果には連絡をとれていない。奏恵はまだこちらに向かっている途中だ。勝手に上がり込む可能性のあるこの二人を除いて、部屋の鍵を持っているのは。

「英治⁉」

　勢いよく扉を開けた智也は、その部屋の惨状にしばらく言葉を失った。

　まるで室内で竜巻でも起こったかのように、あらゆるものがなぎ倒され、床に散らばり、足の踏み場もない状態になっている。棚の引き出しはすべて引き抜かれ、それごと床に放り出されており、食器はいくつか破壊されてその破片が飛び散っていた。カーテンは引きちぎられ、ベッドやソファはひっくり返され、テレビは横倒しになって転がっている。蹴飛ばされたらしいストーブは、側面が大きくへこんでいた。

「……なんだ、これ……」

智也はこの状況が呑み込めず、扉を開けたまま玄関に立ち尽くす。空き巣にしては荒らしようがひどい。こんなに物の少ない部屋で、金目の物がありそうなところなど限られている。カーテンまで引きちぎる必要もない。

「よろず屋」

頭の整理が追い付かない智也は、背後からの声に弾かれたようにして振り返る。

「……どうかしましたか？」

ボルドーのブレザーに濃紺のコートを羽織って、奏恵が怪訝そうに立っていた。そして智也の隣から室内を覗き込み、その惨状に息を呑む。

「……これ……空き巣、ですか……？」

「……いや、わからない。オレも今帰ってきたとこで」

一体どういうことなのか。まさか英治が？　とも思ったが、彼はこんな陰湿なことをするタイプではない。言いたいことがあるなら、堂々と姿を見せて目の前で言うだろう。智也はざわつく胸を押さえた。自分の知らないところで何かが動いているような、気持ちの悪さが離れない。

「とりあえず、警察に連絡した方がよくありませんか？」

奏恵に冷静に諭され、智也は自分を落ち着かせるように頷いて、ポケットから携帯を取り出した。すると計ったようなタイミングで、着信を知らせる音が鳴る。

「……もしもし？」

液晶に表示されていたのは、非通知からの着信を知らせる文字だった。まさか英治かと思いながら呼びかけたが、聞こえてきたのは見知らぬ男の声だった。

「よろず屋か？」

客にしては、妙に落ち着き払った声色だ。

「……失礼ですが、どなたですか？」

嫌な予感が胸を走って、智也は息を呑む。脳裏に、金髪の頭がちらついた。

「お前んとこの金髪の小僧に、それなりの教育をさせてもらった。おとなしく離れてりゃよかったものを、またのこのこ戻ってきたもんでな。こっちも動かざるを得なかった」

智也の問いには答えず、男は淡々と告げる。その冷静さに戦慄《せんりつ》を感じるほど。

「……どういうことですか？　あなた一体、何者なんですか？」

奏恵が心配そうにこちらを見上げている。智也は携帯を持ち替え、相手の声が良く聞こえるよう、反対の耳を指で塞いだ。相手に悟られないよう、自分を落ち着かせるように息を吐く。

「あんたには、あんなガキかくまった連帯責任ってことだ。悪く思うなよ。ろくでもねぇガキにかまってると、あんたもそのうち有音生のかわいい彼女寝取られるぜ」

息を、呑んだ。

背中を滑る嫌な汗を感じながら、智也は素早くアパート周辺に目を走らせる。英治を居候させていた自分のことはともかく、なぜ相手は奏恵のことまで知っているのか。まさかどこかで見張られているのだろうか。

もう一度、相手に何者かと尋ねようとした智也は、奏恵の姿を改めて眺めて言葉を切った。彼女が有音生だと一目見てわかるのだとしたら、この制服だ。しかも奏恵を彼女と表現するくらいなのだから、二人でいるところを見られたのかもしれない。だが、英治をともなっての三人でならともかく、奏恵と二人で人目に付くところを出歩いたことなどあっただろうか。

「…………あ、」

不意にあの日の映像が脳裏に蘇って、智也は顔を上げる。

ＭＡＳＡＫＩのシークレットライブがあったあの日、奏恵と二人でライブハウスを出た。

「まさか、あの時の……!」

雪がちらついていた歩道で、肩をぶつけた神経質そうな男。

お気をつけて、と言ったあの声の記憶が、電話越しの音声と重なる。

電話の向こうで、かすかな笑い声が漏れた気がした。

智也は唇を噛む。これでようやくつながった。本人はもうほとぼりが冷めたと思っていたのかもしれないが、英治はまだ現在進行形で追われていたのだ。いや、目をつけられていたという方が正しいかもしれない。そして最近彼が起こした何らかの行動の報いが、おそらく今実行されているのかもしれなかった。

「英治は、英治は無事なんですか!?」

どこから見張られているかもわからず、奏恵をかばうようにしながら、智也は男に呼びかける。部屋が荒らされるくらいは問題ではない。面倒だが片付けてしまえば済む話だ。しかし、英治の身の安全となれば話が別だ。

「埠頭《ふとう》の貨物倉庫だ」

それだけを告げて、唐突に通話は途切れた。

「もしもし!?」

不穏な空気に耐えられないまま電話口で叫んだが、携帯電話からは通話の切れたことを知らせる、単調な信号音が聞こえてくるだけだった。

「何があったんですか？　金髪によくないことがあったんですか!?」

奏恵が口早に尋ねる。智也は暗くなった液晶画面を確認するように眺め、手すりから身を乗り出して周囲を見渡した。だが周辺に、それらしき人影は見当たらない。着信のタイミングといい、絶対に近くにいるのは間違いないだろう。

「よろず屋！　金髪はどうなったんですか!?」

答えない智也にしびれを切らして、奏恵が智也のジャケットを引っ張る。その手を取って、智也は奏恵の目を見据えた。

「奏恵、お前はハムサのとこに行ってろ。ここにいるより安全だ」

彼女を巻き込むわけにはいかない。こんなところで未来を棒にふってもらいたくはない。まして、身の安全も保障できない。おそらく相手はその手のプロだ。ここまでやるのならよっぽどのことだ。英治が無事かどうかもわからない。

一瞬ひるんだような目をした奏恵だったが、それでもすぐにいつもの強気な眼光を取り戻した。

「嫌です！　金髪を助けにいくなら私も一緒に行きます！」

「わかってます！　この部屋の惨状を見れば、どんな危機的状況かは私にだって判断できます！」

そう言うと、奏恵は智也の腕を引っ張って階段を駆け下り、そのまま大通りまで走ると、空車のランプをつけたタクシーを強引に止めた。

「奏恵！　いい加減に」

「一刻を争うんじゃないんですか⁉」

智也の制止も聞かず、奏恵は後部座席のドアが開くと同時に、智也を車内へと押し込める。そして続いて自分も車内に乗り込むと、奏恵は自分の財布から数枚の一万円札を抜き取って運転手へと差し出す。

「これで足りると思いますから今すぐ出してください！」

「ちょ、待て！」

「どこまでですか⁉」

振り返った奏恵の双眼は、智也が見たことのない彩《いろ》をしていた。

「どこに行けば金髪がいるんですか⁉」

その時、智也は初めて、自分と同じくらい奏恵が英治の身を案じているのだと知った気がした。三人で過ごしたあの時間を想っていたのは、自分だけではなかったのだと。

「……私はタクシーで待ってますから。……お願いです」

今にも泣き出しそうな感情を、必死で堪えているようだった。智也は一瞬だけ目を閉じる。英治の元に一刻も早くたどり着きたいのは事実だ。タクシーを使えるのは正直ありがたい。倉庫や運送会社の建物しかないあそこへ行くには、公共の交通機関では不便すぎる。

「……埠頭まで」

運転手に行き先を告げて、智也は奏恵をきちんと隣に座らせた。

走り出した車窓に、赤く焼けた空が映る。その赤い色に言い知れない不安を感じながら、智也はただ、英治の無事を祈った。

大通りを横切る横断歩道を、駅へと向かう会社帰りの人々が埋め尽くしていた。皆一様に寒さに身を縮め、陽の傾いた冷えた空気の中を早足に通り過ぎていく。風にひるがえるコートの裾《すそ》と、マフラーの先端。ダウンジャケットのポケットに両手を突っ込んだままの若者が、友人と連れだって繁華街の方へ向かって行った。それとすれ違うように、部活帰りの高校生が、暖かそうな手袋をはめて自転車を漕《こ》いでいく。

葉の落ちた街路樹は、その姿を見ているだけでどこか寒々しかった。固く心を閉ざしたようなその枝に、本当に春の訪れなどくるのかと疑いそうになってしまう。夕暮れの空に、鳥たちの姿はなかった。今頃すでにどこか暖かいねぐらで、仲間同士身を寄せ合っているのかもしれない。

「……だって、これがなかったら、オレ、飛べないし……」

ラジオすらかかっていない、どこか重苦しい雰囲気の静かな車内で、智也は不意につぶやいた。

「何ですか、それ」

怪訝な顔をした奏恵が振り返る。智也は車窓に目をやったまま続けた。

「英治が言ったんだ。仕事を手伝うのに支障が出るから、あの羽のピアスを外せって言ったとき、これだけは外したくないって」

珍しく感情の読めない曖昧な笑顔で、まるで自身に生えた片翼のようにあのピアスをかばった英治のことを、智也は思い出していた。

「何か思い入れのある物なのかもしれない。何かあいつにとって、重要な物だったのかもしれない……」

攻撃的な音の溢れる世界に耳を塞ぐこともできず、ただ翻弄され続けてきた彼がその耳に刺した片翼。それには一体どんな意味があったのか。

「一緒に暮らして、一緒に飯を食って、一緒に仕事をして、オレはあいつの好きな食べ物も、いいところも悪いところも知ってるけど、知ってるけど……知ったような気になってただけだったんだ」

過去の話を聞き、今の彼を見て、わかった気になっていた。彼が唯一感情を明確にしなかった、あのピアスの意味を知ろうともせず。

突然いなくなった理由すらもわからないのに。

「オレは、あいつのために、何ができたかな」

区切るように口にした言葉は、熱を持った。

「人なんて本当に、本当に簡単にいなくなるから……」

大学生の頃、一度だけ母に尋ねたことがある。

その頃父は、頻繁に様々なオケに招かれるようになり、一年の半分を海外で過ごし、残りの半分は国内を飛び回り、ほとんど家にも帰ってこなくなっていた。また、単独での演奏ツアーも実施され、西崎賢吾という名前だけで、大きなホールのチケットが完売するほどの客が呼べるピアニストになっていた頃だった。

母さんは、なんで親父と結婚したの？

二人が出会った頃、父はほぼ一文無しに近い状態だったという。将来成功するかどうかもわからず、ただピアノばかりを弾いていた、それしか取り柄のない男だったと。

智也の質問に、母は困ったように笑った。

決まってるじゃない、好きだったからよ。

でもそのせいで苦労したんだろ？　現に、今もしてる。家のことを全部母さんに押し付けて、自分はいろんなとこ飛び回って。

仕事だからしょうがないのよ。

家だってピアノだって勝手に買って。母さんを労いもせずに。

そうねぇ、困った人よねぇ。

家に鎮座するベーゼンドルファーは弾く人もおらず、埃が溜まる一方の練習室に放置され、おそらくはもう調律も狂ってしまっているはずだ。母はピアノや音楽に関して詳しくはない。勝手に触って怒られることをおそれ、練習室には滅多に立ち入ることもなかった。

今度はいつ帰ってくるのかしらね？

独り言のようにつぶやいて、母はカレンダーを見上げた。たまに家にやってきて、由果がスケジュールを書き込んでいくそのカレンダーは、半年先まで予定が書かれている。その寂しそうな横顔を見るたびに、智也はいつも何も言えなくなった。母を責めることは筋違いで、責められるべき当人とは、もうどれくらい顔を合わせていないかわからない。どうせ顔を合わせても言い争いになるだけだと、なるべく会わないようにもしていた。

次に父と対面したのは、その二年後のことだった。

もう言葉を交わすこともできない、目を開けることもない、突然の無言の帰宅だった。

「わかってたはずだったんだ。別れなんて突然やって来ること。親父のときもそうだった」

無意識のうちに膝の上で組んだ手に力が入って、爪が皮膚に食い込んでいた。もう自分でも何をしゃべっているのかよくわからない。ただただ溢れ出てくる言葉を自動的に吐き出しているような感覚だった。

「しょうがなかったんだとか、自業自得だとか、いろんな理由で、自分を、納得させようとして、……でもオレは」

「よろず屋」

途切れがちになる智也の言葉を、奏恵がそっと制した。ゆっくりと顔を上げると、半身を車窓からの夕陽に染めた、十六歳の聡明な双眼とぶつかる。

「もし西崎のことを金髪と重ねているのなら、今すぐにやめてください。幸運な結果だけを祈ってください」

真っ直ぐに智也を見つめる彼女の瞳には、一片の曇りもなく。

「西崎のことは、よろず屋が今更自分を責めてもどうしようもないことです。……それに、彼はもしかすると……知っていたのかもしれません」

意味が呑み込めず目で問い返した智也に、何かを言いかけた奏恵は、結局なんでもありませんと首を振った。

「今は、金髪の無事だけを祈りましょう」

そう言って、また前を向く。我に返るようにして、智也は座席に座り直した。十六歳に諭されるなどどうかしている。今は取り乱している場合でもなければ、父の最期と重ねている場合でもない。

南の埠頭へ向かって、タクシーは車列の中を進んでいく。車窓から見える街並みと人々が、まるでジオラマのようだった。

街の南にある埠頭は、もともと四つの突堤で構成されていたが、その間が埋め立てられ、今では大きな一つの波止場になっている。そこで働く人々のためにコンビニが一つあるくらいで、フェリーが発着するようなターミナルがあるわけでもなく、一般人が頻繁に立ち寄るようなところではない。

埠頭の上には、湾岸線と呼ばれる高速道路が走っており、その陸橋の下でタクシーを止め、車内に奏恵を残したまま智也は外に出た。すでに辺りは薄暗く、オレンジ色の街灯が煌々と灯っている。慣れない場所でどこに何があるかもよくわからず、とにかく貨物倉庫という案内板を見つけてその方向へと走った。

「英治！」

潮の香りが鼻をつく。大きな運送会社のトラックをやり過ごして、智也は錆《さ》びついたフェンスを乗り越えた。敷地内には、いたるところに船に積み込まれる巨大なコンテナが置かれ、岸壁には何隻かのコンテナ船が係留されている。電話をかけてきた男は貨物倉庫としか言わなかったが、本当にここであっているのだろうか。もしかすると、それすらも嘘だったかもしれない。

「英治！　いたら返事しろ！」

コンテナの間を縫うように歩きながら、智也は声を張り上げる。ひび割れたアスファルトから伸びる草を踏み越え、古くなったコンテナを解体したらしい、放置されている鉄板を避ける。

どうか無事でいてほしい。その想いで、智也はもう一度英治の名前を呼んだ。電話を寄越した男の言い方では、彼の生死は確認できなかった。不倫相手への仕打ちとしてそこまでやるのかと思う反面、あの部屋の惨状が智也を駆り立てていた。無関係の自分にあそこまでやるのだ。当の本人にならば、何をしているかわからない。

「英治！」

岸壁に打ち付ける波の音がする。もっと敷地の奥を探そうとして踵《きびす》を返しかけた智也は、そのつま先が何かを弾いてふと目をやった。

「……これ……！」

オレンジ色の街灯が、その艶やかな肢体を照らす。拾い上げたそれには見覚えがあった。英治の左耳の軟骨を貫いてつけられていた、片翼のピアスだ。本来燻されたシルバーであるはずのそれが、赤い血痕《けっこん》に染まっていた。留め具だった玉は外れ、軟骨に貫通していた金具も妙に歪んでしまっている。何らかの強い力が加わったことは一目瞭然だ。

「……英治、」

智也はそのピアスを握りしめて、力が抜けるように地面に両膝を突いた。呼吸が速くなる。もう頭が追い付かない。叫び出しそうになるのを、奥歯を噛みしめて何とか堪えた。脳裏をよぎる最悪の結末を、何度も何度も思い浮かべては打ち消す。

あの日、由果と一緒にウィーンから帰国した父は、別人のような顔で棺《ひつぎ》に収まっていた。

着々と葬儀の準備が進められていく中、実感もわかず、涙もこぼれず、ただ父だった物体を眺めながら、これでようやく解放されたという想いと同時に、何か別の感情も生まれた気がしていた。それが嘲《あざけ》りだったのか、それとも後悔だったのか、今となってはもうわからない。

智也が父の遺品をすべて売り払い、処分してしまったことを、母は何も言わなかった。何も言わず、ただ淡々と、父が生きていた頃と同じ生活を繰り返していた。もしかすると、そうすることで自らを保っていたのかもしれない。もともと家にはほとんどいなかった人なのに、その父が二度と戻らない旅路へと出発したあの日、母は、母の中の何かを確かに失ったのだ。

そしてきっと、自分も。

「……英治」

手の中のピアスの感触を確かめながら、智也はもう一度彼の名前を呼んだ。

幼い頃からの親友だったわけではない。一ヶ月の間、一つ屋根の下で暮らしただけの他人だ。あの日呼び止めなければ、たった一晩、一杯のコーヒーを与えただけの関係で終わるはずだった。どこでどんな目に遭おうと、自分には関係のない人間であるはずだった。

「英治！」

出港する船の汽笛が聞こえる。その音に戦慄さえ感じて、智也はピアスを握りしめた。犬のようにまとわりついては、無邪気に笑っていた彼の顔が脳裏をかすめる。

優しい子なのさ、きっと、誰よりもね。

サワ子がそういった通り、周囲の雑音を無視することができない彼に、きっと智也自身すら救われていたのかもしれない。

いつの間にか、彼が隣にいることが当たり前になるほど。

「…………………よ」

力なく立ち上がろうとした智也は、何かが聞こえた気がして耳を澄ませた。

「……るせーよ、智也……」

弾かれたように振り返った視線の先に、飛び込んできた金髪。

茶色いコンテナの角に寄りかかるようにして、半顔を血に染め、瞼《まぶた》は腫《は》れあがり、破れた服にも血痕をつけ、腹部をかばうようにして英治はなんとか体を支えていた。

「お前……声、でか……」

最後まで言い終わらないうちに、その場に崩れ落ちる。

「英治!!」

智也は素早く走り寄って、その傷だらけの体を支えた。幸い、切れた唇とピアスのせいで千切れた耳からの出血はもう止まっており、致命傷になりそうな、刺されたりした傷はないようだった。

「今車呼ぶから!」

「ちょ……待っ……」

携帯を取り出そうとする智也を制して、英治は痛む体を無理に動かして、服の中に隠すようにしていた冊子を取り出した。

「ごめ、……ちょっと、血、ついた……」

手渡されたのは、シンプルなベージュの表紙の、A4サイズの薄いノートだった。

「……この前、由果さんが、……来たとき、言ってたじゃん？　……智也が、西崎賢吾の遺品、全部、……う、売り払ったって」

　ノートを手に怪訝な顔をする智也に、英治は切れ切れの声で続ける。

「でさ、オレ、お、思い出したんだよね。……前に、愛人やってた女が、手書きの楽譜、……持ってたこと」

　そこで少し咳き込んで、英治は呼吸を整えるように深く息をする。

「女から見せてもらったときは、誰のものかなんて……気にしてなかったけど、……表紙の、直筆のサイン見て、……やっぱ、そうだって」

　促されるようにして表紙を確認した智也は、そこに見覚えのある文字を見つけた。

『Chaconne』　K.NISHIZAKI
　売りに出してしまったときは、すべてをよく確認もせず引き取ってもらったため、手書きの楽譜がいくつかあることには気づいていたが、これがそんなに特別なものだとは思ってもいなかった。

「正面切って、くれって言いに行ったら、当然、断られて、……しょうがないから、忍び込んだら、み、見つかっちまった」

　呼吸し辛そうに胸を押さえて、英治は続ける。

「……なんか、また、女目当てで、来たと思われたみたいで、……プ、プロレスラーみたいなのと、背の高い奴に、すっげー追いかけられてさ……」

腫れあがった顔のまま、参った、と英治は笑った。

「……お前……バカか……」

智也は力いっぱい歯を食いしばる。まさか、五年前自分が売り払ってしまった父の楽譜のために、英治がこんな姿になるまで奔走してくれていたなど思いもしなかった。近づけばどうなるか、彼が一番よく知っていたはずなのに。

「なんで……なんでこんな楽譜のために、お前が、こんな……こんなにボロボロにならなきゃいけないんだよ！　こんな楽譜どうでもいいんだよ！」

「どうでも、よくねぇよ……」

それだけはきっぱりと否定して、英治ははっきりとは開かない目で智也を見やる。

「奏恵ちゃんも、見たいって、言ってたし、……なにより」

そこで言葉を切って、英治はかすれた声を振り絞る。

「智也の親父さんが、一番大事にしてた、……形見だろ」

遠くで汽笛が鳴った。

三月の夜風は、まだ震える冷気を含んで海上を渡る。

「……オレの親父はさ、オレが、小学二年生のときに、……女作って、家……出て行ったんだ……」

奏恵に電話をして呼び寄せたタクシーの中で、英治はぽつりとそんな話を始めた。

幾分呼吸は落ち着いたが、それでもまだしゃべりにくそうな声は、途切れがちになる。

「それまでは夫婦喧嘩ばっかで、小学生のオレが、と、止めに、入ってたくらいだし、……これでようやく、平和な生活が送れると思って……ほっとしてた」

厄介ごとに巻き込まれることと車内が汚れることを嫌がって、英治の乗車を渋った運転手に、今度は自分の財布ごと引き渡して病院へ行くことを迫った奏恵は、兄を慕う妹か、それともしっかり者の姉のように、ずっと英治の手を握っていた。

「でも、それでもやっぱり、父親がいないことが、寂しいって、お、思うことがあって。……キャッチボールとか、サッカーとか、教えてもらえなくて。……日曜の朝に、父親と一緒に、出かけていく友達が、……すげぇ、うらやましかった。……それで、五年生の夏休みに、母親に黙って、こっそり、会いに行ったんだよ」

祖父の元へ遊びに行ったときに、偶然見つけた父からの荷物についていたラベルの住所を頼りに、貯めたおこづかいで早朝から電車を乗り継ぎ、父が住む町へとやってきたのだと英治は語った。当然事前の連絡などしておらず、いろいろな大人たちに道を訊きながら、とうとうそれらしき家にはたどり着いたが、どうしてもその家のチャイムを押すことができなかったという。

「きれいな、家だった。オ、オレが住んでる家とは大違いの、港が近い、海沿いの、……一軒家。……表札見たら、奥さんと、子どもの名前が書いてあって、……ああ、再婚してたんだって、その時知って……」

どうしていいかわからず、英治は炎天下、しばらくその家の近くの、堤防の前に立ち尽くしていたらしい。智也は小さく息をつく。英治にそんな過去があったなど、想像もしていなかった。

英治は、力なくタクシーの天井を見上げながら切れ切れに続けた。

「……暑くて、オレ、堤防の陰に座り込んで、……カモメが、飛んで行くの、見てたんだ。自由に、楽しそうに、と、飛んでるのが……なんか、……うらやましかった。……それで、だんだん、陽が落ちてきたころ、……ど、道路の向こうから、三歳くらいの子どもと、楽しそうに、手ぇ、つないで帰ってくる、父親が見えて……」

英治の手を握ったままの奏恵が、そっと車窓へと視線を外した。涙を流す彼に気を遣ったのか、それとも、泣きそうな自分を見られることを、拒んだのか。

「ショッピングセンターの、紙袋、持ってた。楽しかったなって、嬉しそうに……。それを見たときに、……ああ、もう、違うんだって。あそこにいるのは、オレじゃねえんだって……。こんなに、近くにいるのに、あの人は、もうオレの、父親じゃねぇんだって……」

「英治、……もういいよ」

智也は、血で固まってしまった彼の髪をなでる。ピアスで引きちぎられるようにして切れてしまった耳には、赤黒い血の塊ができていた。

「その時、……決めたんだ。……もうオレに、親父はいない。……でも、そ、そのことを、弱みにしちゃ、いけない。……う、恨んじゃ、いけない。……ちゃんと、自分で、自分の力で、……と、飛んで行かなきゃって。あの、カモメみたいに、……自由に」

智也の制止を聞かず、かすれた声でそこまで話した英治の右目から、音もなく雫がこぼれた。

智也は、ずっと握りしめていた手の中のピアスに目を落とす。片翼のピアスは、彼の幼い頃のそんな想いを象徴するものだったのかもしれない。望んでも望んでも、決して戻ることのなかった家族の時間。父親がいないせいで、からかわれることもあったかもしれない。辛い思いもしたかもしれない。それらすべてから決別するための、彼なりの印だったのだ。

「英治、お前はもうずっと自由だよ……」

だがこの片翼は、本当に英治を父への想いから飛び立たせていただろうか。声をかけながら、智也はこのピアスは外せないのだと言った、あの日の英治を思い返す。これを身に着けてしまったことで、逆に彼は囚《とら》われてしまったようにも思えてならない。今こうして、吐露せずにはいられないほどに。

そこに片翼があることで、彼はいつまでも、それを自身に刺し止めた意味を忘れられないのだから。

「周りの雑音ばっかり聴いて、優しくしなくてもいいんだ。弱音だって吐いていいんだ。好きな音を、好きなだけ聴けばいい。誰もそれでお前を責めたりなんかしない。見捨てたりなんかしない」

英治の濡れた双眼が智也をとらえる。人懐っこいくせに、本当は誰よりも相手の顔色を窺っていて、傷つけないように、傷つかないように、ピエロを演じて笑ってみせる幼い少年の目だ。

「無理に、飛ぼうとしなくたっていいんだ」

その場所から飛び立とうとしてもがけばもがくほど、何かに搦《から》め捕られて身動きがとれなくなる。忘れようとすればするほど、耳の中でピアノが鳴り続けたように。智也は英治に声をかけながら、どこか自らに言い聞かせているようにも感じていた。

父の思い出から逃れようとしていたのは、自分も同じだ。

英治の頬を滑る涙が、肩口へと落ちる。声を出せず、唇を噛んでは、嗚咽を堪えて息を吐く。きっと英治本人もわかっていたのではないか。飛び立つための翼だと言いながら、どこかでそれが、父への思慕とすり替わりそうな危うい象徴だったことを。

すがるように智也の手をつかんだ英治の右手を、智也は力づけるように握り返した。

「と、智也、……智也、頼みが、ある」

智也の手をつかんだまま、英治はかすれた声を無理やり押し出すようにして口を動かした。

「……その楽譜は、智也が、持ってて。絶対、智也が。……オレには、わかるから。……ちょっとだけ、わかるから、……智也の、気持ち。……だ、だから……」

タクシーの振動ですら体に響くはずだが、英治はぎこちなく頭を動かして、もう一度智也としっかり目を合わせた。

「だからこそ、……そ、それは……智也が、持ってなきゃ、……いけないんだ」

車窓から病院の白い建物が見える。智也は咳き込む英治にもう少しだと声をかけ、父の字が残る楽譜へと目を落とした。まさか再びこの手に戻って来るとは思ってもいなかった。父はこの楽譜が、息子の手元に残ることを望んでいたのだろうか。彼のことを、到底理解などできなかった自分の元に。

見上げた薄闇の空に、満月になれない半端な月が浮かんでいた。

五

「久しぶりに帰ってきたと思ったら、まさか怪我人と女子高生を連れてくるとは思わなかったわ」

病院で英治に治療を受けさせたあと、荒れ放題のままになっている自宅兼事務所に戻るわけにもいかず、病院から近かったこともあり、智也は二人を実家へ連れ帰った。同じ市内ではあるものの、よろず屋を始めてからはほとんど帰ってきておらず、おそらく去年の正月ぶりの帰宅になる。

「この家に友達を連れてくるなんて、一度もなかったのに」

智也へと新たに淹れなおしたコーヒーを差し出しながら、母である咲枝はどこか嬉しそうに微笑む。連絡もなしに突然二人を伴って帰ってきた息子を、母は驚きつつも快く迎え入れてくれた。

「……オレだってまさか、こいつら連れてくることになるとは思わなかったよ」

見入っていた携帯の液晶から顔を上げ、智也はコーヒーを受け取る。

早々に客間に布団を敷いて寝かせた英治は、病院を出てすぐに飲ませた鎮痛剤などが効いたのか、ようやく静かに眠っている。出されたミルクティーとブッセを完食した奏恵は、リビングのソファにもたれかかったまま、いつの間にか寝息をたてていた。とりあえず英治が無事に帰ってきて、安心したのかもしれない。

「いつ帰ってきても、この家は変わらないな」

電気カーペットの上に敷いたラグに胡坐《あぐら》をかいて、智也はリビングの中をぐるりと見渡した。カーテンやソファのカバー、テーブルクロスなどは、母の手でその都度変えられているが、この家そのものが持つ空気感は、智也が過ごしたあの頃のままだ。

父が望む通りに建てられたこの家は、一階にリビングと、カウンターを通してつながるキッチンのほか、二つの客間と練習室があり、二階には四つの部屋がある。母と二人で住むには広すぎて、幼い頃はリビングと自分の部屋以外の場所が妙に恐ろしく、階段の陰や、練習室の扉の隙間に、言いようのない不安を感じることもあった。

「そう？　少しずつだけど、だんだんと変わっていってるわよ。家も人も、年をとるもの」

咲枝は、無防備に眠る奏恵にそっとブランケットをかけた。

包帯で顔の半分を巻かれた英治を見ても、ひと目で有音生だとわかる奏恵を見ても、咲枝は智也に何も訊かなかった。智也の持つ父の楽譜に目を留めても、ただ穏やかに微笑んだだけで、それなのになぜかすべてを見透かされているような気がしていた。

「……母さん」

きちんと豆から挽《ひ》かれたコーヒーの香りが、鼻腔をくすぐる。

先ほど携帯に、由果からメールが届いていた。先日殴ったこととの謝罪と同時に、あの日大学のホールでシャコンヌを弾いていた父のことが少しだけ語られ、これから再びヨーロッパへと赴くこと、そして咲枝によろしく伝えてくれという旨が、彼女らしい簡潔な文体で記されていた。

「親父にとって、シャコンヌって何だったんだろうな」

智也は手元にある、英治の血が滲んだ楽譜に目を落とす。忠実に書き写された手書きの楽譜は、他の曲のものもいくつかあったが、シャコンヌを弾くときだけは、絶対にこの手書きの楽譜をピアノの前まで持参したのだという。

「奏恵がさ、言ってたんだ。親父が手書きの楽譜にこだわったのは、ブゾーニが求めていた音を忠実に再現するために、自分で音を書き直してるからだって。ベーゼンにこだわったのも、その音を弾けるからだって」

表紙に書かれた『Chaconne』の文字を、智也は指でなぞった。

「でもそうして弾くシャコンヌは、親父にとってどんな意味があったんだろうな」

由果からのメールによると、桜の花弁が舞っていたあの日、ホールにあるベーゼンでシャコンヌを弾き終わった父は、由果にこう言ったらしい。

今日は、息子の七歳の誕生日なんだ。

由果しか観客のいない、広い広い大ホールのステージで。

ついこの間生まれたと思ってたのに、もう小学校に入学する年になったんだなぁ。

そんな風に、のんきにつぶやいていた父に、さっきのシャコンヌは別人が弾いているようだったと由果が告げると、父は少し、照れたように笑って言ったという。

気付いたんだよ。

ベーゼンで弾くシャコンヌには、僕の人生のすべてが詰まってる。

「私は、音楽のこと詳しくわからないけど」

咲枝は自分のカップへとコーヒーを注いで、穏やかに微笑む。

「あの人には、絶対音感がなかったのよ」

突然告げられた意外な事実に、智也はとっさに言葉を発することができなかった。当然のように、父には備わっていた能力だと思い込んでいた。

「そのことがずっとコンプレックスでね。ピアニストとして成功するしないに、絶対音感が関係するわけじゃないでしょう？　それなのに、自分の子どもには絶対音感を身につけさせたいって、幼稚園のあなたに随分スパルタな練習をさせてたわ」

咲枝はオイルヒーターの温度を調節しながら続ける。

「でもある日ね、ちょうどあなたの七歳の誕生日の頃、急に晴れやかな顔をして言ったのよ。演奏家に必要なのは、絶対音感じゃないんだって。それよりももっと、大切なものがあるんだって。それを教えるためにも、僕はこれからも智也にピアノを教えるよって。正直私には、よくわからなかったわ」

コーヒーのカップを持って、咲枝は苦笑した。

「でもそれからは確かに、絶対音感の訓練というより、ピアノを教えてた気がするわね。あなたには迷惑だったでしょうけど」

七歳の誕生日のことを、智也はもうよく覚えていない。おそらくは毎年と同じように、母の手料理を食べ、ケーキのろうそくを吹き消し、ささやかなプレゼントをもらったと思う。そこに、父が何か変わるきっかけになったようなものは、一切心当たりがなかった。

「ベーゼンで手書きの楽譜を見ながらシャコンヌを弾くのは、あの人の信念だったの」

咲枝はそう言い残し、英治の様子を見てくると言ってリビングを出て行った。

ソファにもたれかかっていた奏恵が、重力に従ってずるずると横に倒れた。それでもまだ起きる気配はない。智也は短く息をついて、はだけたブランケットをかけ直してやり、ふとラグの上の手書きの楽譜に目を留める。今まできちんと見ることはなかったが、母が信念とまで言う父のこだわりが気になって、智也は初めてそのページを開いた。

あらかじめ五線譜が引いてあるノートに、父の神経質そうな筆跡でびっしりと音符が書き込まれている。二ページ目をめくったところで、智也はふと思い立ち、寝ている奏恵に詫《わ》びながらこっそり彼女の鞄を開けた。目当ての物はすぐに見つかった。薄青の表紙の、シャコンヌのピアノピース。奏恵が言った、最後から四小節目のあのGが、本当に一オクターブ違うのか確かめてみたかった。

「智也」

ピアノピースを取り出していた智也に、リビングへと戻ってきた咲枝が一枚のDVDを差し出した。

「これ、この間由果ちゃんが届けてくれたのよ。あの人のラストコンサートの、無編集版。私もまだ見てないんだけど、そんなに気になるんなら見てみなさい」

いい加減西崎賢吾の息子であることを認めろと由果に言われたことを思い出し、智也は逡巡してそれを受け取った。向き合わねばならないときが、きっと今なのかもしれない。

「二階の、あなたの部屋に布団を出してくるわ。今日は泊まっていくでしょう？ あでも、遅くならないうちに彼女を送ってあげないとね。親御さんが心配するわ」

「うん。あとで家に連絡入れとくよ」

無防備に寝息をたてる奏恵に目をやりながら、智也は頷いた。今回は彼女にも随分と助けられた。奏恵といい尚平といい、なんだか自分の周りの子どもたちは、自分よりずっとしっかりしているような気がしてならない。それぞれの双肩には、大人でも重いと感じる不安や悩みを背負っているのに、それでもその目は、未来を見据えている。

智也は手の中のDVDに目を落とした。もう自分には父親が残してくれたものは何もないと言った、英治の顔が脳裏をちらつく。もうこの世にはいない父親の映像がこうして残っていることは、きっと幸運なことなのだろう。母や由果から話を聞き、英治から楽譜を手渡されたことで、父への憎しみが消し飛んだわけではない。だが今この瞬間は、少しだけ、歩み寄れるような気がしていた。

レコーダーにDVDをセットして、智也はできるだけ音量を抑えて再生する。このコンサートでは、主にバッハの曲を中心に演奏したらしく、最初の曲は『主よ、人の望みの喜びよ』というピアノ曲に編曲された、カンタータ第一四七番の讃美歌《さんびか》だった。CMなどでもよく使われる、マリアの受胎を祝福するようなとても柔らかで温かいメロディ。あの父がこんなに穏やかな音を奏でていることがなんだか信じられず、智也は妙に気恥ずかしくなりながらしばらく画面に見入った。時折アップになる父の顔は、記憶よりも随分老けて見える。顔色が悪そうだと思ってしまうのは、この後彼が二度とピアノに触ることができなくなってしまうと知っているからなのか。

ウィンナートーンと呼ばれる、ベーゼンの至福の音色。比類なきピアニシモを生み出すピアノと言われ、艶やかで大きな黒の肢体で増幅された甘く響くその音は、父本人、そして観客をも巻き込んで、空間を濃密に染めてあげているように思えた。父が弾くピアノを初めてきちんと耳にした智也は、奏恵を教えている講師が西崎を参考にしろと言った理由に、今更ながら納得できるような気がしていた。奏恵が弾く、技術だけが先行した無機質な音とは明らかに違う、深みのある音色だ。以前彼女が言っていた、音と音とのわずかなインターバルでさえ、曲の一部として魅せるほどに。

最初に由果が耳にしたときは、まったく心が動かされることはなかったと言った父のピアノは、なぜこんなにも著しい変化を遂げたのか。父が弾くベーゼンドルファーの音色に耳を傾けながら、二つの楽譜をめくっていた智也は、その最後のページを開いて、目当ての音を確認する。

「……マジかよ」

間違いないか何度も見直して、智也はつぶやいた。

確かに奏恵の言うとおり、ピアノピースで指定されているGの音よりも、手書きで書かれた西崎の楽譜にあるGの方が、一オクターブ低く記されている。単なる写し間違いではないかと、智也は楽譜を一番最初から丹念に見直したが、異なる音符が描かれているのはそこだけだ。しかも一オクターブというきっちりとしたズレは、あきらかに意図的であることがわかる。やはり父は、ブゾーニが求めていた音にこだわって、楽譜を書き直していたのだ。

「……こんだけの膨大な量、よくもまぁ書き写したよな……」

シャコンヌは、演奏時間に約十五分を費やす長編の作品だ。しかもブゾーニの編曲した物は、音符の数がとんでもなく多い。父の楽譜をしげしげと眺めていた智也は、その表紙に改めて目をやって、ふと妙な違和感に気付いた。

「……あれ？」

見落としたかと探してみるが、やはりいくら目を凝らしても目当ての物は見つからない。

「桜が、……ない」

西崎を象徴する桜のモチーフは、彼が所有するほとんどの物につけられているはずだった。現に智也も、遺品を売り払う際、他の楽譜に桜のモチーフがあったことを覚えている。だが、今手にしているシャコンヌの楽譜には、そのモチーフがどこにも見当たらなかった。というより、その他の楽譜がすべて特注で作られ、あらかじめ表紙を含めた全ページに桜のモチーフが入っているものだったにもかかわらず、シャコンヌの楽譜だけが何の変哲もない五線譜のノートなのだ。

「なんで……？」

これほど大事にしていたシャコンヌの楽譜に、なぜ桜のモチーフがないのか。首をひねりながらもう一度楽譜を開いた智也は、その一ページ目、『Chaconne』と書かれたタイトルの上に、演奏指示などではない文章があることに気付いた。

Diesmal, eine Kirschblüte am Zweig.

「……ドイツ語、か？」

英語ではない、普段見慣れない文字の並びだった。ピアノピースの方を見てみると、同じ位置に An Eugen d'Albert とある。しばらくその文字を眺めていた智也は、それがブゾーニと同じ時代に活躍したオイゲン・ダルベールという作曲家の名前であることに気付いた。この位置に編曲したブゾーニではない名前があるということは、つまり献辞だ。シャコンヌはダルベールに捧げられた曲ということになる。

「え、じゃあ、これも？」

父も誰かに、このシャコンヌを捧げたのだろうか。

智也は逡巡して、ダイニングテーブルの上にあったパソコンを立ち上げ、翻訳ができるサイトを開いた。慣れないドイツ語の単語を、綴《つづ》りを間違えないように慎重に打ち込んでいく。

その時不意に、智也の耳に聴き慣れた始まりの和音が届いた。

二音目は、テヌート。

いつも耳の奥で鳴っているそれを現実の音として耳にし、智也は思わず画面の父へと目をやった。

シャコンヌを弾いているときの父は、いつもしかめ面をしていることが多い。感情を込めているのかもしれないが、本当はその曲が嫌いなのではないかと思ってしまいそうになる。

智也の七歳の誕生日だったあの日、父は由果に、ベーゼンで弾くシャコンヌは自分の人生のすべてが詰まっていると言った。だとすれば、苦悶《くもん》にも見えるその表情は、一体何を意味しているのか。

画面の中で父が演奏するシャコンヌを、智也はただ浴びるようにして聴き、曲の終盤でその光景を目にする。

ベーゼンドルファーの最大の特徴である、左端の黒鍵を叩く、父の姿を。

シャコンヌは、もともとバッハが作曲した無伴奏バイオリンのためのソナタとパルティータの中の一曲で、五つの楽章から成るパルティータ第二番ニ短調の終曲にあたる。バッハの最高傑作のひとつと言われるほどの、長大なスケールと高い完成度を持ち、それをブゾーニがピアノ用に編曲した。今なお多くのクラシックファンに愛されるその曲を代名詞とした父は、ベーゼンの黒鍵を叩きながら何を思っていたのだろう。

練習室の前に立って、智也は父の手書きの楽譜を持ったままその木目の扉にそっと触れた。ここに最後に足を踏み入れたのは、いつだったかよく覚えていない。ここにあるベーゼンを弾いて練習していたこともあったはずだが、今はそんな思い出もすべて父への反目にすり替わって、よく思い出せなかった。

亡くなった父の持ち物の中に、ここの鍵は見当たらず、以降この家で開かずの間になってしまっている。本当にこの中に今もまだベーゼンがあるのか、そんなことすら疑わしいほどだ。

開かないとわかっていながら、智也は有音の練習室よりは少し小ぶりの、ローラー締りのハンドルにそっと手をかけた。もしかしたらこの奥に父がいるかもしれない。そんなありもしない幻想が、ふと頭をかすめる。

「気になるの？」

いつの間にか二階から降りてきた咲枝が、穏やかに声をかけた。

「小さい頃は嫌がって、寄り付きもしなかったのに」

「だってあの頃は……そりゃそうでしょ、しょうがないよ」

いちいち幼い頃のことを持ち出すのはやめてほしい。なんだか気まずくて視線を泳がせた智也に、咲枝は微笑んで、ポケットから取り出した何かを握らせた。

「……え、」

手の平に収まったのは、一本の鍵。鈍く光る銀色のそれを、智也は確かめるように触った。

「……練習室の？」

「そうよ」

「付け替えたの？」

「そうじゃないわ」

咲枝は小さく息をついて、告白する。

「ここの鍵は、最初から私が持ってたのよ」

当時、智也がその鍵の行方を散々探していたことは、母が一番よく知っているはずだった。それでもなぜ、今日までそのことを黙っていたのか。

「……なんで？」

戸惑って尋ねる智也に、咲枝は相変わらず微笑んだままで告げる。

「それは、開けたらわかるわ」

咲枝に促されるようにして、智也は手にした鍵を鍵穴へと挿し込んだ。わずかな手ごたえを経て鍵は開き、続いてそのドアノブへと手をかける。

この扉の向こうにあるもの。

それを思って、智也はかすかに息を呑む。

密閉性を高めるローラー締りハンドルは、抵抗なく一番下まで押し下げることができたそのままゆっくりと扉を押し開けるごとに、目の前に暗闇の空間が広がっていく。

その奥に、何かが息をひそめているのを感じながら、智也は壁にある電気のスイッチを手探りで探した。そして灯った天井のライトが照らしだす、黒の肢体。

それは間違いなく、あの日からずっとこの家に鎮座する、ベーゼンドルファー・インペリアルだった。

「……このピアノだけは、どうしても手放したくなかったの。だから、鍵はあの人が持ってたはずだって嘘をついたのよ」

智也と目を合わせ、咲枝はごめんね、と口にした。

重い防音扉を開け放したまま、智也は一歩、室内に踏み込む。中は八畳ほどの広さになっていて、巨大なベーゼンがそのほとんどを占領している。何年も放置されたままだと思っていた部屋の床は、埃ひとつ落ちていないほど美しい。防音素材が張られた黒い壁と、天井のダウンライトからの暖色の光も当時のままだ。

そして、まるで智也を待っていたかのように艶やかにきらめく、父の遺したピアノ。

智也はその滑らかな曲線を描くベーゼンを前に、しばらくその場を動けないでいた。

この部屋だけ、あの頃から時が止まっていたかのようだった。

「……じゃあ、ここ、掃除したのも、ピアノ磨いたのも……？」

咲枝は、答える代わりに穏やかに微笑んだ。

父が亡くなり、自分がこの家を出て行ってから、母は一人、今や誰も使わなくなったこの部屋に風を通し、床を拭《ふ》き、ピアノを磨き上げていたのだ。主を失い、弾かれることもなくなったピアノを、慈しむようにして。そのことに気付き、智也は奥歯を噛みしめる。

労いや感謝の言葉を受けることもなかったのに、背負わなくていい苦労までさせられたのに。そのピアノだって憎いはずなのに。

母はとっくに彼を許していたのだ。

いや、もしかすると、最初から憎んですらいなかったのかもしれない。

戸惑う智也を残し、咲枝はピアノへと近づき、鍵盤のカバーを開けた。そして智也を手招いて、大屋根を開けるのを手伝わせる。ピアノ内部の複雑で繊細な構造が露わになり、智也はしばらくその光景に目を奪われた。

「智也、ちょっと座ってみて」

　咲枝に促され、智也はベンチタイプの黒の椅子へとぎこちなく腰掛ける。最後にここに座ったであろう父に合うように調節された椅子は、今の智也にちょうどいい高さだった。

「やっぱり親子ね。年々似てきてる」

　なんだか居心地悪く座り直す智也に、咲枝は満足そうに微笑む。

「若い頃のあの人そっくりよ」

　そう言われた智也は、なんだか複雑な気分で眼鏡を押し上げ、目の前の鍵盤を眺めた。左端に余分な九鍵がある分、Ｃ４、真ん中のドがどれか少し迷いそうになる。手に持っていた楽譜を楽譜立てに置き、智也は自分にとって一番聴き慣れたラの白鍵に指を合わせた。

　ハンマーに弾かれた弦が、甘く柔らかな音を奏でる。

　その音に貫かれるようにして、智也は目を閉じた。

「調律もちゃんとしてもらってるのよ。生前、あの人がずっとお願いしてた調律師さんに、彼のリクエストどおりの音で」

　それは、心地よいほどに澄んだ、四四〇ＨｚのＡ。

その時智也は、母がこのピアノを手放さなかった一番の理由に思い当たった気がしていた。

四四〇HzのAは、ピアノから遠ざかった智也に父が遺した唯一の音。

父と息子を、つなぐ音だ。

もう一度、確かめるように同じ音を鳴らした智也は、ピアノを挟んだ正面の壁に、額縁に入った一枚の絵を見つけた。画用紙に色鉛筆で描かれたらしいそれは、きらきら星の一節を抜き出して、たどたどしい手つきで五線譜と音符が描かれている。

「……それ、……もしかしてオレが描いた？」

智也の視線を追って絵に目をやった咲枝は、額縁を壁から外して、智也の手元へと持ってくる。

「そうよ。覚えてないの？　家族で動物園に行った帰りに、あなたが描いたのよ。お父さんへのプレゼントだって。どうして動物じゃなくてきらきら星なのって、あの人と二人で随分笑ったもの」

そう言われても、智也自身、まったく記憶にないことだった。母から手渡され、まじまじとその絵を眺めると、ちょうど手の平に収まるほどの大きさ折りたたまれていたのか、紙面に折じわがついている。そして音符の周りには、ピンク色でたくさんの花が描かれていた。書いているのはきらきら星の一節なのに、星ではなく花だ。

「……なんで花だったんだ？」

自分ながら、よく意味がわからない。つぶやく智也に、咲枝が笑いながら告げた。

「桜よ」

その一言に、顔を上げる。

「その花は桜。動物園に行ったとき、ちょうど満開だったの。だから描いたんじゃないかしら。あなたが描きたいって言い出したのよ。ほら、だからこれが私の描いたお手本」

咲枝は、隅に描かれた一つの花を指さす。確かにそれだけは、大人が描いた桜だとわかる。

「それにしたって、オレの桜下手すぎない？」

咲枝の描いたものと違って、幼い智也が描いた桜は、なんの花だかよくわからない。

苦笑しながら智也から絵を受け取って、咲枝は懐かしそうにもう一度眺める。

「あの人は、この絵を随分大事にしてたのよ。あなたは知らなかったでしょうけど、普段仕事に行くときもずっと持ち歩いてたんだから。遺品の中にこれを見つけたとき、ここに飾ってあげようと思ったの」

父の死後、この部屋に入ることができなかった智也にとって、ここに自分の絵が飾られていることなど知る由もなかった。まして持ち歩くほど、父がこの絵を気に入ってくれていたなど。

「その絵を、智也が描いたのはいつですか？」

いつからいたのか、眠っていたはずの奏恵が戸口に立っていた。いつの間に現れたのかと智也が尋ねる暇もなく、奏恵は室内へと入ってきて、もう一度尋ねた。

「その絵を智也が描いてから、西崎は桜のモチーフを使うようになったんじゃないですか？」

真っ直ぐな目で問われ、智也は思い当たった可能性に戸惑いを隠せないまま、咲枝を振り返った。

「そうよ」

穏やかな笑みを浮かべて、咲枝は肯定する。

「その絵を智也からもらった春の終わりに、由果ちゃんが正式なマネージャーになって活動を始めたの。その時に、西崎が桜をモチーフとして使いたいって言い出したのよ。きっとあの絵のことが頭にあったんでしょうね」

咲枝の言葉に、智也は落ち着きなく視線を揺るがせる。

自分が憎んでいるのと同じくらい、父からは疎まれていると思っていた。ピアニストの息子でありながら、ピアノを弾かなくなった自分は、父にとって理想の息子などではなかったはずなのに。

「でも、だったらなんで、シャコンヌの楽譜には桜のモチーフがないんだよ？」

智也は、父の楽譜を指して尋ねる。おそらく一番大事にしていたはずのこの楽譜に、なぜ桜はないのか。

「あら、そんなの当然よ」

まるで空が青いことを告げるような明瞭さで、咲枝は口にする。

「だってそのシャコンヌは、あなたが生まれる前に書かれたものだもの」

Diesmal, eine Kirschblüte am Zweig.

そのドイツ語の一文を、智也は思い返す。あれも自分が生まれる前に書かれたのだろうか。翻訳サイトが日本語に変換したそれの意味を、智也はまだうまく呑み込めていない。

「それに、表紙に自分の名前を入れているのもそのシャコンヌだけよ。他の楽譜には桜のモチーフが入ってるから、それが名前代わりになってたの」

智也は、表紙に描かれた西崎直筆のサインに目をやった。流れるような癖のあるアルファベットが、二十年以上の年月を経て、未だその場所に残っている。

「弾いてください」

唐突にそう言った奏恵が、楽譜の最初のページを開いて楽譜立てにセットした。

「弾いてください。弾けるところまででかまいません」

どこか反論を許さない口調で言われ、智也は思わず奏恵を見返した。もしかしてまだ寝ぼけているのだろうか。傍では咲枝が、面白そうな顔で成り行きを見守っている。

「……お前、ちゃんと頭起きてるか？」

「起きてます！」

憮然として言い返し、奏恵は楽譜に目をやる。

「西崎がブゾーニが求めた音を再現するために、手書きで楽譜を書き換え、その音が弾けるベーゼンにこだわったことはわかります。でもたったそれだけのことで、コンサートを中止にしたり、偏屈とまで言われる振る舞いをするでしょうか」

楽譜から智也へと視線を滑らせて、奏恵は続ける。

「ブゾーニが求めた音を再現して弾くシャコンヌにこそ、彼は何かを見つけていたんだと思うんです。よろず屋が生まれる前から弾いていた曲ですが、その曲で認められ始めたのは四十歳になってからでした。ということはつまり、四十歳の境目で、彼に何か変化があったのではないかと思うんです」

そして奏恵は、もう一度楽譜に目をやった。

「……例えば、……自分の体が長くはもたない事実を、知ってしまったり」

「……え？」

問い返した智也と、奏恵はしっかりと目を合わせて告げる。

「きっと彼は、自分の心臓のことを知っていたんだと思います。それでも彼は弾くことを辞めませんでした。それが彼の意志だったのか、すでに手遅れの状態だったのかはわかりません。ただ確かなのは、一曲演奏するごとに、これが最後の曲になるかもしれないと思いながら、彼がピアノに向き合っていたことです」

奏恵が自分の左胸に手を添える。それは鍵盤に指を置く直前、必ず西崎がやってみせる仕草だった。それを改めて見せられ、智也は不意に、高血圧のせいで心臓のあたりを押さえていたサワ子のことを思い出した。

「……まさか」

それは緊張を解きほぐすための仕草ではなく、
この曲を弾き終わるまでどうかもってくれという、願い。

「そして西崎の心臓が長くはないこと、……奥さまは、知っていたのではないですか？」

その奏恵の問いに、咲枝はゆっくりと瞬《まばた》きをして迷うように瞳を動かし、やがて穏やかに微笑んだ。

「……ええ、知っていたわ」

智也は愕然と目を見開いた。そんな話など、今まで一度も耳にしたことがなかった。

西崎賢吾は、誰も予想しなかった突然の心臓発作で倒れ、帰らぬ人となった。それが、ずっと世間と智也が信じてきたストーリーだったのに。

「由果ちゃんも知ってたのよ。でも、西崎に最後までピアノを弾いていてほしいっていう願いは、私たち二人とも同じだったし、何より西崎がそう望んだの」

「……いつから……？　いつから知ってたの？」

そう尋ねた智也の声は、少しだけかすれていた。自分にだけ伏せられていた真実が、今明るみに出ようとしていた。

「この家を買った直後くらいね。私は今までの賃貸マンションでもよかったのに、どうしてこんなに急いで家を買ったのかって、責めたことがあったのよ。そしたら、心臓に病を抱えていることを打ち明けてくれたわ。……僕はもう、いつ倒れるかわからないから、」

そこで言葉を切って、咲枝は一瞬だけその双眼に悲しみの色を映して告げた。

「君たちの居場所を作っておきたかった、って」

　時を経て語られた父の言葉に、息を呑む。

「ベーゼンを買ったのも同じ理由よ。孤高のベーゼン弾きが所有したベーゼンドルファーなら、売れればそれなりの値段がつく。母子二人がしばらく食いつなげるくらいの額は入るだろうからって」

　口にするべき言葉が、見当たらなかった。

　ずっと勝手だと思っていた父の行動に、こんな理由があったなど考えもしなかった。

「なんで……なんでそれ、オレに言ってくれなかったんだよ……？」

　それがわかっていれば、こんなにも父を憎み続けなくて済んだはずだ。棺に収まった父に、ねぎらいの言葉のひとつでもかけられたかもしれない。

　ありがとうと、伝えられたかもしれない。

「止められてたのよ、賢吾さんに」

　穏やかな微笑みを取り戻して、咲枝はその理由を口にする。

「言えば智也は重荷に感じるから、言わなくていいって。あの子は、あの子の道を自分で選んだんだから、その道をただまっすぐ行けばいいんだって」

　なんであんなに反発して、親の望んだとおりに素直に育たないんだって不思議だっ

たけど、

忘れてたよ

あいつ、オレの息子だもんな。

そんなことを言って、父は笑ったのだと。

「……弾いてください」

もう一度、今度は懇願するように、奏恵が智也を見つめた。

「聴いてみたいんです。父親の楽譜でよろず屋が弾く、シャコンヌ。西崎が遺したメッセージを、あなたに弾いてほしいんです」

どうやら単なる無茶を言っているわけではないようだった。智也は戸惑いつつ、楽譜に目を向ける。ずっと耳の中で聞こえていた曲だ。そのリズムも音も頭には入っている。譜面も読める。だが弾くとなると、指が動くかどうかの問題だ。

「お前や親父と同じように弾けると思うなよ」

そう釘を刺しておいてから、智也は最初の和音に指を合わせた。

シャコンヌは二短調で始まり、二長調に転調して、また二短調に戻って終わる。左手の和音から始まり、二音目はテヌート。広い空間の中に、次の音へ向かっていく、はっきりした強い意志を示すように。

まともにピアノに触ったのはいつぶりだったか。当然指はなまり、手がついていかないので、テンポはゆっくりにする。しかも弾くのがほぼ初見のシャコンヌとは、泳げない人間が準備体操なしに、十メートルの飛び込み台に立つようなものだ。

しかし今は、どこかで弾いてみたくもあった。

左手を多く使う序章のようなメロディが終わり、molto energico、とても力強く、の指示で、右手と左手が同じリズムを叩く音が続く。決して明るくはないこの曲を、どうして父は好んで弾いていたのだろう。ブゾーニが求めた音を弾けるという理由で、ベーゼンを選んだのは何となくわかるような気がする。だがなぜ、シャコンヌだったのか。奏恵が言うように、ベーゼンで弾くシャコンヌにこそ、何か意味があったのだろうか。

自分の心臓が長くはもたないと知っていてなお、弾くことを選んだ理由。

そんなことも、自分は知らないままだ。

原曲とは程遠いテンポのシャコンヌが、練習室に響き渡る。その音につられるようにして、壁伝いに体を引きずりながらやってきたらしい英治が、戸口に姿を見せた。

「英治……！」

智也は思わず手を止める。その満身創痍《まんしんそうい》の体を支えようとして腰を浮かせた智也を、英治が首を振ってピアノの前に留まらせる。

「いいから、弾いて」

腫れあがった瞼の下で、その双眼はなぜか希望に満ちるように。

「智也の弾くシャコンヌ、聴きたい」

自由の利かない体を壁に預けて、かすれた声でそう告げる英治を、咲枝が支えてやりながら部屋の中へと招き入れた。

智也は英治がピアノの傍に立つのを待って、もう一度ピアノの前に座り直し、先ほどの続きの音を探して音符を追う。そして再び、耳で覚えているメロディと、譜面を照らし合わせながら鍵盤を押さえた。たどたどしいものであることはわかっている。英治や奏恵が聴きたいとは言ってくれるものの、十年以上のブランクがある自分が弾くシャコンヌなど、演奏とも呼べないひどいものだ。だがこうして弾いていると、少しずつ父のことがわかりそうな気がしていた。

molto espress、とても表情豊かに、の指示がある四分音符のくだり。それから十六分音符の連打が五小節、叙情的に柔らかく連なる。時々間違えながら、それでも智也は指を動かした。弾けるところまで、やれるところまで、あれほど憎んでいた父に、今はどうにかして近づこうとしていた。

智也、これがドだよ。

ド？

これがソ。

まだこの家に引っ越す前の、狭い賃貸マンションで、リビングを占拠していたグランドピアノ。昼下がりの穏やかな時間に、幼い智也を膝に乗せ、一音一音、音の名前を教えてくれた。智也の小さな指を握って、一緒に鍵盤を押さえながら。

ひとつずつの音を続けて弾くと、メロディになる。

そう言って、父は智也の人差し指を使って、きらきら星を弾いた。窓から差し込んでいた日差しと、カーテンを揺らしていた風。

そしてこれに左手をつけると、もっといろんな表情になる。

智也を膝に座らせたまま、父はきらきら星変奏曲の冒頭を弾いた。先ほどとはまったく違う音の景色に、幼い智也の胸は高鳴った。モノクロームの景色が、急に極彩色に彩られたように。

すごいね！　お父さんすごいね！

背中に父のぬくもりを感じながら、手を叩いた。

僕もお父さんみたいに弾けるようになる？

無邪気に尋ねた智也に、笑いかけたはずの父の顔が、もうぼんやりとしか思い出せない。

智也なら、すぐに弾けるようになるよ。

あの時、ベランダからの風に香っていたのは、何の花だったか。憎み続けた時間は、そんな穏やかな思い出も記憶の彼方《かなた》へ封じ込めてしまっていた。

あの頃はピアノが好きだったのに。

あの頃は父が好きだったのに。

どこでその想いは、捻《ね》じれてしまったのか。

二ページ目の後半に差し掛かり、左手の十六分音符が連続する手前で、智也は鍵盤から指を離した。

「オレにはここまで」

ここからこの曲は、超絶技巧と呼ばれるにふさわしい展開を見せる。何年もピアノから遠ざかっていた智也には、到底形にできない。

「……奏恵」

ひとつ息をついて、智也は彼女を振り返る。

「ここからはお前が弾いてくれ」

奏恵の頬を、雫が滑っていた。一瞬目を見張った奏恵は、戸惑ったようにベーゼンへと目をやる。

「……でも」

「ここでシャコンヌを完璧に弾けるのは、お前しかいないんだ」

その智也の言葉に、奏恵は迷うように瞳を動かした。

「奏恵ちゃん」

見守っていた英治が、かすれた声で名前を呼ぶ。その声に振り返って目を合わせ、もう一度智也を見上げ、奏恵は覚悟を決めたように頷いた。

智也に代わって椅子に座り、奏恵は深呼吸をして毅然《きぜん》と背筋を伸ばすと、おもむろに鍵盤に両手を置いた。

そして、圧巻の演奏は始まった。

pianoからはじまる、付点を意識した音の連続。駆け足のように続くそれが、やがて大きな流れへと変貌《へんぼう》する。だがその細い指は確実に音を捉え、どこからそんな力強い音を生み出すのか驚嘆するほどのメロディを紡ぎだした。

それは、喜びか悲しみか。

山なりの音符が示す音の起伏。空間を埋め尽くすようなそのすべてを正確に捉える奏恵の音が、確かに変わったことを智也は感じ取った。音の強弱だけでなく、そこに入り込む確かな想い。五線譜に吐露した父の感情を、口にできなかった彼の不安を、焦りを、戸惑いを、代弁する。

自分に絶対音感がなかったことを負い目に感じ、それをどうにかして払拭しようと、おそらくは誰よりもピアノに向かったはずだ。母と結婚し、子どもができ、それでもピアニストとしての陽の目は見えず、明日を憂いたこともあったかもしれない。それでも時間はめまぐるしく過ぎ、立ち止まって悩む暇もなく、ただピアノに向かうしかその焦燥を紛らわせる術はなかった。そんな縮図を見せつけるような、息苦しいメロディ。音を紡ぐ奏恵の指が、どう動きどの鍵盤を押さえているのかすらよくわからない。小さな喜びも悲しみもある中で、ただただ過ぎ行く時の中で、父は何を思っていたのか。予想図さえ描けない明日を前に、ピアニストとして生きることをあきらめようと思ったこともあったかもしれない。自らの心臓に病を知ったとき、彼は何を思っていたのだろう。

そんな渦の中へ、身を投じたように感じていた一瞬、

音と音との瞬きの間に、智也の目の前が薄紅に染まった。

それはフォルテッシモで紡がれる、桜吹雪。

あの日父は、降り注ぐ花弁に全身を洗われながら一体何を見つけたのか。

我に返るように、智也は瞬きを繰り返した。

シャコンヌには、自分の人生のすべてが詰まっていると言った父。手書きの楽譜を携えて、ブゾーニの求めた音を再現できるベーゼンを好んだ父。自らの病を知り、その儚《はかな》い人生を散りゆく桜に重ねたのか。

いや、違う。

Diesmal, eine Kirschblüte am Zweig.

タイトルの上に記された文章の意訳は、『その枝にきっと花は咲くだろう』。花が咲くことを願っていた父にとって、桜は決して悲観的なものではなかったはずだ。むしろ咲き誇る桜は希望だったのではないか。

その枝にきっと花は咲くだろう。

その日本語訳をもう一度思い浮かべ、智也は弾かれたように母へと目をやった。

本来献辞があるべき場所に、その文章があるのがずっと不思議だった。単なる父の遊び心かと思っていたが、それにはきちんと意味があったのだ。智也が生まれる前、この手書きのシャコンヌを捧げられるべき相手へ、いつか美しく花が咲くがごとく、完璧な演奏を届けたいという想いを込めて。

それは、咲枝という名前の妻へ。

智也の中を薄紅の風が吹き抜けた。春の香りを運ぶ柔らかな風が、雪のように降り注ぐ桜の花弁を舞い上げ、頬をかすめ、穏やかな陽だまりの中へと連れて行く。

父は、母を愛していたのだ。

売れないピアニストである自分と結婚し、支えてくれた女性。その彼女に、自分の信念を貫いたシャコンヌを贈るため、父はあの文章を記したはずだ。だからこそ美しく咲いた桜に、ピアニストとしてこれから咲こうとする自分と妻とを同時に重ね、モチーフとして傍に置こうとしたのかもしれない。そして智也から桜の絵の入った手書きのきらきら星を贈られたことで、父にとって桜は、より一層の意味をもったのかもしれない。

奏恵の両手から溢れ出る荘厳な音の連なりを桜吹雪と重ねながら、智也はその中に沈むようにして身を委ねる。

桜が咲き誇る時間は一瞬で、その美しい姿を永遠に留めておくことはできず、それでも散り際まで凛としている。幾度となく自分も目にしたその光景を脳裏に浮かべながら、智也はそれを見上げていた当時の父を想った。咲くことを望んだ花が散ることに、父は何を感じていたのか。あの日、由果が驚嘆したシャコンヌを弾いた父は、その直前、桜吹雪の中で何を見たのだろう。散りゆく花弁のその先に、西崎が、目にしたもの。

不意に脳裏をよぎったその映像に、智也は思わず声を上げそうになる。

なぜ気付かなかったのか。単に桜をモチーフにしたいなら、その花だけをかたどればよかったはずだ。だが、父の愛用したモチーフには一枚の若葉が添えられている。

それは厳密に言うと桜ではなく、葉桜なのだ。

彼が散りゆく桜に想ったのは、儚さでも虚しさでもなく、その先に芽吹く、瑞々《みずみず》しい若葉だったのではないか。

智也は口元に拳を当てる。そうしないと声が漏れてしまいそうだった。父が不器用なまでに自分の意志を貫き通した、シャコンヌのG。偽りない解放の音。それはただ正直に、素直に、彼が駆け抜けた生き様だったのかもしれない。そのことを、伝えたかったのかもしれない。

散りゆく桜が、柔らかな若葉にあとを託すように。

いつの間にか、大きくなった息子へ。

どんなに奥歯を噛みしめても、どんなに眉間に力を入れても、溢れ出す涙は止められそうになかった。ただ奏恵が紡ぎだすシャコンヌが、そのすべてを物語っているように思えた。

たとえ家族を傷つけても、ただ一介のピアニストとして生きることしかできず、そのことに妥協を許さず嘘もつけなかった、父の人生を。

確かに父親としては不向きだった。家庭の中心に立っていられる男ではなかった。それでも父は自分に嘘をつかず、ただ自分だけの音を追い求めた。たとえ病に蝕まれようと、ピアノの前に座ることをやめずに、最後まで自分の生き方を貫き通したのだ。

それこそ、自らの命の道先を知った彼が、譲れなかったGに託した想い。

息子に、伝えたかった言葉。

やがて奏恵の弾くシャコンヌは、佳境を迎えた。ニ短調からニ長調に転調し、まるで喜びに溢れるような荘厳なメロディが力強く流れる。その音は立体的に縁どられ、空間をきらびやかに、華やかに、豪奢に飾り立てていく。だがそのうちに曲はまたニ短調に戻り、急に静かになった。小さな泡が水底から徐々に上がってくるようにだんだんと音を増やし、やがて壮大な音の連続へと変わる。そしてフォルテッシモのまま、唐突に現れる主題の音色。

それは人生の終焉《しゅうえん》か、それともそこから始まる未来への固い意志か。

重厚な低音を奏でる奏恵の横顔を、智也はただ見つめていた。その中で重々しい音

は音階をひとつずつ下げていき、奏恵はためらうことなく、
その黒く塗られたGを、叩いた。

跳ね上がったハンマーが叩く音が、まるで空間そのものが鳴っているのではないかと思うほど体中に共鳴する。

そして二音を素速く反復させて音を揺らすトリルを経て、シャコンヌは幕を引く。

音が鍵盤から弦を経て黒の肢体より放たれ、空間に響き、余韻が消えてなお、しばらくは誰もそこから動くことができなかった。その時智也は、父の生き様に初めて触れた気がしていた。

それは確かに、西崎賢吾という一人のピアニストの人生が凝縮された曲だった。

「……私は、」

やがて、鍵盤の前に座ったまま、奏恵がぽつりと口を開いた。

「私は、今日初めて、音楽を聴いた気がします……。音名より先に、メロディが、体の中に入ってくる」

その頬を伝う涙を、拭いもせずに。

「今まで私は、両親に愛されたくてピアノを弾いていました。それしか自分の存在を認めてもらう方法がないような気がしていたんです。……でも、今日初めて、両親と

自分以外の人のために、ピアノを弾いた気がします……」

神童と呼ばれた幼少期からずっと、奏恵のピアノは父と母へ向けられていた。両親を喜ばせるために、そして褒めてもらうために、彼女はピアノを弾き続けていたのかもしれない。学校に通い、ピアノの楽しさを覚え、自らの意志でピアノの前に座ることを選んだとしても、両親への想いはいつでも心の奥底にあっただろう。

「音楽は、ずっと耳で聴くものだと思ってました。でもきっと違うんです。サワ子さんが言ってました。音楽は魂で唄って、血で奏でるんだって。その意味が、今、よくわかる気がします」

そこまで言うと、奏恵は堪えきれないようにして顔を両手で覆った。

「よろず屋、教えてください」

嗚咽を堪えた声で、奏恵は智也に呼びかける。

「これが、音楽で感動するということですか？」

ずっと傍で聴いていた英治が、濡れた瞳のまま手の中のピアスを眺めていた。奏恵の弾くシャコンヌを聴いて、智也が父からのメッセージを受け取ったように、奏恵が初めて音楽で感情が揺さぶられたように、彼もまた、あのピアノから何かに気付かされたのかもしれない。

例えば、今まで狭い視野でしか見ることのなかった、自分たちを取り巻く世界を。

「……そうだ奏恵」

口唇を噛み、眉間に力を入れ、智也は呼吸を整える。

西崎賢吾の人生に寄り添い、それを鮮やかに紡ぎだした、奏恵だけが生み出せる音。

それは確かに智也の心をも揺さぶり、涙に変えた。

「お前は今日、初めて音楽で泣いたんだ」

これからの未来をその背に担う彼女の音は、シャコンヌを人生と重ねた西崎の想いに誘《いざな》われるようにして。

智也を救い、

英治を救い、

絶対音感の能力に覆われ、両親と自分だけで構成されていた幼い世界から、

自分すらも、救い上げたのだ。

# F.O ―フェード・アウト―

「なんだい、まだ終わってないのかい？」

開け放した窓から、四月の日差しを含んだ柔らかな風が流れ込んでくる。どこか白く霞《かす》む青空は、この街に確かな春の訪れを告げていた。だがそんな穏やかな季節とは裏腹に、段ボール箱や散乱した荷物で足の踏み場がなくなった部屋の中で、智也は恨めしげに振り返る。午前八時から呼び出されて二時間がたつが、作業は遅々として進んでいなかった。

「すぐに終わるわけないでしょ、こんな量」

サワ子が一人で暮らす金城家において、彼女は普段一階部分のみで生活をしており、二階は亡き夫や婿養子に出た息子の持ち物、それにサワ子の着物類などで物置状態になっている。昔ながらの巨大な箪笥《たんす》も何棹《さお》かあり、そのすべての荷物を箱に詰めて運び出せるようにしろというのだから、到底数時間で終わるはずがない。

「この部屋だけじゃないんだよ。下の部屋の片付けもあるし。そんなに日がないんだからね」

着物の上に白の割烹着をつけたサワ子は、ハタキを片手に改めて部屋の中をぐるりと見渡した。

「物事ってのは、決まれば早いもんだね。まさかこの家をリフォームして、息子夫婦と同居することになるなんて夢にも思わなかったさ。婿養子に出したはずなのに、出戻ってくるようなもんだよ」

足元の荷物を避けながら智也の隣までやってきて、サワ子は箪笥から出された着物を確かめるようにしゃがみこむ。そんなことを言っているが、その内容に反して口調は明るい。第一、この家の名義はサワ子のものだと聞いている。彼女自身が賛成しなければ、この同居の話も進むはずがない。

「あたしはまだこの通り元気だし、まぁ高血圧だっていってもたいしたことないし、毎日それなりに楽しくやってんだから、今さら同居なんてと思ってたんだけどねぇ」

その話が決まってから幾度となく智也に聞かせた話を、サワ子はもう一度口にする。

「でも孫に、おばあちゃんと暮らしたいって言われたら、しょうがないじゃないか」

誕生日に孫からもらったという手作りの指輪を、サワ子は自慢げに見せてくる。針金と緑色の不透明なガラス石で作られたそれは、子どもが作った独特の不器用さをもってサワ子の左手の人差し指におさまっていた。

「……なんかその緑のやつ、どっかで見たな」

どうにかして段ボール箱の空間を有効に使おうと荷物を入れなおしていた智也は、改めて陽の光の中でそれを見て、ふとその手を止める。緑色の石に見覚えがあった。

「緑のやつ、だなんて呼ばないでくれるかい。あたしにとってはエメラルドなんだよ」

憮然としたサワ子が、さっと手を引っ込める。

智也は短く息をついて、再び荷物の箱詰めにかかった。

「はいはい。じゃあこれからはそのエメラルドくれた孫と一緒に暮らせてようございましたね。今度はルビーでもくれるんじゃない？」

「なんだい智也、焼きもちかい？」

「……なんでオレが焼きもち焼くのよ？」

「安心しな、よろず屋は今までどおり使ってやるさ。週に一回くらいならごはん食べにきたってかまやしないよ」

「ねぇ、オレの話聞いてる？　ていうか、もしかしてその孫って、ぽっちゃりしてて最近リコーダーにはまってるとかいう、今年小学三年生になった男の子じゃないよな？」

サワ子が何か言いかけて口を開こうとしたとき、階下から階段を駆け上がってくる騒々しい音が耳に届いた。

「サワ子さん、サワ子様、サワ子おねーさま!!」

二階のすべての部屋をくまなくのぞいたあと、一番最後の部屋で二人の姿を見つけた英治が、目を輝かせて駆け込んでくる。耳の傷はふさがったが、まだケロイドのような痛々しい跡が残ったままだ。幸い顔の傷もすでに痣《あざ》は引き、笑うと童顔な、愛嬌《あいきょう》のある彼らしい表情を取り戻している。

「ねぇ、これ！　これちょうだい！」

下の部屋を片付けていたはずの英治が手にしていたのは、いつか智也が三線の代わりに持たされたカンカラ三線だった。

「そんなんでよけりゃあげるけどさ、ちゃんと弾くんなら、変な癖がつく前に本物を買いな」

「いやオレだってそうしたいけどさぁ、今ほら、金貯めないといけねぇし」

今月から、英治は居候から同居人への格上げとなっている。家賃や光熱費を差し引きはするが、よろず屋を手伝った分の給料も払う契約をしたところだ。もっとも彼の場合、無一文時代の借金がかさんでいるので、当面わずかな額しか手元には入ってこないのだが。

「一括で払えないならローンにすればいいさ。懇意の職人にとりもってやってもいいよ。ランクなんてピンキリなんだから、まずは四万くらいのからでいい」

「あ、え、三線ってそんなもんで買えんの？」

「あたしのはケタが違うけどね」

得意げに言うサワ子に、英治は笑う。

「オレさぁ、今まで音楽を聴くことはあっても、音って迷惑なものだと思ってたんだ。工場の音も、雑踏の音も、全部全部オレの気分を悪くさせるものだって。でも、本当はそうじゃないんだよな。それはオレの耳の世界が狭すぎて」

独特の表現をして、英治はカンカラ三線の弦を適当につま弾く。

「世界中に音はあって、そのひとつひとつが紡ぎ合って音楽になって、ガムランや、沖縄民謡や、シャコンヌみたいな曲になって。オレは今まで、そういうことを全然知らなかったんだ」

たとう紙の中の着物を確かめながら、智也は耳を傾ける。今まで周囲の雑音にばかり耳を奪われていた英治は、初めて自分を取り巻く様々なものに目を向けようとしているようだった。

「オレは自分が思ってるよりずっと弱くて、一人では生きていけなくて、でもそれを口にするのって格好悪いと思ってた。でも、そうじゃないんだよなぁ」

開け放した窓からの風に、心地よさそうに目を細めて、英治はさらりと口にする。

「音がつなぎ合って音楽になるみたいに、人だってつなぎ合って生きていくんだよな。……家族だって、他人だって」

穏やかな目でそう言う英治を、孫を見るような目で見ていたサワ子が、ふと気づいて口を開いた。

「そういえば英治、あんた耳から生やしてた羽どうしたんだい？」

その言葉に、生やしてねぇよ！　と英治が苦笑いする。

彼の左耳に、もうあの片翼のピアスはない。

「あれはもう、いらねぇんだ」

どこか晴れやかに、英治は口にする。何も気負うところのない、等身大の笑顔で。

「英治、お前そろそろバイトの時間じゃないのか？」

その場でカンカラ三線の弾き方をサワ子に尋ね始めた英治に、智也は呼びかける。

不安定なよろず屋の仕事だけでは、貯蓄に回せる余裕はない。そのため、インドネシア料理店を営むハムサのところで、週末だけ調理補助として働かせてもらうことになった。おかげでここ最近、食卓にインドネシア料理が並ぶことが増えている。

「やっべぇ！　ちょ、智也、あとよろしく！」

時刻を確認した英治が、先ほどと同様騒々しく階段を駆け下りていく。二階の窓から、勢いよく門を開けて走っていく英治の姿を見送り、智也は短く息をつく。落ち着きのないところは相変わらずだ。

「お金貯めるって、あの子、智也んとこ出ていく気なのかい？」

一緒に金髪の頭を見送っていたサワ子が、少し不安げに智也を振り返る。

「いや、逆。オレんちにいる方が家賃節約できるし、入学金とか授業料とか貯められるって喜んでるよ」

「入学金？」

窓の外から視線を戻し、訝しげに問い返したサワ子に智也は告げる。

「大学、行きたいんだって」

驚いたように、サワ子が口を開けた。

「音楽含めた民俗学を、ちゃん勉強したいからって」

それは、音に翻弄され続けてきた彼が、初めて自分の意志で選んだ道かもしれない。

避けるのではなく、流されるのでもなく、ただ受け入れ、許したときに、それが決して敵ではなかったことを彼は知ったのだ。

「で、その受験に受かったら、もう一回会いに行くんだって」

「誰に？」

不思議そうに尋ねるサワ子は、まだ英治の家庭の事情を知らない。智也は逡巡して、口にするべき答えを探した。

「ずっと、忘れようとしてた音に」

もう一度きちんと向き合って、新たな関係が築けるように。

思い出に変えて、歩き出せるように。

「なんかよくわかんないけどさ」

しかめ面をしたサワ子が、ハタキの柄を肩にあてて息をつく。

「あたしゃあの子が元気なら、それでいいんだよ」

あっけらかんとした笑顔でそう言うと、サワ子は智也に作業の続きを促しながら、軽やかな足取りで部屋を出ていく。

「あんまり張り切ると、血圧上がるよ！」

後ろ姿にそう声をかけて、智也は少しだけ笑った。

金城家の近くにある動物園の桜は、すでに葉桜になり、桜目当てに来園する客も随分と減ってしまったようだった。時刻は夕方五時。まだ若葉の中に薄紅の花弁を残す姿を眺めながら、智也はタイル張りの歩道を歩く。ほぼ一日を費やしてみたものの、金城家の片づけはまだ終わっていない。とりあえず二棹の箪笥があったあの二階の部屋と、一階の和室を片付けたところで、続きは明日ということになった。明日は日曜日で、同居する息子夫婦も手伝いに来るらしく、今日よりは早く作業が進むはずだ。

「ハムサ」

店の前で観葉植物に水をやっていた背中に、智也は声をかけた。

「智也！」

店長でありオーナーシェフでもあるにもかかわらず、自ら動くことを厭《いと》わない彼は、ディナータイムまでの間に店の周りを掃除していることもある。

銀色の水差しを持ったまま、挨拶代わりに軽いハグをし、ハムサはにこにこと笑った。

「さてはエージの様子、見に来たダネ？　今、ディナーの下ごしらえしてるダネ。呼んでこようか？」

「いや、いいよ。仕事中だし。ここ、家に帰るまでの通り道だからちょっと寄っただけだし」

あと一時間ほどで開店の時間だ。特に用事もないのに呼び出して邪魔をするわけにもいかない。

「それなら、ちょっと待つダネ」

その場に智也を残して、ハムサは店の中に入ると、すぐにビニール袋を下げて戻ってくる。

「これ、揚げバナナにシナモンシュガー振ってるダネ。まかないのオカマに出したら、エージ、喜んでたダネ」

「オカマじゃなくて、おまけ、ね」

智也の指摘に、ハムサは肩をすくめる。相変わらずこんな間違いは日常茶飯事だ。

「智也にも、あげるダネ」

今日は仕事で来たわけでもなく、料理を食べに来たわけでもない。反射的に差し出されたそれを受け取ってしまい、智也は少し困惑しながらハムサを見上げた。

「ハムサ、毎回こんな気を遣ってくれなくてもいいよ」

我が家に食料が増えることはありがたいのだが、毎回受け取っていると、逆に立ち寄りづらくなってしまう。だがハムサは、一体何のことか？といった様子で両手を広げる。

「気、遣ってないよ。あげたいから、あげるダネ。おかしくないよ」

「ハムサ……」

「それに、智也には、お礼ダネ」

「お礼？」

心当たりがなくて問い返すと、ハムサはにこにこと笑って告げる。

「智也が初めてよろず屋のチラシ持って、初めて店に来たとき、ガムランのライブ、練習してたダネ。日本で受け入れてもらえるか、心配だったダネ」

そう言われ、智也はその日のことを思い返した。よろず屋の仕事を増やすために、安っぽいチラシを作っていろいろなところに配って回ったことがあった。その中の一つが、この『トゥリマカスィ』だったのだ。チラシを百枚配って、そのうちの一軒から連絡がくれれば幸運だと思っていた中。ハムサはその日のうちに店の清掃の依頼をくれた。

「店の入口で、ガムランのリハーサル聴いてた私に、智也、不愛想にチラシ渡して、帰り際に、言ったダネ。不思議な音楽ですね、スコールの雨粒が跳ねてるみたい、気持ちいいって」

不思議な音楽ですね。

スコールの雨粒が跳ねてるみたいで、気持ちいい。

そんなことを言ったなど、今この瞬間まで智也は覚えていなかった。それほど一瞬の、何気ない言葉だったのだろう。

「私、嬉しかったダネ。この人は、私の故郷の音楽、わかってくれると思ったダネ。音楽に、国境はない。そうでショ？　それなら店でも、ライブ、やれる気がしたダネ」

当時のことを思い出すように、ハムサは胸に手を当てる。

「だから智也には、とっても、親しみを感じるダネ。掃除も依頼するダネ。美味《お》しいもの、あげたいダネ」

そう語るハムサは、少年のような笑みを浮かべていた。

もらったビニール袋の底からは、透明のフードパックを介してまだ温かさが伝わってくる。まさかそんな風に思ってくれていたなど予想もせず、智也は何と口にするべきか言葉を探した。こんな風に、音楽が縁をつないでくれるなど思いもしなかった。

言葉も国境も超えて、人と人とを結び付けてくれるなど。あんなにも自分は、その中から遠ざかろうとしていたのに。

「……ありがとう」

智也は、熱くなった胸の内をそっと打ち明けるように告げた。

「ありがとう、ハムサ」

そう言う智也に向かって、こちらこそダネ、と、ハムサは合掌する。

「Terima Kasih（ありがとう）」

アパートの敷地に足を踏み入れたところで、智也は聞こえてくる金属音に気付いた。音の出どころを探して視線を動かすと、二階へと続く階段の途中で、一人の少女が手すりを叩いている。

「何やってんだ、奏恵」

土曜の今日、学校は休みのはずだが、大学の練習室でレッスンを受けていたのか、彼女はいつもの制服姿だった。

「四四〇Ｈｚですか？」

振り返った奏恵は、もう一度手にした小さな金属片のようなもので手すりを叩く。

「……いや、近いけどちょっと違う。ていうか、なんでお前がコレ知ってんだ？」

この手すりが四四〇ＨｚのＡを奏でることは、彼女には言っていなかったはずだが。

訝しむ智也の前でもう一度手すりを叩き、奏恵はその音がよく聴こえるように手すりに耳を近づける。

「英治が教えてくれたんです。私には四四〇Ｈｚかどうかはわかりませんが、確かにＡの音がしますね」

奏恵はラベリング能力に長けているが、一Ｈｚの違いにまで敏感な方ではない。彼女にとっては、四四〇ＨｚのＡも四四二ＨｚのＡも、同じＡの音として認識する。

「毎日毎日ここを叩いて音を確認しては、父親へと想いを巡らせていたわけですね」

「あー、なんか何言ってるか全っ然わかんない」

「今までの私なら、このＡを聴いてもただのＡとしか認識しなかったでしょう。でも今は違います。私はバージョンアップしたんです。この音一つから、父親を偲《しの》び、想い、寂しさにくれ、枕《まくら》を濡らしたよろず屋の姿がありありと」

「お前、そのバージョンアップ失敗してるから、絶対に」

淡々と階段を上り、部屋の前で鍵を探して立ち止まった智也が、ポケットからそれを取り出すより早く、奏恵が、手にしていた真新しい鍵であっさりと扉を開けた。

「……お前何持ってんの？」

「合鍵ですが。見てわかりませんか？」

「いや、だからなんで持ってんの？」

「作ったからです。念のために」

どういう意味だ。呆気にとられる智也を廊下に置き去りにして、奏恵はさっさと靴を脱いで部屋の中へと上がり込む。智也は追い付かない頭を掻き毟《むし》り、ずれた眼鏡を押し上げてため息をついた。たとえここで合鍵を取り上げたとしても、彼女ならどんな手を使ってでももう一度手に入れるはずだ。扉や窓を壊されて侵入されないだけ、よしとせねばならないのかもしれない。

「だいたい、今日は何しに来たんだよ。無事に進級もしたし、新学期最初の授業でも講師に褒められたんだろ？」

音楽で私を感動させてほしいという依頼は、あの日のシャコンヌの演奏をもって終了したはずだった。あの曲にシンクロした奏恵は、弾き終わった後も涙が止まらず、しばらくの間シャコンヌが弾けなくなったほどだった。ただの音名の羅列ではなく、その曲に込められた想いや意味を、彼女はようやくつかみ取り始めていた。そのきっかけが自分の弾いた曲だったというのは、なんとも神童らしいエピソードだ。

「私が褒められることなど珍しくもありません。むしろ、月の満ち欠けにより潮位に変動が起きる、大自然の摂理のごとく当然なことです」

やたら大きく出た奏恵を、智也はうろんな目で眺める。少し前まで、自分こそが欠陥人間かもしれないと言って、落ち込んでいた人間とは思えない。証拠VTRでも残しておけばよかった。

「おかげで両親も大絶賛です。私の弾くシャコンヌはとても評判がいいんですよ。さすが私の娘だと褒め称えてくれるので、さすが私を産んだ親だと褒め返しています」

もしかしてこの奏恵の性格は、両親から受け継がれたものなのだろうか。彼女の家での練習風景を想像して、智也はふとそんな恐ろしい想像をする。

「……しかし、ですね……」

ソファの上で足を組んで、奏恵はふと智也から目を逸らした。わざとらしく咳払いをしながら、定まらない視線をふわふわと泳がせる。

「勉強の方は、また別問題で……」

「勉強？」

「だ、だってほら、ピアノを弾くのにXもYも、まして武将の名前も関係ないわけで、私がそういうことに疎くても仕方がないと思うんです」

急に立ち上がった奏恵が、その辺りをうろうろと歩き回る。

「でも、高校を卒業するには、その勉強も必要なわけで……。留学するなら、……語学も……」

「まぁ、そりゃそうだろうな」

高校は義務教育ではない。いくら奏恵の才能が素晴らしくても、一般教科で一定ライン以上の成績をとっていなければ、当然留年などもありうる。

「だ、だから、よろず屋に仕事を持ってきてあげたんです！」

ジャケットを脱ぐ智也の前で仁王立ちになって、奏恵はその勝気な目を向ける。

「なんだよ」

ポケットから取り出した携帯を確かめつつ、智也は眼鏡を押し上げた。

「なんだよじゃないですよ！　今までの話聞いててわかりませんか⁉」

「え、お前が勉強ができないって話？」

「そんなにはっきり言わなくてもいいじゃないですか！」

一体奏恵は何が言いたいのか。その本意が一向にわからず、智也は首を傾げる。わけがわからないままなんだか怒られたが、そもそも女性からの理不尽な怒られ方には慣れてしまっている自分が怖い。智也はもう一度携帯の液晶に目をやる。ちょうど一時間前に着信があったことにまったく気付かなかった。番号は確かに彼女の携帯電話のものだが、いつの間に日本へ戻ってきたのか。

「だいたいよろず屋はいつもいつもデリカシーがないっていうか気が利かないっていうか、鈍感だしパッとしないし眼鏡だし私とは生きてる次元が違うのかもしれませんが、」

「奏恵、オレ電話……」

呪文のように何事かぶつぶつとこぼしている奏恵にそう伝えようとした智也の言葉は、唐突に開けられた扉の音で不格好に途切れた。

「まったくなんなの!? 肝心なときに連絡して電話にでないとかありえないんだけど!? どうせ暇なよろず屋のくせに!」

巨大なトランクとボストンバッグ、それにいくつかの紙袋とともに部屋の中になだれ込んできた由果は、息を切らせながら智也に怨念《おんねん》すら込めた目を向ける。

「荷物持ちとして依頼をかけてやろうとしたのに! おかげで空港から全部自分で運ばないといけなかったじゃない!」

智也は頭痛を覚えてこめかみに手をやった。そういう電話だったのか、と納得する一方、なぜ怒られねばならないのかと当然の疑問が湧き上がるが、反論したところでひねりつぶされるのは目に見えている。

「それは……ご苦労様です……」

「ご苦労様じゃないわよ！　あんたねぇ、ご苦労様っていうのは目下の者に使う言葉なのよ⁉　そのくらいの社会常識身につけなさいよ！　もう悔しいから絶対あんたの家まで荷物運んで、そこからまたうちまで運ばせようって決めたんだから！　ざあみなさい！」

怒濤《どとう》のごとくたたみかけられ、智也は何も言えないままその場に立ち尽くす。自分と連絡が取れなかった時点でさっさと家に帰ればいいものを、なんという執念か。これは土下座をしても許してもらえるかどうか、などと智也が思案している間に、荷物を放り投げるようにして置いた由果は、奥にいた奏恵に目を留めた。

「あら、奏恵ちゃんじゃない。久しぶりね！」

呆気にとられていた奏恵が、我に返ったように、お久しぶりですと頭を下げる。

「あ、ということは、無事に仲直りしたの？　もーごめんねぇ、このバカのせいで辛い思いさせたわね。代わりに私がぶん殴っておいたから」

そうだ、そういえばぶん殴られたのだった。頬の痛みを今更ながら思い出して、智也は苦い顔をする。つい先月の話なのだが、もう随分前のことのようだ。

「由果さんの手を、そんなことで煩わせてしまってすいません。でももう大丈夫です」

晴れやかな顔で、奏恵は笑う。

「スランプもどうにか脱出できました。全部、西崎賢吾と私の実力のおかげです」

「ちょっと待て！」

なんだかさらりとこちらの協力をスルーされた気がするが、気のせいだろうか。

「あら、よかったじゃない。やっぱりこのよろず屋は役に立たなかったのね？　そりゃそうよねー」

「まぁ、予想はしていましたから」

何やら意気投合してしまっている二人の会話にそれ以上入っていけず、智也は長いため息を吐く。どうしてこう自分は、女性に翻弄されて生きる運命なのか。しかも十歳以上も年下の高校生に舐められているあたりで、結構な危機感を覚える。

「じゃあちょうどよかったわ、奏恵ちゃんも今から一緒にごはん食べに行かない？　英治くんがバイトしてるところ、咲枝さんも呼んであるの。美味しいインドネシア料理のお店があるんですって。あ、智也は別に来なくてもいいわよ」

玄関先に一気にばらまかれた荷物を、仕方なく部屋の方へと移動させていた智也は、なんだか腑に落ちずに振り返る。

「なんでその面子《メンツ》でオレだけ邪魔者なんだよ。ていうか改まって母さんとメシとか何？」

「いいじゃないたまには。報告しないといけないこともあるし。ね、奏恵ちゃんもいらっしゃいよ」

右腕の時計で時刻を確かめ、由果はもう出なきゃ間に合わないと言って、奏恵を手招きした。ごはんと聞いて、奏恵はなんのためらいもなくついていくことを決定している。

「ちょ、待てよ由果！　報告って⁉」

さっさと外へと出ていく二人を追いかけようと、玄関で慌てて靴を履きながら智也は叫ぶ。

開け放たれた扉の向こうから顔を出して、由果は微笑んで告げた。

「私、結婚するの」

智也がその単語を理解するまでに、若干のタイムラグがあった。

「……え、えええっ⁉　結婚⁉」

「そう。超イケメンのイタリア人指揮者。彼の方が年下だけど、私のことがかわいくてかわいくてたまらないらしいわよ」

左手の薬指の指輪を見せびらかすようにして、由果は奏恵をともなって階段を下りていった。

何とかスニーカーを履いて外に出てきた智也は、階段の最上段で、連れだって歩いていく二人の背中を眺めながら、ため息に似た深呼吸をして空を仰ぐ。陽は随分と長くなり、太陽は西の空を染めながらまだその姿を見せていた。あの由果が結婚とは、世の中には物好きがいるものだ。それにしても国際結婚というのがなんとも彼女らしい。彼女が家庭を持つということにイマイチ実感はわかないが、ここはきちんと、祝福をしてやらねばならない。

彼女もまた、西崎賢吾の音楽に縛られていた一人なのかもしれないのだから。

階段を下りながら、智也はポケットにしまおうとした鍵で癖のように手すりを叩く。

「あれ？」

足を止めて、もう一度慎重に叩いた。先ほど奏恵が叩いたときは、少しずれているると思ったのだが。

「四四〇Ｈｚ……」

それは確かに、間違えようのない智也の記憶する音。

父と息子を、つなぐ音だ。

「よろず屋！　置いていきますよ！」

道路の方から、奏恵が叫んでいる。それに返事をして、智也は残りの階段を駆け下りた。夕方の、少し湿った空気に花の香りが混ざる。

自分の中の四四〇HzのAは、きっと今後もなくなることはないだろう。だがもうあの日以来、父の弾くシャコンヌは、耳の中で聞こえることはない。奏恵が弾いてくれたシャコンヌを聴き、あのラストコンサートのDVDを最後まで見終わったとき、それは希望へと変わったような気がする。許せずにいた年月の分、ゆっくりと父を理解したいと今なら思える。

「え、そのインドネシア料理店ってガムランの生演奏やってるの？　何時から？　見られるかしら？」

「オーナーシェフの娘さんが踊るんです。音楽も踊りもとっても綺麗ですよ」

そんな会話をする二人の後ろを歩きながら、智也は夕暮れの空を仰ぐ。

神社の境内から歩道へとはみ出した桜は、すでにその身に若葉をまとい、次の季節を手招いていた。

# curtain call ―カーテンコール―

ホテルの一室を借りきって行われたらしいインタビューで、西崎賢吾は珍しく笑顔を見せていた。だからインタビューなんて嫌だって言ったんだよ、とおどけたように言い、周囲のスタッフから笑いが漏れる。

「なるほど、ではブゾーニのシャコンヌにこだわった理由は、一見完璧に見えて実は不完全なところだったと?」

音楽評論家でもあり、西崎とも顔なじみらしい男性のインタビューアーの質問に、西崎は苦笑して答えた。

「不完全なんていうと怒られるけどね。出会ったのは学生の頃だったかな。声楽科のくせにピアノが上手い変わり者の先輩がいてね、彼が弾いてるのを聴いて、楽譜を見せてもらったんだ。そしたら一音だけ不思議な音があってね。どうしてもそれをちゃんと弾いてあげたかったんだよ」

「その音が、自分だけの真実の音であると？」

「そうだね。恥ずかしいから何度も言わせないでよ。自分だけの真実の音を奏でるということは、自分の生き方に正直だということでもあるんだよ。それは譲れない僕の信念なんだ。だからシャコンヌは、もう僕の人生みたいなものさ。たとえ偏屈とか孤高のなんとかって言われようがね」

自虐的に言ってみせて、また周囲から笑いが漏れる。賢吾さん、あんまりそういうの言うと、あとで使えなくなるからやめてくださいと、たしなめる女性の声が聞こえる。

「ちなみに、ファンの皆さん気になっていると思うんですが、演奏前に胸に手を当てていらっしゃるじゃないですか、あれは何か意味があるんでしょうか？」

「意味なんてないよ。ただ昔から緊張する体質でね……ちょっ……由果、余計なこと言わなくていいから」

「今マネージャーさんから、ポケットにご家族からもらったお守りが入っているというリークがありましたが」

「ここカットしてよ。イメージってのがあるんだから」

「そのお守りが、桜のモチーフを使用するきっかけになったのだとか？　マネージャーさん、そこのところもう少し詳しく……」

「由果、インタビュー受けてるのは君じゃないんだよ」

苦笑いする西崎を、笑い声が囲む。

「結局お守りについては秘密ということですか？」

「そうだね。それ以外の質問についてなら何でも答えるから、次にいこうよ」

「おっと、インタビューに対してこんなにノリのいい西崎さんが今日初めて出現しましたね。ではそれに乗じて最後の質問をさせていただきます。これで終わりですから、もうちょっとだけ我慢してください」

「我慢は嫌いなんだけどね、仕事だし、しょうがないから聞くことにするよ」

椅子に座り直して、西崎は笑みを浮かべたまま肩をすくめる。

「このウィーンでの単独コンサートは、西崎さんご自身の長年の夢でもあったかと思いますが、このコンサートの喜びをどなたに伝えたいですか？」

お決まりのような質問に、苦笑した西崎がやれやれといった面持ちで口を開く。

「このコンサートだけでなく、僕の音楽の喜びを伝えるべき相手なんて決まってるよ」

「やはり、孤高のベーゼン弾きを愛するファンの方々ですか？」

「もちろん」

「……西崎さん、VTRは編集することができますが？」

本音を引き出そうとするインタビューアーの言葉に、西崎は複雑な表情で笑いを堪える。周囲のスタッフからも、笑いをかみ殺すような雰囲気が伝わった。

「君がインタビューに来るって聞いたときから、嫌な予感はしてたんだよ」

笑いを引きずりながら西崎はそうぼやいて、笑みを唇の端に残したまま少し思案するように目を伏せた後、ここからは必ず編集するようにと念を押して続けた。

「僕にとって確かにウィーンは憧れの地だったけど、どこで弾こうと、僕のピアノを最初に捧げるべき相手はいつだって変わらないんだ。喜びも悲しみも、僕は音楽でしか語れないから、それを伝えたい相手っていうのなら迷う余地なんてないよ」

そこで言葉を切って、まるで宝物の在り処を打ち明ける少年のような顔で、西崎は告げる。

「最愛の妻と、息子に」

了

# あとがき

ベーゼンドルファー・インペリアルというピアノを知ったのは、デビューする一年前のことでした。その時は特にピアノについて調べていたわけではなく、動画サイトで、とあるミュージシャンが好きなピアノとしてその名前を挙げているのを見ただけだったのです。

それにしても「ベーゼンドルファー・インペリアル」ですよ？　なにそのカッコイイ字面！　とある先輩の言葉を借りれば、もはや主人公専用最強武器の名前じゃないですか。地下二五六層辺りで、メタリックなドラゴンみたいな敵を倒したときに手に入る感じのやつやん！

このピアノを使って小説を書かないわけにはいかない、そう思ってはみたものの、奥深い音楽の世界でその材料を見つけ出すのは困難を極めました。私は音大や芸大を出ているわけでもなく、幼少期にピアノは習っていましたが、ピアノといえばヤマハという認識しかない国産ガール。限界突破をも可能にするブースト装置とかがついていそうな名前のピアノについてなど、知る由もありません。もちろん音楽自体は好きなので、お風呂に入りつつ椎名林檎《しいなりんご》の巻き舌を練習するなど無駄な努力に余念はありませんが、クラシックは有名どころしかわからず、本当に不安だらけのスタートでした。

物語の完成を目指して旅立った私は、魔物が棲《す》むというおどろおどろしい森を抜け、切り立った帰らざるの崖を上り、雲と霧の狭間《はざま》で出会った仙人に「ベーゼンといえばシャコンヌじゃね？」という教えを請い、小人に誘われてシャンバラの入口を見学、恐山《おそれざん》でバッハの降霊、真夜中にはブゾーニと三途《さんず》の川で石積み遊びなど、その行程は過酷を極めました。そんな熾烈《しれつ》な道をなぜ行くのかセーニョ。なぜならそこに締め切りがあるからだよダル・セーニョ。そんな自問自答を繰り返していた執筆期間だったのです。ええ、多少混乱気味というか幻覚を見たような気がします。

ただ調べれば調べるほど、音楽の世界は奥が深く、また感じ方や捉え方も個人によって異なるものですので、作中の表現は、小説というエンターテイメント中での考え方のひとつとして、さらりと読んでいただけると幸いです。

今回の作品は、発売と同時にメディアワークス文庫のサイトで、本編のスピンオフにあたる短編も掲載していただく予定になっております。これを読んだ後、サイトに行っても見当たらなかった場合は、そっと事情を察してください。無事に掲載されていれば、本編と合わせてお読みいただけると、より楽しめる仕様になっているはずです。なんたって今時点で短編の原稿は真っ白ですから、全然違うサカナとか山の話が掲載されていたらそっと事情を（以下略）

以下謝辞です。

この度の執筆にあたりご協力くださった皆様、特に絶対音感に関して、歌がうまいという理由だけで「ねぇねぇ絶対音感持ってない？」と飴玉《あめだま》をもらうときのような気安さで訊いてしまった同期のTさん、貴重な情報をありがとうございました。ドイツ語訳に関して多大なご協力をいただきましたA先生、また何か美味しいものでも食べに行きましょう。忙しさにかまけて足が遠のいてはおりますが、三線のお師匠様にも心からの感謝を。いつものアンラッキーズには、執筆とは別の次元で五体投地。そして友人知人先輩、家族親戚《しんせき》ご先祖様にも変わらぬ愛と感謝を捧げます。

また、幼い頃ピアノを習っていたという自らの体験を踏まえ、私をお導きくださった担当様。毎度毎度私の力不足によるご迷惑をおかけし、本当に申し訳なく思っております。ベテランの編集様が傍らにいてくださるからこそ、私はこうして本を出すことができるのだなと常々感じています。感謝はもちろんのこと、毎日毎日祝詞をあげて、御身の幸せを祈るくらいやるべきなんじゃないかと本気で思うほどです。本気と書いてマジと読むくらい、私はやる気ですよフフフ……誰か私に祝詞の読み方を教えてください（急募）。

最後になりましたが、この本を手に取ってくださった皆様に、素敵な音楽との出会いがありますように。

またどこかで、お目にかかれることを祈っています。

二〇一二年二月吉日　珍しく暖かい冬の日に風見鶏を眺めて　浅葉なつ

# 浅葉なつ

## 著作リスト

空をサカナが泳ぐ頃（メディアワークス文庫）
山がわたしを呼んでいる！（同）
サクラの音がきこえる　あるピアニストが遺した、パルティータ第二番ニ短調シャコンヌ（同）

メディアワークス文庫

# サクラの音《おと》がきこえる

## あるピアニストが遺《のこ》した、パルティータ第二番《だいにばん》ニ短調《たんちょう》シャコンヌ

## 浅葉《あさば》なつ

2012年５月25日　初版発行
2025年５月20日　６版発行

発行者　山下直久
発行　株式会社KADOKAWA
〒102－8177　東京都千代田区富士見2－13－3
0570-002-301（ナビダイヤル）
装丁者　渡辺宏一（有限会社ニイナナニイゴオ）
印刷　株式会社KADOKAWA
製本　株式会社KADOKAWA



●お問い合わせ
https://www.kadokawa.co.jp/（「お問い合わせ」へお進みください）
※内容によっては、お答えできない場合があります。
※サポートは日本国内のみとさせていただきます。
※Japanese text only

※定価はカバーに表示してあります。


Printed in Japan
ISBN978-4-04-886622-4 C0193
JASRAC 出 1205265-506

メディアワークス文庫　https://mwbunko.com/

本書に対するご意見、ご感想をお寄せください。

**あて先**
〒102-8177　東京都千代田区富士見2-13-3
メディアワークス文庫編集部
「浅葉なつ先生」係

メディアワークス文庫

第17回電撃小説大賞〈メディアワークス文庫賞〉受賞作

# 空をサカナが泳ぐ頃

著●浅葉なつ

**どんどん増えていく魚たち。**
**いったい俺はどうなるの⁉︎**

ある日、ふと空を見上げると一匹のサカナが泳いでいた。しかもどんどん増え始め、サメだのエイだのクラゲだの……。さまざまな想いを交差させ、ちょっと変わった仲間たちが繰り広げる、未来を賭けた大騒動！

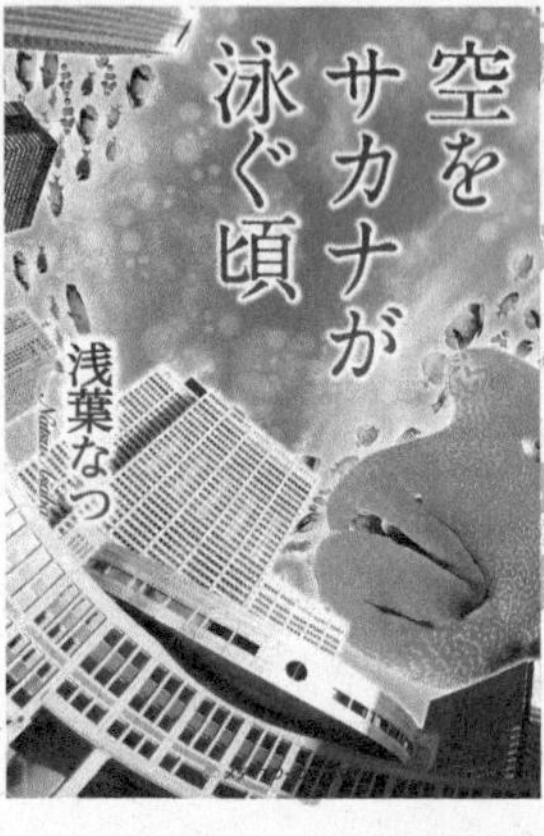


発行●株式会社KADOKAWA